차남들의 세계사

韓国文学セレクション

舎弟たちの世界史

イ・ギホ
小西直子 訳

新泉社

차남들의 세계사
이기호 (李起昊)

CHA-NAM-DEUL-EUI SE-GYE-SA
by LEE Ki-ho

Originally published in Korea by Minumsa Publishing Co., Ltd., Seoul.

Japanese translation edition is published 2020 by Shinsensha Co., Ltd., Tokyo
by arrangement with Lee Ki-ho c/o Minumsa Publishing Co., Ltd.
through K-BOOK Shinkokai (CUON Inc.), Tokyo.

This book is published with the support of
The Literature Translation Institute of Korea (LTI Korea).

Jacket design by OKURA Shinichiro

手がないからといって
お祈りができないわけではない。
だが、手がないひとは
手を授けてほしいと祈る。

――李文宰《イムンジェ》「手の白書」

舎弟たちの世界史

装幀　大倉真一郎

第I部

1

聞いてくれたまえ。

これは、この地の救済不能の独裁者のひとり、全斗煥《チョンドゥファン》将軍*が国を統《す》べていた時代の話だ。

ということは、三十年余りの歳月を経た話ということになる。しかし、歳月なんぞ毒にも薬にもならないということを、我らが主人公が身をもって証明してくれている。彼は、その頃からいまに至るまで、依然として指名手配中の人物だ。名前はナ・ボンマン（羅福満）という。手配者になったときの年齢は満二十九歳。どこかでまだ生きているとしたら、いつしか彼も還暦を過ぎた齢《よわい》になっているはずだ。誰かに追われながら三十代を、誰かから逃げ隠れしながら四十代を、誰かから背を向けたまま五十代を……、彼はそんなふうに思いっきり首をすくめて、路地を吹き抜けるからっ風のごとくかすめ過ぎてゆき……おそらく七十になり、八十を過ぎても、指名手配者のままずうっと生きてゆくことだろう。ということで、いま一度よく考えてみると、この物語の真の主人公は、もしかしたらナ・ボンマンではなくて「手配」そのものなのかもしれない。それは取りも直さず、ナ・ボンマンの身に降りかかったような数々の不運な出来事があなたや私に続けざまに起こったとしたら、あなただって私だって、否、ほかの誰だって、なすすべもなくナ・ボンマンになってしまうということだ。その誰かというのがたとえ全斗煥将軍であっても……。三十年という歳月を経ても変わることなく。

いまからその話をしようと思う。

さあ、聞いてくれたまえ。

＊

一九八〇年八月二十七日にソウルの奨忠《チャンチュン》体育館＊で大統領に選ばれた全斗煥将軍（国民による直接選挙ではなく、代議員らによる間接選挙だった。彼は二五二五人の代議員から二五二四票を獲得した。ちなみに残る一票は、反対ではなく棄権だった）は、その五日後の九月一日、大韓民国の第十一代大統領に正式に就任する（就任式は蚕室《チャムシル》体育館で挙行された。とにかく彼は「体育」をこよなく愛する将軍だった）。そのとき彼は、四十九歳。四人の子どもの父親だった。

ほんの一年前までごく普通の陸軍少将だった全斗煥将軍が、独裁者の道に突如足を踏み入れることになったのは、彼自身も望んでいたわけではないノワール映画*の主人公となったためだった。彼は、捜査をしているうちに大統領に就任してしまったという、世界史に類を見ない捜査官であった。彼が当時、保安司令官という肩書きで捜査を受け持った事件というのが、もうひとりの独裁者、朴正熙《パクチョンヒ》大統領*の射殺事件だった。自分に将軍の階級章を付けてくれ、勲章まで授けてくれた大統領の射殺事件だっただけに、彼は最大限被害者の心情に成り代わり、情熱をたぎらせて捜査に臨んだ。その熱さのあまり、射殺事件とはまったく無関係な自分の直属の上官たちまでことごとく逮捕、拘禁した全斗煥将軍は、それでも飽き足らなかったか、自ら被害者の後を継ぐことで捜査を締めくくった（捜査官は、常に被害者の気持ちになって事件を見通さなければならない。でなくては、事件を正しくとらえることはできないのだ）。そうして彼は、大統領になった。ノワールの核となるストーリーとは何なのか、思いをめぐらせてみたまえ。予想もつかない事件に偶然巻き込まれたひとりの人物が、それによって自分の身分からアイデンティティまで、すべてを失ってしまうのがノワールの基本構造ではなかったか？　全斗煥将軍は、独裁者殺人事件を捜査していて独裁者となってしまった（大統領に就任する数日前、『ニューヨーク・タイムズ』のインタビューで、全斗煥将軍は当時の心境を次のように述べている。「私は自分に与えられた運命を回避する気はない」。ノワールの主人公は、銃を抜く前に決まってこういった類《たぐい》の台詞を低くつぶやく）。もしも、彼が捜査した事件がある会社の社長殺人事件だったなら、彼は社長になったろう。彼が捜査した事件がホームレス殺人事件だったなら、彼はホームレスになっただろう（どうあれ、与えられた運命は回避しなかったはずだから）。万一、彼が捜査した事件が二等兵殺人事件だったなら、彼は二等兵になったことだろう。彼はノワールのお約束に取り憑かれた捜査官だった。

＊

よく聞いてくれたまえ。

まことに理解しがたかったのは、当時のアメリカの態度だった。十八年という長期にわたって君臨した独裁者が世を去り、ようやく息を吹き返せるかと思ったところへ、見慣れぬつるっ禿《ぱ》げの捜査官（彼がノワール映画の主人公たちと唯一異なる、ごく些細な部分だ。何と言おうか、アメリカ映画「オースティン・パワーズ」に出てくる「ミニ・ミー」*が捜査官の役を演じていると言ったら何となく感じがつかめるだろうか？）なんぞが得意げに後を引き継いだのだから、市民らが各地で反旗をひるがえしたのは、至極当然の成り行きだった。朝鮮半島南部のある都市では、市民が警察署と官公庁を軒並み占拠し、大統領の権力が及ばなくなるという事態に相成った（市民らは「全斗煥は退け」と臆することなく朝から晩まで叫び続けた）。そこで我らがノワール主人公は、軍隊まで動員して市民らを残さず逮捕するに至ったのだが（捜査官は常にまず逮捕する。罪は二の次）、そこでひとつ問題が発生した。大韓民国の軍隊の作戦指揮権は当時、大韓民国の大統領にはなかった。一九五〇年に朝鮮戦争が勃発して以来ずっと半島の南の地に駐屯していた在韓米軍司令官に、その権限があったのだ（もちろん二〇一四年現在までも、大韓民国の軍隊の作戦指揮権は在韓米軍司令官にある）。よって、韓国の軍隊の移動や作戦については必ず、事前に在韓米軍司令官の許可を受けることになっていた。けれども当時の在韓米軍司令官だったジョン・ウィッカム（John Wickam）は、我らがノワール主人公の要請した空挺部隊の鎮圧作戦を承認あるいは黙認し（それがウィッカム個人の決定だったとはまさか信じているまい？）、結果、公式な統計で市民百九十一人が殺害され、八百五十二人が負傷するという事態（これはあくまでも公式的なもので、非公式的にはその八倍近い人々が命を失ったとされる）〔一九八〇年五月の光州事件〕に直接または間接的な役割を果たすことになったのだった。これは何を意味するのだろうか。これは大韓民国の人々にどんなサインを送ったのだろうか。ああ、我らが永遠の友アメリカは、ノワールの主人公がお好みなのだな、カーター大統領は捜査官びいきなんだな。折しも「007」シリーズ映画（副題は「私を愛したスパイ」だった）の公開も始まったところだし、やっぱり……。そしてその後は、大韓民国の国民たちの雰囲気も、ノワールの主人公を全面的に受け入れる方向へと舵を切った（受け入れるほかなかろう。また軍隊が出動するのは火を見るより明らかなんだし）。そうして二五二五人が投票して二五二四人が賛成した、歴史に残る、摩訶不思議な、なぜやったのかわからない、投票用紙の無駄遣いにしかならない選挙の結果が出たのだった。当時、合衆国の大統領だったジミー・カーターは、ノワール主人公の当選のニュースを聞くが早いか祝電を送って激励し、それに感激した我らが独裁者の方も、翌月のカーター五十六歳の誕生日に手書きのバースデイカードを送るという親密ぶりを周囲に誇示した。そのカードをこの目で見たわけではないので断言はできないが、まあ大方こんなことが書かれていたのではなかろうか。

「サンキュー、マイ・ブラザー。007シリーズ、終わらせないでくださいね」

＊

よーく聞いてくれたまえ。

三つ子の魂百までもという諺《ことわざ》があるが、それを地で行く我らが大統領、捜査員あがりの独裁者は、引き続き捜査と逮捕をもって統治を行った。つまりは国政の目標が捜査で、国政の指標が逮捕だったというわけだ。我らがノワール主人公による、一九八〇年八月から一九八一年一月までの令状なしの逮捕者数は、計六万七五五人だった（一、とりあえず捕まえる）。うち三二五二人は裁判にかけられた（二、罪を作り出す）。三万九七四二人は裁判にかけられることもなく、ただちに三清《サムチョンキョユクテ》教育隊＊という木工体操専門教育施設に送られた（三、罪を自分のものと認識させる）。我らが独裁者は、大学生というものをとりわけ、身震いするほど嫌っていて（ふたり集えば自分の悪口を言う輩《やから》だと思っていたので）、一九八一年から一九八三年の間に彼の手で除籍された大学生の数は千四百人強に及んだ。校舎を占拠してデモをしていた大学生一五二五人を軒並み逮捕し、うち一二五九人を拘束*という前代未聞の大記録を打ち立てたこともある。さらに彼は、大学内に私服警察と諜報員を密かに侵入させるという進んだ捜査テクニックを導入し、学生と学生、学生と教授、教授と教授などが、互いに疑い、不信感を抱き、反目し、通報するような雰囲気を煽ったのだが、そのために年間に何人もの学生が自ら命を絶ったり精神病院に入るといった事態が発生した。検察は検察で、警察は警察で、国家安全企画部*は国家安全企画部で、国家保安司令部*は国家保安司令部で、互いに競い合うかのように捜査し、逮捕したせいで、拘置所はいつも満員御礼、刑務官たちは常に過労で血走った目をして鉄格子の中を見張る羽目になった。一方、そんなことなどお構いなしの我らが独裁者は、相変わらず米大統領にお祝いのカードを書きつつ(大統領がカーターからレーガンに変わったとき、彼が真っ先にしたことはカードを書くことだった)、与えられた運命を楽しんでいた。

耳を傾けて聞いてくれたまえ。

*

一九八二年三月十八日。この日、我らが独裁者にひとつの試練が訪れるのだが、その結果としてナ・ボンマン、いまひとりの我らが主人公ナ・ボンマンにとっても、長い長い手配者生活という試練がスタートすることになる。発端は、大韓民国第二の都市である釜山《プサン》で起きた「アメリカ文化院放火事件」だった。ムン・ブシク*（文富軾）、キム・ウンスク（金恩淑）、ユ・スンニョルなど釜山地域の大学生六人が、プラスティックの水筒四つと揮発油三十リットル、割り箸二本などを利用して地下一階、地上二階建ての建物を灰にしてしまったこの事件は、我らが独裁者を、憤怒と興奮と手の震えと、狂気と心拍数増加とめまいと喫煙の誘惑と途轍もない尿意など、さまざまな症状がブレンドされた混沌の坩堝《るつぼ》に突き落とした（残り少ない髪の毛もいくらか抜けてしまった）。なぜかって？　わかりきったことだろう。その建物が、手書きのカードを送り続けている合衆国の兄貴分のところの建物だったからだ。ゴマを擂《す》りまくっても足りないところへ、その建物を丸焼けにしてしまったのだから、何をか言わんや（さらに火をつけた放火犯たちは、釜山市内のあちこちに「アメリカは独裁政権を庇護する行為をただちにやめろ」「韓国を属国にするな、いますぐ出てゆけ」などといったビラを撒いてから、姿をくらましてしまっていた）。我らが独裁者は、またもノワールの主人公に早変わりし、捜査に乗り出した。捜査員を七万人ほどあっさり投入して六人を追跡し、それでもまだ足りないとばかりに予備軍*と予備軍所属の職員まで総動員して、二十代の若者六人の後を、六十人でもなく六人の後を、十六人でもない六人の後を、猛烈に追って追って、追いまくった。懸賞金の額は、毎日一千万ウォン単位でつり上げられ、「一体全体、我らが永遠の友にどうしてこんなことができるのやら」といったため息まじりのコラムや記事が、来る日も来る日も新聞の紙面を二面から三面にわたって埋め尽くした。だから、どうするもこうするも。全国民が捜査官に転身し、国を挙げてノワール映画を撮るしか……。兄貴の建物が燃えたのだ。弟たる韓国国民が苦労するほかあるまい。

結局、その年の三月三十日に放火犯のうち四人が逮捕され（平凡な市民の通報により）、主犯格のムン・ブシクとキム・ウンスクは四月一日、逃亡先の原州《ウォンジュ》カトリック文化館で、原州教区のチェ・ギシク（崔基植）神父に説得されて自首してしまう。ムン・ブシクはそのとき数えで二十四歳、キム・ウンスクは二十五歳だった。事件発生から十四日後、どんより曇ったエイプリルフールの朝のことだった。

事件の首謀者もみな検挙され、それによって事件の顚末もある程度明らかになったことだし、そろそろ本来の生業《なりわい》に戻れるだろうと考えていた人々に、我らがノワール主人公は否と告げた。たわけたことを。捜査はこれからが本番だ。ノワール主人公はそう一喝し、首謀者に自首を勧めたチェ・ギシク神父の背後を洗い始めた。つまりはこういうことだった。主犯格の学生が三月二十九日にカトリック文化館を訪ねてきたのに、どうしてすぐ通報せず、寝場所と食事を与えて三日も匿《かくま》ったのか。もしやこの事件と何らかの関わりがあるのではないか。それに対してチェ・ギシク神父はこう答えた。いかなる場合であろうと告発するわけにはいかないのが神父の立場である。それは告解*のようなものだった……。チェ神父のその言葉を聞いて、ああそうか、告解か、そうとも考えられるな……と言って、我らがノワール主人公がうんうんとうなずいた……などと思ったあなた。そんなあなたはきっと、ピュアで可憐なタンポポのような人に違いない。あなたはおそらく、我らが独裁者の執念と能力をあまりにも過小評価されている。我らがノワール主人公は、マイ・ブラザーの平穏無事のためならば、神様の手首にも手錠をかけることにやぶさかでないというほどのただならぬ度胸と胆力を備えたお方。顔色ひとつ変えず、まさに一刀両断の裁きでチェ神父を拘束してしまった。罪状は、犯人隠匿および国家保安法*違反の疑い。四月八日のことだった。教会法*をもって世俗法に立ち向かったところで、勝ち目などあるものか。我らがノワール主人公は言った（たとえ『レ・ミゼラブル』に出てくるミリエル神父が相手だったとしても、我らがノワール主人公は、やはり顔色ひとつ変えることなく同じことを言ったであろう。ファック・ユー）。そしてさらに、チェ神父の仕事を手伝っていたカトリック農民会の幹部と教育館にしばしば出入りしていた書店主、ついには教育館のボイラー技士までことごとく、まき網漁船よろしく底の底まで隈なくさらって、漏れなく捕獲した。

誰かと一緒に聞いてくれたまえ。

＊

我らがノワール主人公殿が、昼夜を問わず、神様と直接〝タイマン〟を張っている状況なのだから、その下の者たちとて、定時に帰宅して足の爪でも切りながらのんびりテレビを眺めているわけにはいかないというもの。当時、原州《ウォンジュ》警察署の情報課*に所属していた刑事たちのケースがその最たるものだったのだが、署に連日「詰めている」記者や国家安全企画部所属の要員、治安本部所属の刑事たちのおかげで自分のデスクから追い出され、窓枠に腰かけるなり、手錠をかけられた被疑者がよく座らされている長椅子に体を縮めて座るなりして仕事をしていた。部屋はライターのシュポッという音や、電話のベルや、キーボードを叩く音や、誰かが誰かと話す声や、靴音や、コーヒーを届けにきた茶房《タバン》のレジオンニ*がくちゃくちゃとガムを噛む音や、誰かが意味もなくデスクを引っぱたく音などでいつも騒がしかったうえに、二十人近い人間がてんでに吐き出す煙草の煙と安全企画部の要員たちの室内でも決して外されることのないサングラスのせいで、常にどんよりと暗かった。そういった状況は、四月一日からチェ神父が拘束される四月八日まで続いた。当時、原州警察署の情報課長だったクァク・ヨンピル警正〔日本の警視に相当する〕は、午前十時と午後三時の一日二回ずつ、記者たちに捜査の進み具合をブリーフィング*しており、その準備のために毎日午前八時と午後一時に所属刑事たちと打ち合わせを行っていた。ということなどを鑑みると、我らがもうひとりの主人公であるところのナ・ボンマンが、当時、原州市丹邱洞《タングドン》所在の「安全タクシー」の新米運転手だったナ・ボンマンが、原州警察署にしばし立ち寄った日が、その一週間のうちのどこかだったのは、疑う余地がない（四月五日か六日あたりが最有力か）。彼はそのとき、署内に三十分ほど留《とど》まった後、用事が思ったより早く片付いたので足取りも軽く、正門を通って外へ出た。そして、その三十分のおかげで……彼は三十年を超える歳月を、指名手配者として生きることになったのだ。ジャン・ヴァルジャン*はそれでもミリエル神父の銀の燭台《しょくだい》を盗んだ。一方、我らがナ・ボンマンは、警察署のタイプライターひとつ盗みはしなかった。ボールペン一本、紙一枚、消しゴムひとつ、ライターひとつ盗んでなどいなかった。ならば彼は、いったいどんな罪状で、そんなにも長い間、追われる身となったのか。

その解明が、この物語のメインテーマだ。ことによると、すでに答えははっきりと出ているのかもしれない。答えはわかりきっている。でも、それを知りつつも飛び込んでいくのがノワールのお約束なのだからして、我々もそれに従うほかはなかろう。かつてヴィクトル・ユーゴーもまた、そうしたのだから。

＊

では、ゆったりと気持ちを楽にして聞いてくれたまえ。


ナ・ボンマン（羅福満）は、その福々しい名に似ず、実に運のない人物だった。彼がその日、その時間に原州《ウォンジュ》警察署に足を運んだのは、前々日の早朝に起こした小さな交通事故のためだった。

前々日の午前五時頃、原州医療院のある交差点で、信号に従って左折しようとしていたナ・ボンマンの薄緑色のポニータクシー*は、信号を無視して道を渡っていた一台の自転車と軽く接触してしまった。日が昇る前の薄暗い道路には通る車もなく、オイルショックの発生からいくらも経っていなかったこともあって、街灯もことごとく消されていた。レンギョウがちらほらと咲き始める時期とはいえ、早朝の風はまだまだ冷たく、ナ・ボンマンは、会社のロゴが入った藍色の分厚いジャンパーのジッパーを顎《あご》のすぐ下まで引き上げて、ハンドルを握っていた。会社の方針に従ってヒーターはつけず、手には分厚い軍手を二枚重ねではめていた。

事故が起きた後しばらくの間、ナ・ボンマンはひたすら車のフロントガラスを見つめ、足はブレーキを踏み込んだままで、凍りついたかのように座っていた。角を曲がるところだったため、運よくスピードはそれほど出していなかったとはいえ、何やらグニャリとした感覚が、彼のくるぶしを通って膝《ひざ》の軟骨を過ぎ、尻の曲線を伝って腰と肩と手首へと、確かに伝わってきた。それからタクシーのヘッドライトを反射してグルグル回っている自転車のスポーク*、横倒しになって空を向いてしまっているスポークが、絶え間なく彼にめまいを起こさせた。タクシー運転手になって以来、信号違反もスピード違反も駐車違反も、ただの一度も犯したことのない彼だった（そんなタクシー運転手がいるなんて信じられなかろう。でもナ・ボンマンには、彼にだけは、あり得ることだった。それでこそナ・ボンマンだった）。彼はハンドルを握った両手に力を入れ、ただただ木偶《でく》のように座っていた。

そのままどれほどの時間が流れたろうか（実はほんの短い間だったのだが、ナ・ボンマンにはとてもそうは感じられなかった）。真っ黒な物体がヘッドライトの光の前にヌッと現れた。それは、倒れた自転車を起こそうとしていた。そのときになってようやくナ・ボンマンはエンジンを止め、あたふたと車から降りた。

髪の短い小柄な少年だった。中学生ぐらいだろうか、教練服*のズボンに黒のジャンパー姿の少年は、ナ・ボンマンが近づく頃にはもうタクシーのタイヤの所にしゃがみ込み、タイヤに踏まれた新聞の束をうんうんと引っ張っていた。そうしながらも、ひっきりなしに腕時計を覗き込んでいる。

「ちょっと、おい……大丈夫かい？」

少年の自転車を片手で支えてやりながら、ナ・ボンマンは訊いた。ヘッドライトに照らされた少年の顔には、ポツポツと白いはたけができていた。

「あのう……車、ちょっとだけ動かしてくれませんか」

少年はナ・ボンマンの顔を見もせずに言った。少年はナ・ボンマンと同じ軍手をしていた。手のひらの面に赤いゴムのついた軍手だった。

ナ・ボンマンが車に戻ってエンジンをかけ、ほんの少しバックさせた途端、少年は新聞の束を引き抜いて自転車の荷台に置いた。それから反対側の歩道に向かい、足を引きずりながら、急いで渡って行った。ハンドルでも壊れたのか、自転車には乗らずに両手で引いて、荷台にのせた新聞の束に気を配りながら、少年はぴょこんぴょこんと遠ざかっていった。ナ・ボンマンはその姿を、タクシーの運転席に座ってただ眺めていた。タクシーの窓を少し開けて、おーい、大丈夫かい？　と何度か声をかけはしたけれど、それだけだった（その声も、少年の姿が小さくなるにつれ、だんだん小さくなっていった）。そして少年の姿が闇の中に消え去ると、やおらタクシーから降り、前のバンパーとヘッドライトを手のひらで触って、傷やへこみがないかどうか時間をかけて確かめた。ヘッドライトに少しヒビが入ったのを除けば、とくに異常はないようだった。

ナ・ボンマンはもう一度、少年が消えて行った向かいの歩道に目をやった。自分が立っている側の歩道の左右も確認した。道には依然、人っ子ひとり、車一台見えなかった。彼は素早く運転席に戻り、すぐさまタクシーを発進させて、まっすぐに自分の部屋へと戻った。そして長時間、夢も見ずに眠った。それがすべてだった。抜けているところもつけ加えられたこともない、その日の早朝に起こったことのすべて。

つまり、そのときもしもナ・ボンマンが、この世のすべてのタクシー運転手と同じように、早朝の事故を些細なこととみなしたならば……みなすことさえできたならば、彼は七年後には、計画どおりに個人タクシー免許を申請できる資格を得て、そのままずっとタクシー運転手としての生涯を送ったことだろう。同棲していた恋人と計画どおり結婚し、彼女の願いどおりに男女あわせて四人の子どもを持って、みな大学まで行かせてやれたかもしれない。表札に自分の名前が刻まれた家も建てられたかもしれないし、町内会長や青少年善導委員、自主防犯隊員などといった肩書きもひとつふたつ持つことになったかもしれない。しかし不幸にも……彼は、そうすることができなかった(もしも彼が無事にそんな人生を送ったとしたら、それはどんな物語になるんだろうか。おい読者諸氏、まさか君もそれを期待しながらこの話を聞いているんじゃなかろうな?小説というものは、だから、一方では悲劇的《トラジック》で残酷なものなのだ)。

その日の午後遅く、冷や汗をびっしょりかいて寝床から起き上がったナ・ボンマンは、いつもと変わりなく頭を洗い、顔を洗い、彼女が用意しておいた食事をきれいにたいらげて、下宿屋の塀の脇にとめておいたタクシーに乗り込んだ。彼もそのときはまだ、自分に起こった変化にまったく気づかずにいた。変わったことなど何ひとつないように思われた。いつもどおりタクシーの車内は、出勤前の彼女の手によって、彼がまだ眠っているうちにきれいに掃除されており（それでタクシーのシートからは雑巾がけの後のにおいがかすかにしていた）、小銭もあるべき場所にきちんとひとつ残らず入っていた。ナ・ボンマンは両腕をぐっと突き出して、ウーンと一度伸びをしてから、いつもと同じようにタクシーを運転して仕事に出た。

　彼が自分に起こった変化に気づいたのはその日の午後、ひとり目の客を乗せた後のことだった。原州中学校の正門前から乗ってきた、鼠《ねずみ》色の中折れ帽をかぶった中年の男性客は、市外バスターミナル*まで行ってくれと言った。最初の客の行く先がターミナルだということで、ナ・ボンマンの気分はすこぶる良くなった。うんうん、今日はターミナルまで行ったらそこで少し様子を見て、横城《フェンソン》や文幕《ムンマク》あたりまで行く長距離客でも捕まえよう。寧越《ヨンウォル》まで行く客がいれば言うことないんだけどな……。信号にかかって一時停止するたびに左の膝の前に置かれた紙幣に目をやりながら、彼はそう思った。客に頼まれてつけたラジオからは、水原《スウォン》で逮捕された四人の放火犯のニュースが繰り返し流れ、後部座席に座った客は、そのたびにやれやれ、というような仕草をした。一方、彼はといえば、長距離客を乗せることで頭がいっぱいだった。付け火をしたのだからそいつらは放火犯で、罪を犯したわけだから、罰を受けるのは当然だろうに。ちらりとそう思っただけだった。

原州中学校から牛山洞《ウサンドン》の市外バスターミナルに向かう道は、当時はほぼまっすぐだった。角を曲がったり迂回することもなく、市内を貫く道をただ直進し、牛山洞のT字路で左折しさえすれば、目の前がターミナルだった（道路がよく区画整理されていたからではない。単に道がその一本しかなかったのだ）。道も混まなかったし（当時の原州では、軍部隊の訓練がある日を除けば道が混むことはほとんどなかった。訓練が多少頻繁なのが問題ではあったが）、信号にもさほどかからなかったため、ナ・ボンマンのタクシーは、出発から二十分ほどで牛山洞のT字路に着いた。が、問題はそこで生じた。

左折の矢印信号が灯り、ナ・ボンマンはハンドルを切ろうとした。ところが、何か柔らかいものがまたもやタイヤに触れるのを感じ、慌ててブレーキを踏んでしまった。そのせいで彼のタクシーは、うっく！　としゃっくりをする子どもよろしく、その場に停止する羽目になった。キキッという音とともに。確かに道には何もなかったのに、突然飛び出してきた猫や鳩も見えなかったのに、タイヤから伝わってきたその感触は、早朝のときと同じく今度もまたくるぶしを通って膝の軟骨を過ぎ、尻の曲線を伝って腰と肩と手首までしっかりと伝わってきた。何なんだ、いったい？　ナ・ボンマンはサイドブレーキをかけて大慌てでタクシーから降りた。そしてあたふたと前のバンパーとタイヤの周囲を調べ始めた。T字路で信号待ちをしていた何人かのドライバーが首を伸ばして、彼と彼のタクシーを見つめた。

道路には何ら問題はなかった。くぼみもなかったし、スピードの出しすぎを防ぐための段差もなければ、小さな石ころのようなものが置かれていることもなかった。道路はあたかも真新しいレンガのように、ひたすら平らで硬かった。ナ・ボンマンは首をひねりながらもう一度道路を調べ、意味もなくタイヤを足でトンと蹴ってみた。何だったんだろう？　運転席に乗り込みながら彼はつぶやいた。ナ・ボンマンは、鼻をクスンと一度すすり上げ、ゆっくりとハンドルを切りつつブレーキペダルから足を離して、……また思いきりブレーキを踏んでしまった。またもや、ぐにゃっと柔らかいものの感触が、彼の体を駆け上がったためだった。黙ってナ・ボンマンのタクシーを待ってくれていた後ろのドライバーたちは、もう我慢できないとばかりに一斉にクラクションを鳴らし始め、何度か苦心してハンドルを切ろうと試みたナ・ボンマンは……どうすることもできず、そのまま直進してしまった。

「どこへ行くんです？」

書類封筒を手に、降り支度を始めていた乗客が、顔をしかめて言った。

「す、すみません。車が、車がちょっと変でして……」

ナ・ボンマンはそう言いつくろったが、ルームミラーに映った乗客の顔は、しかめっ面のままだった。いまどきまだこんなことをするタクシーがいるのか、と小さな声でぶつぶつ言ったりもした（ことによるとナ・ボンマンは、そのせいでさらに慌ててしまったのかもしれない。乗客にそんなことを言われるのも、そのときが初めてだったから）。早いところUターンするなり左折するなりしてターミナル前に車をつけなければならないのに、……でも、それがうまくいかなかった。次の交差点でも、その次の交差点でも、左にハンドルを切ろうとするたびに何かぐにゃりとしたものを感じ、結果、ついついブレーキを踏み続けることになってしまった。だから当然……、彼のタクシーは、うっく、うっくとしゃっくりを連発しながら、ひたすら前へ前へと走り続けるしかなかった。

鼠色の中折れ帽をかぶった乗客は、初めのうちは腹を立てていたが、少し経つと、まさか拉致か……と疑い始めた。それで、ルームミラーに映るナ・ボンマンの表情をちらちらとうかがいつつ、口をつぐんでいた。そして、ついにターミナルの方向へ曲がることができず、ナ・ボンマンが台庄洞《テジャンドン》の鶴橋《ハクタリ》*付近の歩道ぎわにタクシーを停めると、ぺこりと頭まで下げて挨拶して（もちろん料金も全額支払って）、素早くタクシーから降りた。そして後方に向かって足早に何歩か歩いてから、振り返って叫んだ。やい、この野郎、通報してやるからな！　ナンバーだって覚えたぞ！　そうして後ろも振り向かず、全力疾走でターミナルの方へと駆け去った。

乗客が視界から消えた後、ナ・ボンマンはゆっくりとタクシーを走らせて、近くにあった台庄《テジャン》国民学校*の横の空き地へと向かった。そこでハンドルを右に、左に回してみたり、意味もなく車のボンネットを開けて冷却水やブレーキオイルの量をチェックしてみたりした。右折のときは何の問題もなかったけれど、左折のときは相変わらずぐにゃっとした。ブレーキからむりやり足を離すと（彼は、右足を上げてハンドルの脇にのせたまま運転するという、少々アクロバティックな姿勢まで試してみた）、今度は両目がギュッと閉じられた。そして心臓の音がラジオの音よりも大きく、エンジン音よりも大きく、彼の耳もとに押し寄せてきた。まったくわけのわからない、初めて経験する症状だった。

ナ・ボンマンはタクシーから降り、空き地の真ん中にしゃがみ込んで、長いこと煙草をふかしていた。煙草を吸いながらも、彼の目は自分のタクシーばかり眺めていた。風が彼の顔を撫《な》でて吹き過ぎ、台庄国民学校からは鐘の音が二度、長く響きわたった。レンギョウは、台庄国民学校の隣の軍部隊の塀の下でも懸命に蕾《つぼみ》をほころばせていた。ナ・ボンマンは、子どもたちが群れをなして校門の外に飛び出してきたときも、まだその場に座り込んでいた。そして、辺りが薄暗くなる頃、やおらのろのろと立ち上がった。そのとき彼は低い声で、何度も同じ言葉をつぶやいていた。

「罪を犯したのだから……、罪を犯したのだから……」

ナ・ボンマンが原州警察署を訪れたのは、翌日午前の交代時間直前のことだった。彼はそのときもまだ、左折ができずにいた。

頬杖をついて、まあ一度聞いてくれたまえ。

＊

その頃、ナ・ボンマンは年に一度、ドライバー向けの素養教育を受けていたのだが（四時間ほど受けた）、その中にこんな内容が含まれていた。

人を轢《ひ》いてしまうなど、何か事故を起こしたときは、絶対にその場で話をつけてはならない。怪我をした相手が大丈夫だと言っても、必ず近くの警察署に行って事故があった旨を伝えなければならない。でないと、後々面倒が起きる恐れがある。被害者が、後に何らかの後遺症に苦しむことになったり、または悪意を持って警察に通報したりすれば、ただちにひき逃げということになってしまう。しかし、自ら訴え出ていた場合は、それには該当しない。それで自ら名乗り出ることが重要になってくるのだ……。

つまりはナ・ボンマンが自分の症状の原因を突きとめ、自ら警察に赴いたのは、罰を甘んじて受けようというのではなく、処罰の可能性を前もって遮断しようという意味合いが強かったのだ。また、その予防の行為によって、精神的なプレッシャーをいくらかでも軽減できれば、左折だってまたいつものように易々《やすやす》とできるようになるのではないか。そんな計算も多分にあった（ひょっとしてA型だったのだろうか？　はて、彼の血液型までは調べておかなかった。A型ということにしておこう）。

ところで彼はそのとき、なぜ交通課ではなく情報課を訪ねたのだろうか。よりにもよってその頃、目が回るほど忙しく、人の出入りも多かった原州警察署の情報課へきょろきょろしながら入ってゆき、長椅子に背中を丸めて座り、カトリック文化館の職員台帳と支出内訳書類に目を通していた情報課所属のチェ・サンギ刑事を相手に、自分の失敗あるいは罪についてえんえんと告白したのはいったいなぜだったのだろうか。チェ刑事が彼には目もくれずに書類ばかりめくっていたのにもかかわらず、ナ・ボンマンはなぜ手を合わせ、あれはほんとに、その子の方が悪かったんですよ、とどもりながら言ったのだろうか。そして、しまいに癇癪《かんしゃく》を起こしたチェ刑事が寄こした白い紙に、なぜ自分の名前と会社名、生年月日などを書いて、置いてきたのだろうか。

その問いの答えを探すため、私たちはもう少し後ろへ、もう少し遠い過去へと時間を遡《さかのぼ》る必要がある。もしかしたら問題は、その頃からすでに用意されていたかもしれないのだから……。何の問題だって？　わかりきったことを訊くものじゃない。彼の罪のことだ。燭台ひとつ盗んでいないナ・ボンマンの原罪。

頬杖をつく手を逆にして、聞いてくれたまえ。

*

軍事境界線を越えて北へ行ってしまった高校の国語教師のひとり息子として、一九五三年六月に京畿道《キョンギド》の加平《カピョン》で生まれたナ・ボンマンは、六歳のとき、陸軍中佐と再婚した母親に手を引かれ、原州所在の孤児院「兄弟の家」に預けられた。彼は、十六歳までの十年近くをそこで過ごすことになった（幸い国民学校は出られたけれども、中学校には進めなかった。それが当時の孤児院の実情だった）。彼は、背丈はあったけれど痩《や》せぎすで、いささか神経質な印象だったが、それに下がった眉とおちょぼ口が相まって、全体としては何か大病でも患っていそうな見かけの少年に成長した（そんなこともあって、ほかの子どもたちのようには養子の口もなかった）。

いつもうつむきがちに座り、口もきかず視線ばかりを落ち着きなく泳がせて、誰かを横目で盗み見たり、誰かの話を盗み聞いてでもいるかのような子ども、というのが、人々の記憶に残る孤児院時代のナ・ボンマンの姿だった。しかし、それも無理はない。当時の彼には、兄貴分が山ほどいたのだから（「兄弟の家」の本当の意味は、兄貴がぞろぞろしている家なのだと、すぐ上の兄貴が教えてくれた）。兄貴分がぞろぞろいるというのは、何を意味するのかおわかりだろうか。

それは、兄貴たち一人ひとりのコンディションや機嫌や情動《パトス》なんぞの加減により、その日の運勢が決まるということだ。具体的にご説明しよう。ある日は一番上の兄貴に、別のある日は三番目の兄貴に、また別のある日は洗髪をあまりしない兄貴に、またまた別のある日は前歯の抜けた兄貴に、またまたまた別のある日は養子縁組先から送り返されてきた兄貴に、とくに何ということのないある日には学校のサッカーの試合でシュートを決められなかった兄貴に、雨の日にはすぐ上の兄貴に、真夜中、肩をツンツンとつつかれて起こされる。兄貴たちは、トイレの裏や食堂脇の倉庫にナ・ボンマンを音も立てずに引き立ててゆき、理由なきリンチを加えたり、わけもなく下着を脱がせたり、かと思えば、ナ・ボンマンが見ている前で、やにわにマスターベーションを始めてみたりした(ナ・ボンマンの前に頭を差し出して、撫でてくれと言った兄貴もいた。それも一時間以上)。そんな日々は、ナ・ボンマンが「兄弟の家」に連れてこられた日から、ほぼ一日も欠かさず続き……、結果、地上最強の「打たれ強さ」と「兄貴の内面化」(ひとことでまとめようとするとそういうことになるのだが……、彼の内面から「兄貴」を除けば……もっと正確に言うと「兄貴のゲンコツ」を除けば、何ひとつ残らなかった、と同義)、そのふたつだけが彼の中に残った。

幸いなことにナ・ボンマンは、「兄弟の家」に一週間に一度、奉仕活動に来ていた高齢の牧師夫婦の力添えで、十六歳のときに独立することができた。教会の別館についている小さな部屋を、彼らの配慮で借りることができたのだ(敷金は出さなかったが、月々の家賃七千ウォンはきっちり払っていた)。そして、早朝には新聞配達、夜は鶏の丸揚げを出すチキン屋の厨房というふたつのアルバイトを始め、その掛け持ち生活は、それから九年以上続いた。新聞休配日の日曜には必ず教会の礼拝に参加し、夜になるとまた鶏を揚げた。酒はほとんど飲まなかったけれど、煙草は十八の歳から少しずつ吸い始め、兵役は孤児だという理由で免除された。時折「兄弟の家」出身の兄貴たちが訪ねてきては、カネをゆすってきたり、泊まっていく（頭を撫でてくれとせがんだ兄貴がよくやって来た）こともあったが、そんなことも十八歳を過ぎるとだんだんなくなっていった。なのにナ・ボンマンは、夜中に目を覚まして起き上がり、ぼんやり座っている癖からなかなか抜け出すことができなかった。自分がいったいなぜそうしているのかも、彼にはよくわかっていなかった。そんなときはいつも、夢うつつの状態だったから……。

一九七五年の四月、ナ・ボンマンは牧師夫人の紹介で、その後、長い付き合いとなるキム・スニと出会った。彼女もナ・ボンマンと同様、「兄弟の家」から五百メートルばかり離れた所にある「姉妹の家」出身（ちなみにここにも「お姉様たち」は多かった……が、とくにこれといった不都合は起こらなかった。これが何を意味するか……、まさか説明は要らなかろう？）の孤児で、彼よりふたつ年下だった。彼女は独学で中学卒業認定試験に合格し、十九歳のときから原州の観《クアン》雪洞《ソルドン》郵便局で電話交換嬢（電話交換員ではなく「電話交換嬢」が当時の公式な職名だった）の仕事に就いていた。十五歳で洗礼を受けて以来、日曜の礼拝をただの一度も欠かしたことのない篤《とく》実《じつ》なキリスト教徒で、聖歌隊にも入っていた。彼女の唯一の趣味は、聖書を見ながらその文章を大学ノートにひとことも漏らさず書き写すことで、そんなふうにして、十五歳以降の彼女の手によって文字でびっしり埋め尽くされた大学ノートは二十三冊あった。

彼らの恋愛初期は、いささか退屈で、淡白極まりないものだった。一緒に過ごせる時間が少なかったのはまあ確かなのだが（礼拝が終わり、いつものようにアルバイトに行くナ・ボンマンと一緒にキム・スニもチキン屋への道を歩く。これが彼らの週に一度のデートだった。もちろん付き合い始めの頃だけですよ、断っておくけれど）、それよりも何よりも、ナ・ボンマンの態度によるところが大きかった。彼は、「兄貴たち」に対するのと同じようにキム・スニに接した。並んで歩いているときもうつむきっぱなしで、彼女のことを横目で盗み見しているばかりだった（だいたい彼女と付き合うことにしたのだって牧師夫人に勧められたからで、断りでもしようものなら部屋から追い出されるんじゃないかと恐れをなし、承知したというのが本音だった）。それでもキム・スニの方からナ・ボンマンに話しかけることはあった（彼女は普通に歩いているときも、両手の指を組んで歩いていることが多かった。「伝道師ウォーキング」とでも言おうか。その一環なのかどうかわからないが、声のトーンも常に「ソ」の音程を保っていた。これはつまり「伝道者のトーン」）。でもナ・ボンマンはそのたびに、蚊の鳴くような声でひとことふたこと返事をするばかりだった。例えばこんな感じ。

「今日の聖歌隊の歌、悪くなかったでしょ？」

「ええ……」

「羽根をむしられて丸裸になった鶏って、お祈りしてるみたいに見えません？」

「え……あ、はあ……」

ナ・ボンマンのそんな煮えきらない態度にもめげず、キム・スニはまるで新入りの信者に対する聖職者よろしく根気よく彼と肩を並べ、チキン屋までの道を歩いた。すると、半年ほど過ぎた頃から、少しずつ少しずつ、変化の兆しのようなものが見え始めた。ナ・ボンマンが自分からキム・スニに話しかけるようになったのだ（初めてかけた言葉は、「どうしていつもそうやって指を組んで歩いてるんですか？」だった）。何が彼の心を開かせたのかについては諸説あるが（キム・スニいわく、すべては「神様がこの世におわす証」、牧師夫人に言わせると「あの子も所詮はフツーの男だったってことよ」）、最有力候補はやはりこれだろうか。ナ・ボンマンが後にキム・スニに打ち明けた、いささか他愛のない、しかし紛れもない事実。

「あ、あのう……僕、何々ですとか、ますとか、しゃべってもらったの、初めてだったんです。スニさんが初めて……」

神がおわす証だろうが、丁寧語のためだろうが、はたまた指を組んだ姿勢によって生じた思わぬボリューム感のせいだろうが（あ、これは単なる個人的な推測）、ともあれナ・ボンマンはその後、長足の進歩を遂げ……牧師夫人の言うところの「フツーの男」になっていった。これはいわば、「兄貴たち」以外存在しなかった彼の内面に、〝したい〟という新たな意志が芽生え、根づいた現象と説明できよう。

ナ・ボンマンはキム・スニに勧められ、一九七七年の三月から自動車の運転免許試験を受け始めたのだが（これについては若干の説明を加える必要があろう。キム・スニと付き合うようになって二年近く経つというのに、当時のナ・ボンマンは、いまだ彼女と接吻はおろか、手を握ったことすらなかった。ナ・ボンマンとて何度かは事に及ぼうと試みはした。けれど毎度拒まれ、そんなことより一緒にお祈りでも捧げましょうよ、と言われてしまうのだった。そんなふうに焦《じ》らした挙げ句、キム・スニは唐突にこんな話を持ちかけてきた。「専門職」に就いてくれれば一緒に暮らしてもいい。それが一九七七年三月のことだったのだ。まったくもって唐突な提案ではあった。けれどナ・ボンマンはその翌日からさっそく教習所に通い始めた）、彼は試験に都合十一回失敗し、一九八〇年の九月になって、ようやく自分の名が記された免許証を手に入れた。そして翌年の三月に丹邱洞《タングドン》にある「安全タクシー」に就職するが早いか、翌月には会社の近くにある仏蘭西《フランス》式住宅*内の四坪ほどの部屋を間借りし、キム・スニとふたりで暮らし始めた。

ナ・ボンマンはその部屋で、キム・スニと初めての口づけを交わした（キム・スニはしかし、それ以上は許してくれなかった。妊娠したら職場をクビになるというのが表向きの理由だったけれども、実際は教理によるところが大きかった。それでキム・スニはいつも、口づけを交わしつつズボンのジッパーを下ろそうとするナ・ボンマンの手を握り、またもやお祈りへと導いた。おかげでナ・ボンマンはいつも、尻を半分がた出したまままお祈りを捧げる羽目になった）。

ナ・ボンマンが三年もの間、運転免許が取れなかったことについては、実はそれ相応の秘められた理由《わけ》があった。彼が毎度引っかかっていたのは学科試験だったのだけれど、それも致し方ないことだった。ナ・ボンマンは、文字の読み書きがほとんどできない、いわば文盲《もんもう》に近かったのだ（当時、彼が読み書きできた文字といえば、自分の名前と住所のほかは「鶏の丸揚げ」「鶏肉」「若鶏」「オットゥギ*天ぷら油」「ビヤホール」といったナ・ボンマンにとっての日常語、あとは「京郷《キョンヒャン》新聞」「毎日経済新聞」ぐらいのものだった。幸い、数字の読み書きはきちんとできた）。曲がりなりにも小学校を出た人間が何たる体たらくか、というお叱りにきちんとお答えしようと思ったら、当時の国民学校の教育システムから教育環境、また彼が暮らしていた「兄弟の家」の運営状況などに至るまで、一つひとつ言及すべきなのだろうが、充分に状況を説明するに足ると思われる一文を思いついたので、それで済ませてしまうことをご容赦願いたい。それは……、彼のことなど誰ひとりとして気に留めなかったためだ。彼が文字を読もうが書こうが、はたまた描こうが刻もうが木版画にしようが、誰も知ったことではなかったのだ（彼のクラスの児童数は六十七人、「兄弟の家」で暮らす子どもの数は七十一人だった）。そんな環境だったから、先生に何度か手のひらを叩かれつつ*それなりに勉強はしたけれど、それが彼の読み書きの能力に大きく影響することはなかったというわけだ（もしや誤解されている向きもあるかもしれないので言わせてもらうと、だからといって彼の知能に何らかの問題があったわけではない。彼は、学習能力の「いささか劣る」子どもだったにすぎない）。彼の担任とて、何らかの崇高な志をもってナ・ボンマンを叩いたわけではなかった。単にイライラして、つまりある重要な時期を逸したのはわかっているけれど、それを初めからいちいち正してやるには子どもの数が多すぎて、それでやむなく手のひらを叩いて済ませたのだった。といっても、ナ・ボンマンがそのことで不便を感じたことは一度もなかった（免許試験を除いては）。名前と住所、そして「鶏の丸揚げ」「鶏肉」「若鶏」「オットゥギ天ぷら油」「ビヤホール」「京郷新聞」「毎日経済新聞」。それだけしか文字を知らなくても、生きていくうえでまったく問題はなかった。それで彼はそのまま、ずうっと、生きてきたのだった。

そんなナ・ボンマンが、自らの能力についてわかりすぎるほどわかっているナ・ボンマンが、学科試験への飽くなきチャレンジを続けたのは何ゆえか。答えは、その試験がすべて客観式問題だったことだ。四択問題だし、うまくすれば受かるんじゃないか。ナ・ボンマンはそう期待したのだった（キム・スニは、ナ・ボンマンが読み書きに何らかの問題を抱えていたということにまったく気づいていなかった。かなりの歳月が流れた後で、彼女はそれを知ることになる）。また、いまひとつの大きな理由として、キム・スニと同棲したいというあふれんばかりの意欲、そしてキム・スニと同衾《どうきん》したいという熱望。そういったものに取り憑かれ、自分自身に対し、ある種の客観的な判断を下せなくなっていたという点も挙げられよう。そんなこんなで、二十二点、十八点、二十六点、八点……といった点数を記録していたにもかかわらず、ナ・ボンマンは受験をあきらめることができなかったのだ（気の毒なキム・スニはその頃、ナ・ボンマンの学科試験の日程に合わせて早朝の百日祈願などをしていた）。ナ・ボンマンは結局、チャレンジ三年目の一九八〇年七月、試験会場周辺にうようよしていたブローカーの手を借り（当時としては大金だった十五万ウォンを投じて）、学科試験にパスした。彼がブローカーに渡したその十五万ウォンという金額は、彼がそれまでの九年間、新聞を配り、祈りを捧げる鶏をフライにして貯めた全財産の半分に相当した。

ナ・ボンマンは、タクシーを運転するとき常に安全運転を心がけ、きちんと信号を守り、駐車違反のステッカーを貼られたことなど一度もなかったが、それには、自分が学科試験に不正な方法でパスしたという、よって、道路交通法についての知識がいまひとつ欠けているという、いわば罪悪感とでもいうべきものがひと役買っていた。そのことでナ・ボンマンは、会社でも常に戦々恐々としており(彼は会社に入ってから根気よく練習し、〝描ける〟言葉をひとつ増やした。「安全タクシー」)、彼と似たような時期に入社したパク・ビョンチョルという同い年の運転手以外の誰とも言葉を交わさず、一杯やりに行くこともなかった。……ということでまあ、つまりは件《くだん》の日、ナ・ボンマンが原州警察署の交通課ならぬ情報課に行ったのも、何らかの秘められた意図があったわけではなかったことは、もうおわかりだろう。単に読み書きに難があったため、部屋のドアの脇に掛かっている看板が読めなかった。それ以上でもそれ以下でもなかったわけだ(情報課に足を踏み入れるやいなや、そこが交通課ではないことをナ・ボンマンは悟った……が、それゆえにむしろ、何が何でもそこで用を済まそうとした。まあどっちみち、どこも警察には変わりないんだし。だったら忙しくしている人にさっさと罪を告白し、とっとと帰った方がよかろう、と考えたのだった)。そしてその部屋に名前と会社名を書き残し、心も軽く帰ってきたのだった。そんな些細な理由で、何の変哲もない自分の名前を書き残すことで、事件の種を蒔いてしまった。それが、長い歳月が過ぎたのち、ナ・ボンマンが思いついた、自らの罪のすべてだった。

寝そべって、まあ聞いてくれたまえ。

＊

実のところ、当時、原州警察署の会議室で連日行われていた情報課のブリーフィング資料に「ナ・ボンマン」という名前が紛れ込んだのは、手違い、打ち間違いといった類《たぐい》の実務者による単純ミスに端を発した出来事だった。放火犯たちを三日間も匿ったカトリック文化館のチェ・ギシク神父と彼に協力した何人かの人物の名前の間にナ・ボンマンの名が挟まった名簿（名前の横には勤め先も併記されていた）は黄ばんだ藁半紙《わらばんし》に印刷され、その日のブリーフィングに出席した記者たちにいつもどおり配布された（ブリーフィング担当のクァク・ヨンピル警正も、記者からの質問を受けるまでそのことに気づかなかった）。手違い、打ち間違いといった類の実務者による単純ミスだったのだから、あれえ、すみません、この人は、あー、手違いで紛れ込んだんです。名簿から抜いてもらえると……とでも言って、クァク・ヨンピル警正がその場で訂正してくれていたら、その後、ナ・ボンマンおよびその関係者たちの身に降りかかる数々の災難はみな、「修正液」によって、または「Back Space」や「Delete」キーによって、跡形もなく消え去ったことだろう（よーくわかってますよ、あなたがそれを望んでないってことぐらい。まったく非道《ひど》い人ですね）。何もそんな難しいことでもなし、頭を掻きながらそう言えば、和気あいあいとした雰囲気のなか、ナ・ボンマンの名前にスッスッと二本線を引いてしまえば、それまでだったのだ。なのに……そのときその場に集まっていた人たちが、そうすることはなかった。まさにそのときだった。事故が事件に変貌し始めたのは。

それにはもちろんさまざまな理由があった。まずひとつ。そのときのブリーフィングの場に、治安本部所属の刑事たちと国家安全企画部所属の要員ふたり（そのうちのひとりをしっかり記憶に留めてほしい。のちにナ・ボンマンは、彼と運命の対面をすることになる。短髪で前髪を八二分けにした人物だ）が、一番後ろの席にどっかりと腰を据え、その全過程、全項目を見守って（時には何かを手帳にメモしながら）いたということ。だからといって、彼らがなにも、何らかの威圧的な雰囲気を醸し出していたというわけではない。彼らはただそうして何も言わずに座っていただけだった。だがクァク・ヨンピル警正の方は、ブリーフィングの間じゅう、記者たちよりも彼らの顔色をうかがうのに忙しかった。クァク・ヨンピル警正は、彼らが手帳に時折メモしている内容が気になるあまり、始終つま先立ちをしていた。

もうひとつは、クァク・ヨンピル警正個人の疾病にからんだ問題だった。四月一日に放火犯たちが原州で自首して以来、彼は四日以上家に帰れず、着の身着のままで警察署に泊まり込んでいた。それで彼は二日前の午後、家に電話をかけて、下着とワイシャツの替えを持ってきてほしいと妻に頼んだ。なのに彼の妻ときたら、それから二日経っても姿を現さず、電話にも出なかった（電話を取るのはいつも十一歳になる彼の息子だった）。一年前から慢性の痔を患っていたクァク・ヨンピル警正は、下着を着替えたくてもう爆発寸前で、とにかく早いところブリーフィングを切り上げて家に駆けつけ、妻と痔からまず天誅を下してやらんとの一念に取り憑かれていた。

記者たちの方にも責任はあった。ブリーフィング資料を見た彼らは、クァク・ヨンピル警正にからかうような質問を投げ続けた。

「じゃあ、このボイラー技士も逮捕されるということですか?」

クァク・ヨンピル警正も、初めのうちはまじめな声で答えていた。

「うー、まあ、そのボイラー技士もですね、大枠からみればやはり、国家保安法による犯人隠匿および同調となりますので」

「ボイラーをつけて部屋を暖めてやったことが、ですね?」

その質問を受けたあたりから、クァク・ヨンピル警正は気分を害し始めた。そんなの俺の知ったことか。上の命令なんだよ、このブンヤども、と言ってやりたいのはやまやまだったけれど……、そういうわけにもいかず……。

「うー、まあ、部屋を暖めるほかに、布団も運び込んで、水も差し入れて、うー、まあ、そのほかに何くれとなく世話を焼いた、何しろ当事者なもので……」

クァク・ヨンピル警正の話を手帳にメモしていた記者たちは、その手を止め、ざわざわし始めた。ニヤニヤとひとり笑いをする者もいた。そんなときだった。ナ・ボンマンの名が飛び出したのは。

「じゃあこれ、ここに出てる、このナ・ボンマンっていう人も同じ容疑なんですか？　勤め先からみてタクシーの運転手のようですが？」

クァク・ヨンピル警正がナ・ボンマンという名を聞いたのは、そのときが初めてだった。明らかに聞き覚えのない名前だった。ブリーフィング前に行われる情報課内部の打ち合わせでもまったく取り沙汰されなかった人物だった。クァク・ヨンピル警正は即答できず、チェ刑事の方に目を向けた。が、チェ刑事は当惑した体でうつむいたまま、記者たちへの配布資料をぱらぱらめくってみたりして、目が合うのを避けていた。

「うー、まあ、ですからこの人物は……これはその、オフレコということにしてほしいんですが……、ですから我々が、ある端緒をつかんでですね……いま、内々に捜査を進めている人物でして……」

クァク・ヨンピル警正は急場しのぎの回答をでっち上げ、気まり悪げに髪をかき上げた。

「疑いというと、チェ神父との関連性ですか？　それとも放火犯たちと何らかのつながりが？」

ひとりの女性記者が手を挙げて質問した。

「うー、まあ、ですからこの人物は、その、どちらの可能性もあってですね……、ともかくこれはオフレコということで、どうか……」

クァク・ヨンピル警正は記者たちにもう一度念を押し、あたふたとその場をお開きにした。タクシーを捕まえて自宅へ急行するに先立ち、彼がチェ刑事を執務室に呼びつけて、向こう脛《ずね》を蹴り上げること三回に頰へのビンタ二発、都合五発の短い体罰を加えたのは、ナ・ボンマンの名が、手違い、打ち間違いといった類の単純ミスによって名簿に紛れ込んだことを知ったためだった（彼がその場で記者たちにいちいち電話をかけて、あれは手違い、打ち間違いといった類の単純ミスでした、と説明しなかったのは、記者たちのことを信じ切っていたからだ。オフレコにしてほしいと頼んでおいたことだし……。それに何より彼にとっては、下着の方が緊急の事項だったから）。

ナ・ボンマンの名前と勤め先が地方新聞二紙に「内々に捜査中」という言葉とともに載せられたのは、その翌朝のことだった。

*

さあ、今度は左向きに寝そべって、聞いてくれたまえ。

事がそのように転がってしまったとはいえ、チャンスは明らかにもう一度あった。我らがノワール主人公が神と〝タイマン〟を張っているところであろうと、全国民の関心がひたすら原州カトリック文化館に向いていようと、我らがいまひとりの主人公ナ・ボンマンの関心は、ひたすら例の一点に向かっていた。どうして左折できないんだろう。罪を告白してきたっていうのに、このクソ忌々《いまいま》しいハンドルは何だって左に回らないんだ……？　自分の名前はおろか、勤め先まで新聞に載ったというのに（もちろん彼は新聞なんか見もしなかったし、彼の会社も、ナ・ボンマンの名前が載った地方新聞は取っていなかった）、彼は呆れるほどにこれまでどおりだった。わざわざ追加取材に出向いてくる記者もいなかったし、彼の名前をいちいち覚えていて、確認のため会社に電話をかけてくるような暇と情熱を持て余した購読者もいなかった。なら、それでよかったのだ。ナ・ボンマンがたとえ、会社に納めることになっている納付金二万八千ウォンを二日にわたって出せずにいたとしても（彼は直進する客ばかり選んで乗せていた。よって、一日に二万八千ウォンを稼ぎ出すことができなかったのだ）、彼の日常がさほど変わることはなかったはずだ。それなのに……。

それなのに、チェ刑事は何だって、あんなことをしたのだろうか。チェ刑事はどうしてあのとき「安全タクシー」の運転手控室に現れて、ほかの運転手がみな見ている前で、ナ・ボンマンにあんなことを言ったのか。そして問題をさらに面倒なものにしてしまったのか。これもみな、我らがノワール主人公の過ちなのか。はたまた在韓米軍のジョン・ウィッカム司令官の過ちなのか。否、ことによると、問題は我々が考えているのよりもっと複雑なところ、さらに奥深いところに隠れているのかもしれない。よって……話は続いてゆく。

チェ刑事は実のところ、ナ・ボンマンの顔を見るまでは、彼が誰なのか、なぜ自分が彼の名前をブリーフィング資料に紛れ込ませてしまったのか、さっぱり見当がつかなかった（彼もまた、クァク・ヨンピル警正と同様、事件が起きてから家に帰れずにいた。一歳になったばかりの息子が待つ家に)。で、チェ刑事は、ナ・ボンマンに謝罪しようと、何が何やらさっぱりわからないが申し訳ないことになったと、だから何も心配せず、安全運転を心がけなさいと言ってやるために、訪ねて行ったのだった。それは決して嘘ではない(まあ、本当の本音はというと、彼はいったい何者なのか、もしかして自分がよく知っている人物だったとか? まさか同窓生? などと思いが千々《ちぢ》に乱れ、不安が募って訪ねて行ったのだったが)。それがいざ運転手控室でナ・ボンマンの顔を見た途端、そいつが四日前、書類の検討でほとんど目が回りかけていたところへ押しかけてきて、相手の子どもの過失だのなんのと御託を並べた奴だと思い出し……秒速で気を変えた。クァク・ヨンピル警正に蹴り上げられた脛《すね》のあたりも思い出したようにずくんずくんと疼《うず》き始め……。ことによると、それでチェ刑事は心にもなかったことを、考えてもいなかったようなことを、ナ・ボンマンと彼の同僚たちの前でふっと口にしてしまったのかもしれない。うん、きっとそうに違いない。

「あんた、見たか? 今日の新聞」

チェ刑事は着ていた革ジャンパー(季節は春へと移っていたのに、彼はやむなくそれを身に着けていた)の懐《ふところ》から煙草を一本取り出して口にくわえながら言った。ナ・ボンマンは、無言で首を振った。

「それを見りゃわかるだろうが、俺たちはな、注意深く見守ってる。あんたをな」

チェ刑事は、そう言いながらズボンのポケットに片手を突っ込んだ。ナ・ボンマンの背後に立ち並んでいた運転手たちは、互いにひそひそと言葉を交わし合いながらチェ刑事をちらちらと盗み見た。その視線を意識してか、チェ刑事はポケットに入れた手をさらにぐーっと押し込んだ。

理解しがたかったのは（もちろん我々はまあ、わかるけれど）、そのときのナ・ボンマンの態度だった。卑しくも人間ならば、少なくとも「何のことでしょうか……?」だとか、「え、どうしてですか……?」ぐらいの反応はして当然だろう。ところが我らがナ・ボンマンはただただうつむいて、ひとことも発しなかったのだ。ほとんど気をつけの姿勢のまま、足の指を何度かこっそりもぞもぞさせただけだった。だからして……（事実、そんなナ・ボンマンの様子を見て、チェ刑事は内心少し戸惑った。「この野郎、ほんとに何かやらかしてんじゃないか?」などという考えが一瞬頭をかすめたりもした）、チェ刑事の方も、これといって言うべき言葉を見つけられなくなってしまったのだった。

「いいか?　ヘンな動きをするんじゃないぞ。忘れるなよ、俺たちがいつも見守ってるってことをな」

チェ刑事はそう言ってナ・ボンマンの肩を二度ほど小突き、ついでに一度、向こう脛《ずね》を蹴り上げておいて控室を出た。ナ・ボンマンの同僚たちは、モーセの前でふたつに割れる海のごとく、サーッと二手に分かれてチェ刑事に道をあけ、その姿が視界から完全に消えるのを待って、わいわいざわざわと取り沙汰を始めた。あいつ、何をやらかしたんだ?　新聞に載るぐらいなら、並大抵のことじゃなかろう?　あの野郎、はじめっから気に食わなかったんだよな、どことなく陰気くさいとこがさ。おっ、お前もか？　俺もだよ……。運転手たちは、口はそんなふうにせわしく動かしても、しゃがみ込んで脛をさすっているナ・ボンマンに近づこうとはしなかった。まあ、みなとくに他意はなく、単にビビっていただけだったのだが。捜査官がわざわざやって来たのだから。そのうえ、いつも見守っているからなと言い置いて帰ったのだから……。

そうして、事はまるで伝言ゲームか何かのように時を追って複雑化し、手のつけられない状況へと発展していった。誰が誰を咎《とが》め立てすることもできないようなありさまへ……。

＊

腹ばいになって聞いてくれたまえ。

このへんで、この物語のいまひとりのトラブルメーカーであるパク・ビョンチョルについてご紹介したいと思う。彼もまた、ナ・ボンマンと同じくらいに運の悪い人間だった。それは確かだったが、彼の場合……自業自得と言わざるを得ないときが少なくなかったため、「運が悪い」と単純に断言しかねる、そんな説明の難しい部分を持つ人物だった。それでもあえてひとことで、絶対に一文で言ってほしいとおっしゃるなら、うーむ……「寡黙の対極にいる」とでも言おうか。「他人様《ひと》のことに首を突っ込む」ことをほとんど〝我が使命〟と信じる（「国連安保理」みたいな性格の）〝おしゃべり男〟。彼はそんな人物だった。そんな男がナ・ボンマンと同期入社で、会社内でただひとり言葉を交わす相手だったのだから……だから、事はおのずとサラ金の利子のごとく、作られてから一時間経ったラーメンのごとく膨らみ続け、大ごとにならざるを得なかったのだ。

その日の午後の出来事にしても、そうだった。その日、つまりチェ刑事がナ・ボンマンの脛に蹴りを入れて去っていった日の午後、ナ・ボンマンは、今度は会社の管理常務から呼び出しを食らい、あれやこれや、助言ともいえない助言を傾聴する羽目になった（管理常務はチェ刑事の訪問後、ナ・ボンマンの名前が載った新聞を入手して読んでいた）。そしてナ・ボンマンは、その面談の場で初めて知った。自分の名前が交通事故だとか運転免許の不正取得などではなく、国家保安法がらみで紙面を飾ったのだということを。

「まあ……当局から何か言ってきたわけでもなし、いまのうちから俺が何やかんや言うことでもないかもしれんがな……」

指で机をコツコツ叩きながら、管理常務は口を開いた。視線はナ・ボンマンではなく窓の方へ向けたまま。

「聞いたよ。お前さんここんとこ、ちょっとおかしいんだってな。ほかの連中より走行距離は長いのに納入金は出せず……給料から引かれる一方なんだって？」

ナ・ボンマンは、言いたかった。違う。実は……左折ができなくなってしまったのだ。子どもをひとり車で引っかけてしまったのだが、そのせいだと思う。じきに元どおりになるはずだ。事故については、明らかにその子どもの過失だった。自分は道路交通法をきちんと守ろうと思っただけだ……。しかし彼は口をつぐんでいた。そのときのナ・ボンマンの心情はというと……、嗚呼なんともはや、ほっとしていたのだ。道路交通法に引っかかったかと思ってたのに、国家保安法だったのか。なんだ、心配して損した、……とまあ、……拍子抜けというか脱力した状態になっていて、誰かに何かを長々と説明するような気になぞとうていなれなかったというわけだった（そのときの彼にとって、国家保安法という単語は、彼とはまったく縁もゆかりもない、はるか遠くの国の名前のように聞こえた。パプアニューギニアとかコスタリカとか）。それで彼は、午前のときと同じように気をつけの姿勢で、何も言わずにひたすら管理常務のお説教を聞いていた。

社長の従弟にあたり、会社の実質的な財務責任者の地位にあった管理常務は、自社のすべてのタクシーの走行距離と給油量を引き比べ、運転手の勤務態度や実績を一日も欠かさずチェックする人間だった。彼にとって、この世のタクシー運転手は三種類だった。まずはガソリンをさほど使わなくても納入金をきちんと納める運転手、次はガソリンを大量消費しつつ納入金をきちんと納める運転手、そして最後はガソリンを大量に消費しておいて納入金は納められない運転手。そんな人物だからして、彼のことを好ましく思う「安全タクシー」所属の運転手は皆無だった（ヒーターをつけないようにとのお達しを出したのも彼だったし）。

「ともかくだな、我が社としては、お前さんが会社に損害を与えないことだけを切に望んどる。お前さんがその事件がらみでしょっちゅう呼び出しを食らったりだな、まあそんなことが起きたら……そのときはわかっとるな？　会社としては、どうしてやることもできん。タクシーの運転手になりたがってる奴なんぞ、掃いて捨てるほどいるんだしな」

そう言ってから机をまた二度ほど拳《こぶし》で叩き、管理常務はナ・ボンマンを解放した。彼はぺこりと頭を下げて、管理常務の部屋を辞した。くらり。彼は一瞬、めまいを感じた。けれど心は平穏そのものだった。ああ、道路交通法じゃなくて国家保安法だったんだ。なーんだ、取り越し苦労しちゃったよ……（オーマイガッ！　と天を仰ぎたくなる馬鹿さ加減だが）。ナ・ボンマンは、ただただそう思って安心していたのだ。

そんなナ・ボンマンに、事態がいかに深刻なのか、まともに、否、いささか話を膨らませて説き聞かせたのがパク・ビョンチョルだった。パク・ビョンチョルは、管理常務の部屋から出て、足を引きずるようにして控室へと向かうナ・ボンマンの手をつかみ、会社の裏手にある整備倉庫脇に、ほとんどむりやり引っ張っていった。そして時間をかけて周囲を注意深くうかがった後（もちろん誰もいなかった）、固く握った拳をナ・ボンマンの顔の前に突き出して、出し抜けにこう切り出した。

「いやあー、すっげえなあ！　まあ、俺ははじめっからわかってたけどな。お前が見かけどおりの奴なんかじゃないってことをさ」

当時、パク・ビョンチョルは耳のあたりの毛を長く伸ばし、ワックスをつけて丹念に後ろへ流した（どことなく歯車を連想させる）ヘアスタイルに凝っていた。人によっては、ギラギラしていささか鬱陶《うっとう》しいと感じたかもしれないが……。その髪からふっと流れてきたワックスのにおいに、ナ・ボンマンは一瞬、吐き気を覚えた。彼は顔をしかめ、パク・ビョンチョルから一歩遠ざかった。

「何のことだよ」

「まあまあ、いいってことよ。このパク・ビョンチョル様はな、ぜーんぶお見通しなんだからさ」

パク・ビョンチョルはそう言いながら、もう一度辺りを見回した。そしてこう切り出した。

「これはな、お前だから言うんだが、実は俺……反米主義者なんだわ」

パク・ビョンチョルはしかめっ面をし、もう一度、拳を握って見せた。ナ・ボンマンはぼんやりした目で、そんなパク・ビョンチョルの後ろに流した毛と握った拳を代わる代わる眺めていた。ただひたすら胃をムカつかせながら。


パク・ビョンチョルは確かに、反米主義者といえば反米主義者だった。彼はその頃、原州駅にほど近い鶴城洞《ハクソンドン》にある私娼街のお得意様だったのだが（彼は一週間に一度、必ずそこに足を運んだ。あんまり几帳面に通ってくるので、当時はまだその概念さえもなかったマイレージ積立サービスを受けていたほどだった。十回に一回は無料サービスという形で）、パク・ビョンチョルの反米意識（厳密には「反黒人意識」か）を芽吹かせたのが、その私娼街だった。

パク・ビョンチョルは私娼街で事に及びながらも、持ち前の「国連安保理」気質をどうにも抑えられず、絶えず隣の部屋の状況や内実をうかがうのに余念がなかった（そこの壁は、ほとんどが薄っぺらなベニア板だった）。暇さえあればコツコツと壁を叩き、一面識もない相手に「もう終わっちゃったんですか？　早すぎじゃないですか？」などと話しかけたりするので、彼はほかの客から胸ぐらをつかまれることもしばしばだった。彼はまた、隣の部屋に向かって自分の現在の状況をありのままに中継することもあり、その対価として事を終えた後、男たちから焼酎を奢られることもあった。そんなとき、パク・ビョンチョルはいつもこんなことを言った。

「私がですね、とっておきの秘法をひとつ、お教えしちゃいましょう。これはほんと、そちらにだけお教えするんですがね……、長くもたせたかったらですねー……、とにかくしゃべるんです。してる間じゅう、ひっきりなしに、ずっと、しゃべり続けてみてくださいな。黙ってするよりもね、少なくとも三倍はもつんですよ、これがね」

そんな話をしたあと少し経って、パク・ビョンチョルは、隣部屋でひっきりなしにしゃべっている男の声を聞いた。パク・ビョンチョルは当然その男に話しかけ、彼らは言葉を交わし続けた。

「ここにはよくお運びで？」

「ええ、まあ……何かその……、気分も浮かないもので……」

「まあ、天気もちょっと、アレですからねえ……。そちらの部屋はあったかいですか？」

「床はいいんですが、隙間風がちょっと入ってきますかねえ」

その日、女たちは怒りを爆発させた。このヘタレ！　いっそあんたたちふたりでヤったら！

そんなある日のことだった。パク・ビョンチョルはいつものように、隣室との境の壁を叩きながら、励んでいた。ところがだ。その日にかぎって、いくら壁を叩いても、話しかけても、何の反応も返ってこないのだ。うめき声は確かに聞こえてくるのにとんと答えがない。だったら、いい加減あきらめて自分の行為に没頭すればよかったものを……。しかし、そこはパク・ビョンチョル。懲りもせず壁を叩き、しゃべり続けた（例の秘法だの、声に出してしゃべらなけりゃ意味もないだの、三倍は云々……といったやつだ）。彼の理屈に従えば、隣部屋はすでに事を終えて静かになっているはずなのに、これはまたどうしたことか。時が経つにつれ、うめき声が高まるばかりで終わる兆しもない（そのせいでパク・ビョンチョルはますます焦り始めた。わけもなくプライドが傷ついたのだ）。それで彼は、もっと力を込めて壁を叩いた。あのう、隙間風が入って寒いでしょ？　尻が冷たくないですか？

「ねえ、ムダよ、なに言っても」

見るに見かねて女が口を挟んだ。二週間に一度の割合でパク・ビョンチョルの相手をしてくれていた、耳の少し遠い女だった。

「ムダだって？　なんで」

パク・ビョンチョルは女の方には目もくれず、相変わらず壁を叩きながら、うわの空で問い返した。

「米軍さんだからよ、隣の部屋」

女は寝そべったまま煙草を口にくわえた。

「米軍？」

「そう、黒人兵。時々来るのよね。名前は……何だったっけ。ウィリアムとかなんとか言ってたできなかった。

パク・ビョンチョルは、壁を叩く手を止めた。けれど、視線は壁に向けたまま、そらすことができなかった。

「にしても……長すぎねえか？　いつもそうなのか？　そいつ」

「毎日肉ばっか食べてるからかしらねえ。パワーがまあスゴイのよ、アイツら。持久力も……」

女は顔を左に向けて煙を吐き、フッと笑った。パク・ビョンチョルはその瞬間、体から力がすうっと抜けていくかのような気分に襲われた。そして何ということか……そこで果ててしまった。

「ケッ、何だよそりゃ。相手する方が大変じゃねえか、それじゃあよう……」

パク・ビョンチョルは女から体を離し、気弱につぶやいた。すると、パク・ビョンチョルの口に煙草をくわえさせてくれながら、女が何でもなさそうに言った。

「あら、構わないわよ、私たちは。料金二倍だしね」

その日からパク・ビョンチョルは、反米主義者になった。理由は胸のあたりでモヤモヤしていてうまく説明がつかなかったが、彼はその日から米軍が、黒人が、ただただ嫌いになった。そして彼はそれ以来、自分の反米主義を、米兵に対する乗車拒否（その頃、原州に置かれていた米軍部隊はキャンプ・ロングとキャンプ・イーグルのふたつで、いずれもタクシー業界としては無視できない上得意だった）の形で行動に移してきた。もちろん当の米兵たちは、まったく知ったことではなかったが。タクシーなぞいくらでも走っていたから。

「いったいいつ知り合ったんだよう、例の人たちとさあ。ええ？　俺にはひとっことの断りもなくよう」

　パク・ビョンチョルは煙草を口にくわえ、ポケットから小さく折り畳んだ新聞を取り出した。ナ・ボンマンの名前が載った、例のあの、地方新聞。パク・ビョンチョルは技士食堂《キサシクタン》*でその新聞を読んだあと、その面だけこっそり破って持ち帰ったのだ。コーティングを施してナ・ボンマンにくれてやるつもりで。

「俺が誰と知り合ったって言うんだよ？　もう行ってもいいかい？　眠くってさ、俺」

　ナ・ボンマンは片手でトントンと首の後ろを叩きながら歩き去ろうとした。するとパク・ビョンチョルが彼の前に立ち塞がった。

「わあこいつ、ほんっと一筋縄でいかねえな……。おい、お前がいま、眠いなんて言ってる場合かよ？　だいたいよく寝てられるよなあ、あんなことやらかしといてよお」

「ん？　もしかしてあの、国家保安法とか何とかのことかい？」

　ナ・ボンマンのその問いに、パク・ビョンチョルはしばらくの間、石になったかのように立ち尽くしていた。ナ・ボンマンの何でもなさげな態度に、彼の緊張は否応なく高まった。

「あれ……俺じゃないよ。何かの間違いだって。だいたい道路交通法以外に俺らが引っかかることなんてあるわけないだろ」

　ナ・ボンマンはそう言い残してまた歩き始めた。その彼の腕をパク・ビョンチョルが引っつかんだ。

「おいお前、ひょっとして国家保安法が何なのかも知らないんだろ？　そうだろ？」
パク・ビョンチョルはナ・ボンマンの目を覗き込んだ。ナ・ボンマンは、そんなパク・ビョンチョルと目を見交わして、眠りから覚めたばかりの牛みたいに何度か目をぱちくりさせた。そしてゆっくりとうなずいた。そのときからだった。ナ・ボンマンが何やら妙な気分に取り憑かれ始めたのは。

＊

コーヒーでも飲みながら、まあ、聞いてくれたまえ。

その日、「安全タクシー」の整備倉庫内の廃タイヤに腰を下ろしたパク・ビョンチョルから聞かされた話は、ナ・ボンマンにとってはかなり深刻かつ衝撃的なものだった。その内容というのはまあ、我々がすでに承知していることばかりだったのだけれど、それがパク・ビョンチョルという媒介者を得て風船ガムのように膨らまされ、恋人から捨てられた相撲取りのパンツのゴム紐《ひも》のごとく、びよーんと伸ばされてしまった。膨らんで伸びたら、さてその次はどうなる？　破裂するか、切れるか。それが当然の成り行き。それがナ・ボンマンを深刻にさせた主犯だった。

まあそれは厳密に言って、パク・ビョンチョルひとりのせいと言いきれないところはあった。

パク・ビョンチョルは単に、誰かから聞いた話に多少の推測をつけ加え、若干膨らませたにすぎなかった。要するに、パク・ビョンチョルでなくとも、それぐらいの推測や誇張を何の気なしに加味することは充分にあり得たということだ。問題は、当時の状況が、推測や誇張の余地があることは例外なく推測と誇張に、推測と誇張はというと事実と真実に、そして事実と真実はただちに捜査と逮捕につながるという、出口のない循環構造を成していたというところにあった（当時は多くのメディアがそういった役割を、先頭に立って、時には情報機関による添削指導まで受けて、そつなく、情熱的に果たしていた）。ナ・ボンマンの場合、すでにその罠に片足を深く踏み込んでしまっていたので、パク・ビョンチョルとしても、推測と誇張をそのまま口にする以外、言えることなどなかった。ただそれが、人よりやや感情的で、その場の思いつきによるところが大きく、かつ執拗だったというのが、パク・ビョンチョルの問題といえば問題だっただろうか。

例えば、こんなことを言っていたような。

「いいか、お前。これはな、道路交通法どころの騒ぎじゃねえんだよ。お前さん、道路と付き合ったのか？　いっぺん寝てみたか？　道で寝たんなら、まあ罰金で済むさ。だけどお前はな、いわば国を食っちまったんだ。国を強姦したのとおんなじことなんだよ。わかるか？　それが国家保安法ってもんさ。罰金で済むようなことじゃねえんだよ。国がだぞ、罰金ごときで合意してくれるわけなかろうが！」

それから、こんなことも言っていたような。

「だいたいお前、フツーならな……その、あれだ……、ビビっちまって勃《た》ちもしねえぞ。バレたら死刑か無期懲役かってとこなんだぜ、硬《カタ》くなるわけねえだろが、チクショー。そこをお前さんは……勃たせたってこった。いやいや見上げたもんだ。まったくもって大したタマだぜ」

そのうえまあ、こんなことまで。

「で、事がそう簡単に済まなくなるのはだな、それがつまり、アメリカを食っちまったのもおんなじだからなのさ。まあ、アメリカ女をヤっちまったってことだな。それでこんな大騒ぎになってるのよ。なんたって、アメリカを食っちまったんだからさ……。どうだ？　お前さんがいまどんな事件に巻き込まれてんのか、ちっとはわかってきたか？」

「そんなこと……ほんとにしてないんだって。そんな……俺が誰かを食っちまっただなんて……。食ってないってばさ、俺は」

ナ・ボンマンは顔の前で手を振って、パク・ビョンチョルに異議を申し立てた。けれどその声は、かすかに震えていた。

「お前さんは食わなかったろうよ、そりゃさ。単に見張りでもしたか、逃げるのを手助けしただけだろうよ。それで、疑われてるんだろが」

「だから違うって！　知りもしない相手を何だって俺が助けるんだよ！」

「お前、チェ・ギシク神父、知らねえのか？　鳳山洞《ポンサンドン》の交番前の、カトリック文化館だか何だかにいる、チェ神父」

「チェ神父？」

ナ・ボンマンは首をひねりながら、しばし頭の中を手さぐりした。「兄弟の家」にいたとき訪ねてきた人か？　だが、いくら記憶をひっくり返してみても、そんな名前は出てこなかった。いや、ことによると、そんな人が訪ねてきていたのかも……。あそこには、いつも知らない人たちがたくさん出入りしていたから。

「これこれ、よく見てみろよ。ここにお前の名前が出てるだろ。なんで見ようとしねえんだよ？お前に見せてやろうと思って、俺がわざわざ持ってきてやったってのにさあ」

パク・ビョンチョルは、新聞をナ・ボンマンの鼻先へ突き出した。ナ・ボンマンは上目遣いにパク・ビョンチョルの顔をうかがってから、また新聞へと目を落とした。そこには確かに自分の名前が載っていた。彼の読める字はそれだけだった。

「俺、ほんとに……この人たち知らないんだけど……」

「まあまあ、いいってことよ。パク・ビョンチョル様を信じろって。誰にも言わねえからさ、俺にだけはこっそり教えてくれよ。お前、どんなことしたんだよ、そこで？　えぇ？」

「だから、俺はほんとに……」

「やい、てめえ、いい加減にしろよ。何にもしてねえのに新聞に載ったり刑事が来たりするかよ。俺ら、友達だろうが。それでも言えねえってのか？」

「いや、だから、そうじゃなくて……、俺はほんとに何にも知らなくって……」

ナ・ボンマンはほとんど泣き出しそうな顔で、新聞をもう一度覗き込んだ。新聞の上段に載っている白黒写真の中で、ひとりの神父が刑事たちに取り囲まれながらも朗《ほが》らかな笑みを浮かべていた。どう見ても一度も会ったことのない、初めて見る人物だった。

「お前、この人たちのこと、ほんっとに知らねえって言うんだな？」

パク・ビョンチョルの問いに、ナ・ボンマンは黙ってこくこくとうなずいた。とはいえ正直なところ、自信がなかった。新聞に出ているほかの名前を読めなかったからだ。それらの名前の中に、自分が知っている誰かが入っているんじゃないか……。そんな不安な気持ちが絶えずナ・ボンマンを苛《さいな》んだ（やっぱりA型だな、これは……）。パク・ビョンチョルの方は、そんな彼と並んで座り、煙草を口にくわえたまま、耳の後ろに流してワックスで固めた毛をいじっていた。

考え事をしているときや、何か悩み事があるとき、耳の後ろのゴワゴワした毛をいじるのは、彼の癖だった。まあ確かに、こいつがそんな途方もないことに関わるってのも、何だかなあ……。ならば、だ。

パク・ビョンチョルは、少し真面目な声になって言った。

「だとしたら、だ……。もしかしてお前、そうとは知らずに関わっちまったんじゃねえか？　まあ例えば……その人たちがお前のこと利用したとか、わざとお前に疑いがかかるように仕向けたとかさ……」

「り、利用？」

「ああ。お前がほんとにその人たちのこと知らないってんなら、ほかに考えられねえだろ？　それで、刑事たちもお前のことをすぐにとっ捕まえねえで、とりあえず泳がせてる……。ああこれだ！　間違いねえ！」

パク・ビョンチョルは煙草を吸いかけてやめ、またもや拳をぐっと握ってみせた。口を固く結んだまま、うんうんとうなずいたりもした。

「でも、どうやって利用するんだい？　知り合いでもない俺のことをさ」

「お前、そっちの方に行く客、乗せなかったか、最近？　カトリック文化館じゃなくてもさ、鳳《ポン》山洞《サンドン》の方へ行く客だよ。え？」

取り調べをする刑事のように、パク・ビョンチョルはナ・ボンマンを問いつめた。

「え……ポ、鳳山洞？」

鳳山洞は、「安全タクシー」のある丹邱洞《タングドン》の方から見れば、原州市の右の方にあるエリア。つまりは、右折で行ける所だった。

「い……行ったことは行ったさ、何度か……」

ナ・ボンマンは頭を掻きながら言った。

「そん中に不審な奴、いなかったか？　何かヘンなこと言ったり、頼み事したり……」

「さあ……どうだろ……、客の顔だっていちいち覚えてないしなあ……」

「いいか、よーく考えてみろって。思い出せれば、お咎《とが》めなしになるかもしんねえんだぞ」

ナ・ボンマンは、胸のポケットから煙草を取り出して口にくわえた。いくつかの顔が頭に浮かびはしたけれど、誰が誰なのか、どこからどこまで乗せた客だったのか、よく思い出せなかった。

それが彼の不安をいっそうかき立てた。

「だけどさぁ……」

パク・ビョンチョルが煙草の吸殻を整備倉庫の裏手にポイと投げ捨てたとき、ナ・ボンマンが口を開いた。

「その人が誰なのか知らずに乗せただけでも罪になるのかい？　俺は誓って、そんな人たちを乗せてやったりしてないよ。料金だってちゃんと貰ってたし……」

ナ・ボンマンは煙草を持った手で、悔しそうにトントンと胸を叩いた。

「ああまったく、なんてわからない奴なんだ。いいか、よーく見ろ。ほらここ。ここに出てるボイラー技士。そいつは知ってたと思うか？　その部屋にいる連中が誰なのか。知っててボイラーつけて、布団敷いてやったわけじゃなかろうよ。つまりはだな、捕まったらもうそれでおしまいってことよ。わざとじゃなくってもな、肩がトンってぶつかったら、それでもう罪になっちまうんだよ。だから国家保安法ってのが怖いんじゃねえか、道路交通法なんかよりもよう。わかったか、このマヌケ！　そこにはなあ、双方の過失とかいう甘っちょろいもんなんぞ、ハナからねえんだよ」

パク・ビョンチョルにそう言われ、ナ・ボンマンは、煙草の煙を深々と吸い込んで吐き出した。悔しかった。けれど、恐怖の方がもっと大きかった。自分の預かり知らぬ罪だったからなおさら。罪を自ら認識しているのとは、明らかにわけが違った。そのときナ・ボンマンは、ある魔術にかかり始めたのだ。ひとつの心配がきっかけとなって何から何まで心配になり、ひとつの恐怖が何十種類もの恐怖につながってゆく、そんな……。

「じゃあ……、これから……どうしたらいいんだろう？」

ナ・ボンマンは、膝に顔をうずめて言った。キム・スニの顔が一瞬、頭をかすめた。この窮状を彼女に説明したら……そしたら、やらせてくれるんじゃないか、一度くらい……。そんな場合ではないというのに、彼はしばしばそんなことを思った。憂鬱さがちょっぴり増した。

「おい、でもまだチャンスはありそうだぞ。刑事どもがお前をいますぐ逮捕しないで泳がせてるってことはだな、何者かがまたお前に接触する可能性がある、そう見てるってことさ。お前が気づいてねえだけで、誰かになんか預けられてるのかもしれねえな。ともかく刑事たちはだ、その瞬間を狙ってるんじゃねえか？　なら、先に見つけ出すんだ。罪になるような何かを俺たちが先に探し出して、刑事に渡してやろうぜ。そしたらお前は無罪放免だ」

パク・ビョンチョルは声を低くして、周囲をうかがいながら言った。実のところ、彼は秘かな胸の高鳴りを感じていた。自分が何か巨大な事件（要するに新聞に載るような）と関わりを持ったような気分、また我こそがそれを解決できる唯一の者、といったような気分になってきたためだ。それまで生きてきて、ただの一度もなかったことだったから……彼は興奮してしまったのだった。自分のことでもないのに、まるで自分のことのように（くどいようだが、それでこそパク・ビョンチョルと言えた）。よって……当然のことながら、パク・ビョンチョルはそのとき、予想だにしていなかった。そのことで、どのような悲劇が自分を襲い、そしてどんな結末を迎えることになるのか……。たとえ、まあ……すべては自業自得だったとしても……。

パク・ビョンチョルが他殺体となって発見されたのは、それから三か月後の、とある土曜の朝のことだった。

窓を大きく開け放ち、煙草でもくわえて聞いてくれたまえ。

2

花咲き乱れるその年〔一九八二年〕の四月と五月は、我らがノワール主人公であり独裁者であり、高校三年生の子どもの父親でもあった全斗煥《チョンドゥファン》将軍にとって、過酷にすぎる出来事が続けざまに降りかかった季節と言えた。とはいえ、ことによるとそれらはみな、彼が神と真っ向から〝タイマン〟を張るにあたり、避けて通るわけにはいかない試練だったのかもしれない。まあもちろん彼は、そんな試練の数々を平然と、時として部下にすべてを押しつけて、難なく乗りきったわけだけれど。そこは我々もよく知っているとおり、いとも易々《やすやす》と。

まずはその年の四月十七日。ちなみにその日は原州《ウォンジュ》カトリック文化館のチェ・ギシク神父が「釜山《プサン》アメリカ文化院放火事件」に関わった容疑で身柄を拘束されてから、きっかり十日後にあたる土曜日だったのだが、「韓国教会社会宣教協議会」なる団体が短い声明文を出した。それによって、我らが独裁者の心の安寧は、激しくかき乱されることになった。「釜山アメリカ文化院放火事件に対する当方の見解」というサブタイトルがついたそれは、国内はもちろん外信記者にも発送され、ワシントンのレーガン政権のもとにまで届いてしまったのだ。その内容はというと、主にアメリカの対韓国政策への批判。朝鮮半島南部の光州《クアンジュ》市で起きた軍人たちによる無差別虐殺はアメリカの暗黙の容認のもとで発生したものであり、「釜山アメリカ文化院放火事件」は、その延長線上で起きたのだと主張するその声明文は、ウォーカー駐韓アメリカ大使と在韓米軍のジョン・ウィッカム司令官を本国へ送還するよう求めて結ばれていた(彼らが駐韓アメリカ大使と在韓米軍司令官の本国送還を求めたのは、そのふたりがメディアを通じて吐いた暴言によるところが大きかった。まず、在韓米軍司令官は米コロンビアのあるメディアのインタビューに応じ、そこで「韓国人の国民性は野ネズミに似ている。誰が指導者になろうが、それにくっついてゆく。民主主義など韓国人には豚に真珠だ」と言い放った。光州での虐殺からいくらも経たない頃のことだった。一方の駐韓アメリカ大使はというと、「韓国の反体制勢力も学生も分別のないガキ」とばっさり切って捨てるような発言をしていた)。カトリックの神父とプロテスタントの牧師が主軸となって発表されたその声明文は、それでなくとも穏やかでなかった我らが独裁者の心をますます落ち着かなくさせたのだが、そのわけは、当時の合衆国副大統領ジョージ・ブッシュ（彼のフルネームは“George Herbert Walker Bush”。後にアメリカの第四十一代大統領となり、その息子の“George Walker Bush”は第四十三代大統領を務めることになる。世の人々は一般に彼のことを〝パパ・ブッシュ〟と呼ぶが、この名は息子の教育においてポカをした父親の代名詞ともなっている）の訪韓が、ちょうどその翌週に予定されていたためだった。金浦《キンポ》空港から青瓦台《チョンワデ》〔ソウルにある大統領官邸〕に至る道筋に幾重ものアーチを作って歓迎しても足りないところへ、オーマイガッ、兄貴の国を侮辱する怪文書が出回るなんて！　そこで我らが独裁者はその翌日、外務部長官を急遽アメリカ大使のもとへ走らせて、「もののわかっていない一部の宗教人どもの言動など気にしないでほしい」と頼み込み、頭を下げて謝罪した（そのとき外務部長官は、取り囲む記者たちに向かって一喝した。「信仰も国家あってこそのものだ！」と。若干言葉を補えば、こうなる。「信仰も兄貴の国あってこそのものだ！」）。その一方で、声明文に名を連ねた聖職者を残らず最高検察庁に呼びつけて取り調べ始めるとともに、「キリスト教指導者協議会」なる見たことも聞いたこともない団体の名で、「そんな声明文は百パーセント誤解に根ざしたものであり、米韓の絆に何ら影響を及ぼすものではないことを確認する」という声明を発表させた（ちなみにアメリカに盾つく声明に名を連ねた「韓国教会社会宣教協議会」所属の聖職者たちは、ジョージ・ブッシュのおかげで逮捕だけは免れることになった。皮肉な話だ。ありがたいお客様が我が国にお越しになるというのに、国論の分裂したありさまなんぞを見せつけて、藪から蛇を出したくない……ということもあり、閣下の偉大なる寛容さが発揮されたのだ。……とすると、ジョージ・ブッシュというのはまあたまには悪くないこともした御仁《ごじん》だったということか。子弟教育を除いてだが。しつこいようだが念のため）。

四月二十六日、ジョージ・ブッシュ、無事訪韓。当時、米政界の実質的な第一人者だったマサチューセッツ出身のこの老練な政治家は、訪韓第一声として、「両国間の伝統的な友好協力」「在韓米軍の不撤退原則」「全斗煥政権に対する米国の確固たる支持」などを改めて強調することで、声明文のことで気を揉んでいた我らが独裁者の揺れる心をやさしく癒やしてくれたうえで、レーガン大統領の親書を届けてくれた。それも手渡しで。感激した我らが全斗煥将軍は彼のグラスに手ずからシャンペンを注ぎ、「アメリカの建国理念と私の信念は常に同一だ」などという、やや意味不明の乾杯の音頭を叫ぶなど、和気あいあいとした雰囲気を醸し出すべくあれやこれやと心を砕いた。なのに嗚呼、何たることよ。我らが独裁者が笑顔を顔に貼りつけて、ジョージ・ブッシュがどんなメニューによく手を伸ばしているのか横目でうかがっていた、まさにその頃。彼は……またも不意打ちを食らってしまった。此度《こたび》の舞台は慶尚南道《キョンサンナムド》の宜寧郡《ウィリョングン》。その地で凄惨な事件が起こってしまったのだ。宜寧郡の宮柳《クンニュ》支署〔派出所に相当〕に所属するウ・ボムゴン（禹範坤）巡警〔日本の巡査に相当する〕による拳銃乱射事件。ウ巡警はジョージ・ブッシュの訪韓当日の夕刻、支署に保管されていたカービン銃と実弾百八十発、さらに手榴弾を七個持ち出した。そして市場、郵便局、民家などに向けて銃を乱射し、住民六十二人を一瞬にして亡き者にしてしまった（被害を拡大させたファクターはずばり、犯人が警察官だったということ。あちこちで銃声がとどろいているのに、そしてその音を発生させた張本人が手榴弾まで隠し持って玄関先をうろついているというのに、人々は逃げようともせず、のんきに食卓を囲んでいた。下手人《げしゅにん》に向かって、「共産ゲリラの掃討訓練かい？」などと訊ねて被害者となってしまった者もいた）。ウ巡警は犯行直後、手榴弾で自ら命を絶った。その事件は大きな波紋を広げた。何となれば、我らが独裁者の統率力に何らかの致命的な不具合があるのでは、という印象をジョージ・ブッシュの頭に深く刻みつけるとともに、韓国国民の全斗煥政権に対する不信感を呼び覚ます役割を、忠実かつダイレクトに果たしたわけだから。我らが独裁者は国民に対し、暇さえあれば法治を強調するとともに、公権力に歯向かう者はそれが誰であろうと許さぬと恫喝、否、説き聞かせてきた（つまり、我らがノワール政権の基盤自体が公権力に置かれていることを自ら認めてしまっていたわけだ）。ところがウ・ボムゴン巡警の事件というのは、いわばその公権力が通り魔に変身し、無辜《むこ》の市民に暴力を行使したことになるわけだから、我らが独裁者をしてしばし沈黙せざるを得ない状況に、……口をつぐみ、あの広い額を時折ポリポリ掻きながら座っているしかない状態に追い込んだのだった。新聞各紙は全斗煥政権の発足以来、初めて政府を批判しまくり始め（もちろん「警察」組織のみに極度に限定されてはいたけれど）、思いもかけぬ事件で親を亡くし、にわかに孤児になってしまった子どものエピソードなどを報道しては、国民の血圧を六〜八㎜Hgほど上昇させるのに労を惜しまなかった。

とまあ以上のように、全斗煥将軍は危機に直面し続けたわけだが、しかし、ゆめゆめ忘るるなかれ。彼のまたの名が「ノワール主人公」であることを。我らがノワール主人公は、またもや捜査を通じての事態収拾に乗り出した。まずは、内務部長官、警察庁長官、慶尚南道知事を一気に更迭するとともに、捜査員の一新を図った（このとき新たに内務部長官の地位に就いたのが、何を隠そう盧泰愚《ノテウ》将軍*だった。全斗煥将軍の〝ベストフレンド〟であり、ふたりでがっちりタッグを組んでクーデターを起こした人物。そして後に、全斗煥将軍からバトンタッチして大統領になった、これまた四つ星将軍*出身の独裁者だ）。続いて彼は、この事件の性質をすり替えるという――つまり、公権力の濫用によるものではなく一個人が起こした事件へと――高難度の捜査技法を駆使したのだが、その際に利用されたのがウ・ボムゴン巡警の恋人だった（やはり事件当日に死亡）。筋書きはこうだ。事件当日、ウ・ボムゴン巡警と彼女は激しく言い争い、頭にきたウ巡警が事件を起こした。悪いのは公権力ではない。恋愛なんぞというものが曲者《くせもの》なのだ、という結論。親に反対されるような恋愛はすべきではないという結論……。そんな形に事件が帰結するや、政府への批判記事は一瞬にしてメディアから姿を消し、代わって紙面に登場したのがウ・ボムゴン巡警とその恋人の家族に関する記事、または家族や周辺人物へのインタビューなどだった（つまり「ウ・ボムゴンは普段はおとなしい性格だったが、酒を飲むと一変して暴力的になった」とか、「何となく気に入らないので、結婚に反対していた」とか、「小さい頃から兄に殴られて育った」といった、さもありなん系の。もちろん実名、写真付き）。それによってウ・ボムゴン巡警の母親と兄は夜逃げ、恋人の家族の方も、娘の葬式すらまともに出してやれないという悲劇が起こった。だが……いいのだ、それで。事件の原因が一個人の恋愛問題であり、性格の問題であり、家族の問題だったと結論づけられたなら、公権力はもはや無罪放免なのだから。そこにはもはや、理念だの冷戦だのジョージ・ブッシュだのといった問題が入り込む余地はないのだから、それで一件落着、なのだ。それこそが我らがノワール主人公の捜査技法であり、統治哲学だったのだから。

ところが、我らが将軍の試練は、こちらの方は一件落着とはいかなかった。月が替わって五月四日、ウ・ボムゴン巡警事件の騒ぎがようやく落ち着いてきたかという頃、これまた何たることよ、今度はなんと、我らが独裁者の親戚が事件を起こしてしまった。まあ、親戚といっても多少ややこしいのだが、我らが独裁者の妻の叔父の義妹にあたる張玲子《チャンヨンジャ》が夫の李哲熙《イチョルヒ》と謀ってやらかした数千億規模の約束手形詐欺事件、その額がまた、想像を絶していた。彼らは主に中堅どころの建設会社に資金を貸し付け（その資金はもちろん、すべて銀行から無担保信用貸付で借りた金だった）、その資金の十倍ほどにあたる約束手形を担保として受け取っていた。ところがそれを、約束をたがえて市中に割引・流通させたのが問題だった。被害総額は七一一一億ウォン（当時の物価をお教えしよう。米は八十キログラム入り一袋で四万四千ウォン、都市労働者の平均月給は二十二万ウォンだった）。中堅の建設三社を倒産に追い込み、都市銀行の頭取ふたりを含めた計三十一人を法廷に立たせたこの事件は、建国以来前代未聞の詐欺事件とされ、それでなくとも不景気だった国家経済を最悪の状況にまで追い込むに至った。実体経済のグラフは急激な右下がりの線を描き、非銀行《ノンバンク》金融機関や消費者金融市場はほぼマヒしたまま、回復の兆しも見せなかった。さらに市中には（実のところ、こちらの方が致命的だったのだが）、この事件の背後に我らが全斗煥将軍がいる、という噂が広まり始めた。無理もなかろう。いくら大統領の親戚だからといって、銀行がそんな巨額の資金を無担保で、それも電話一本で貸すわけがない。何かほかの、もっと大きな力が働いたのでないかぎり……。人々は、こそこそとささやき合った。

そんな噂が我らが独裁者の耳にも届いたか、彼は事件直後、国務総理に法務部長官、財務部長官、与党事務総長などを怒濤の勢いで一挙に解任し、世論をなだめようとした。ところが、そのスピーディさがむしろ噂の方も疾風怒濤の勢いで広めるという逆効果を生んでしまった（つまり、「何かやましいところがあるんだろう」と勘ぐらせてしまった、ということだ）。噂はシベリアに広葉樹が生い茂っていくかのごとく、日一日と広まり、……我らが全斗煥将軍はやむを得ず、その月の十一日、メディアのインタビューを通じ、「事件に関わった者は、地位の高低を問わず処罰する。自分とてそれは同じ。問題があるなら調査を受け、相応の処罰を受ける」という旨の発言をした。が、……それを聞いた国民たちは、鼻で笑った。だって、いったい誰が信じる？　捜査官が自ら自分のことを調査するだなんて。指紋を採取していて自分の指紋が出てきたら、「あれぇ、何でこんなところに俺の指紋が？　おっかしいなあ。手袋が薄すぎたかな？」などとうそぶいて、ささっと消す。つまりは、そういう話にすぎないのだから。人々は、ただただ笑い続けた。捜査も、取り調べも、処罰も、みなひとりでするというのだから、ほかの者たちはこれといってすることもない。そして、大方の予想を裏切ることなく、我らがノワール主人公は、事件記録にさっと目を通しただけで、いつになくあっさりと捜査を終了させた（彼に容疑がかけられることもなかった。まあ当たり前だが）。そしてただちに便箋を取り出し、ジョージ・ブッシュが携えてきたレーガン大統領の手紙への返信に取りかかった。人々があざ笑おうが、失業者が街にあふれようが、金融がマヒしようが、知ったことか。ともかくレーガンは、自分のことを確固として支持すると言ったのだから。それさえあれば、降りかかってきた試練ぐらい易々と乗り越えられるのだから。ならば、自分は安泰なのだから……どうして返事を書かずにいられようか（彼が返事を書くのを急いだのには、実はもうひとつ理由があった。発端は、その頃に訪韓したリベリアの国家元首「サミュエル・ドウ」という御仁。三十やそこらの歳で、それも軍曹《サージェント》の階級章を付け、やはりクーデターで政権を握った「ドウ」は、アメリカに向かう途中で韓国にしばし立ち寄り、我らが独裁者と歓談をした。ふたりが交わした話の内容は、主にアメリカとレーガン大統領に関するものだったのだが、「ドウ」は我らが独裁者に向かって、アメリカが自分をどれほど高く買ってくれているか、唾を飛ばして自慢した。口をつぐんでひたすら聞いていた我らがノワール主人公は、彼が韓国を去るやいなや、すぐさまペンを取ったというわけだった）。彼はまず「アメリカの建国理念と我が信念は同一」という例の文句をとりあえず書いておいて、頭を悩ませ始めた。何かもっといいフレーズがないか……。窓の外、季節は華やぐ春だった。試練に見舞われ続けた五月のある一日、我らが独裁者は、すでに葉桜になってしまった桜に時折目をやりつつ、机に向かって便箋と格闘を続けた。勝負は簡単にはつきそうになかった。

*

鉢植えに水でもやりながら、ゆったりとした気持ちで聞いてくれたまえ。

我らが独裁者が神と真っ向から〝タイマン〟を張りつつ、不本意な試練にさらされていた頃、我らがいまひとりの主人公ナ・ボンマンはというと、自らの罪を見つけ出すべく、そうとは知らずに犯した罪と容疑と証拠を探すべく、身の周りの調査に余念がなかった。タクシーのトランクを開けてフロアについているボルトまでいちいち外し、目を皿にしてチェックしたり、運転席と助手席の足もとのマットをはがし、ひょっとして何か落ちてはいないか、盗聴器らしきものが仕掛けられてはいないか、執拗なまでに確かめた。彼はまた、タクシーに乗り込んでくる客の顔をよく見ておいて、彼らを降ろすやいなや、人相や身なりをスケッチし始めた。黄色い藁半紙《わらばんし》の裏に描かれたナ・ボンマン作のモンタージュは、どんな顔かたちなのか、描いた本人にもわからないような代物ばかりだったとはいえ。……無理もない。なにせ、生まれてこのかたまともに絵など描いてみたこともないのだ（絵を見たパク・ビョンチョルは言った。「おい、これ……人間か？　お前のタクシーにゃ牛が乗るんじゃねえのか？」）。それでも彼はあきらめず、乗客のスケッチを続けた。彼はまた、スケッチを終えてもひとしきりその場を離れず、彼らが入って行った路地や建物を、タクシーを停車させたまま見守っていた。

とはいえナ・ボンマンは実のところ、会社の裏手の整備倉庫でパク・ビョンチョルと話をした後も、自分がどんな事件に巻き込まれたのやらわかっていなかった。そこのところは間違いない。

まあ、そのおかげで彼は仕事を終えて帰宅した後、キム・スニが作ってくれた夕食を残さず平らげ、苦もなく眠りにつくことができたのだ。たとえ、原因不明の恐怖にかられ、いまにも涙をぽろぽろこぼして泣き出してしまいそうな心情に陥ることが、時にあったとしても。何もかもが嘘のようで、実感も湧かなかったし、万が一それが嘘ではなく事実だったとしても、警察はきっとわかってくれるだろう。そんな期待が、恐ろしさが増すのに比例して膨らんでいたということもある。けれど、眠りから覚めてパク・ビョンチョルがくれた新聞(ちゃんとコーティングしろよ、と言って)を、その紙面を飾るチェ神父という人物の明るい笑みを、その神父の腕を拘束している刑事たちの無表情な顔を、じっと眺めているうちにそんな気持ちはすっかり消え失せ、代わりにチェ刑事に言われたあのひとこと……忘れるなよ、俺たちがいつも見守ってるってことをな、という言葉が柱時計から顔を出す鳩よろしく、左の耳から右の耳に、右のこめかみから左のこめかみへ、わんわんと響き始めるのだった。ヘンな動きをするんじゃないぞ、という言葉と向こう脛《ずね》を蹴り上げられたときの音まで……。

ある夜勤明けの午前六時頃のことだった。部屋に帰ろうとしていたナ・ボンマンは、ハンドルを切らず、鳳山洞《ポンサンドン》のカトリック文化館前までまっすぐにタクシーを走らせた。道の右手に位置するカトリック文化館は高い塀とプラタナスの枝に隠され、建物は見えなかった。群青色に塗られた正門は固く閉ざされ、新聞が一部と牛乳瓶が二本、ぽつんと置かれている。ナ・ボンマンはタクシーから降り、正門の方へそろりと近づいてみた。そこからさほど離れていない曲がり角には、煌々と明かりを灯した鳳山洞派出所があった。義務警察官*がひとり国旗掲揚台の前に立ち、虚空に向かってヌンチャクを振り回している（当時はそんな輩が結構いたものだった）。それを見て、ナ・ボンマンは足を止めた。その場に立ち止まり、じっとカトリック文化館の正門を見つめる。確かに一日に何度も通る道だった。近所には公共図書館もあり、国民学校もある。また五日ごとに市《いち》が立つ民俗市場からもそう遠くない。つまり、そこはナ・ボンマンだけでなく、原州市のタクシー運転手なら嫌でもしばしば通らざるを得ない、しょっちゅう乗客を乗せたり降ろしたりしている場所だった。なのに警察は、その数えきれないタクシー運転手のうちただひとり、自分に目をつけたのだ。ナ・ボンマンとしては、それがどうにも納得できなかった。けれど、だからといって、自分の容疑を否定できるいかなる証拠も記憶も持ち合わせてはいないのだ。それが彼にはもどかしく、また一方で、恐ろしくもあった。正門から駆け込んで、誰か捕まえて訊いてみたい。でも、そんなことをしたらもっと疑われるに違いない（彼はカトリック文化館の正門を見つめながらも、横目で周囲をうかがい続けた。後ろを振り向くと、皮ジャンパーのポケットに両手を深く突っ込んだチェ刑事がじっとこちらを見つめている……そんな幻想にとらわれて）。

どうにも信じがたく、また突拍子もないことに、まさにその瞬間、ナ・ボンマンは恋に落ちた。相手はもちろんキム・スニ。何だってそんなときにそんなことが起こり得るのか。そう訊かれても、これといって論理的に解き明かすすべはないけれど、確かにその瞬間、ナ・ボンマンは、これまでになくキム・スニが愛おしく感じられ、彼女の顔が見たいと思った。そしてその一方で、彼女に申し訳ない気持ちにもなった。それは、それまでナ・ボンマンに取り憑いていた、彼女と

〝したい〟という熱望とはやや違う類のものだったのだが、そんなこんなを含めて、仏蘭西《フランス》住宅内のちっぽけな部屋に引っ越したその日、夜通し祈りを捧げながら泣いていたキム・スニの背中と、部屋のすぐ前の塀に寄り添うように立っている白木蓮《ハクモクレン》をふたりして眺めながらふと漏らした言葉（ナ・ボンマンが白木蓮を見ながら、「ゆで卵」がずらりと並んでいるみたいだと感想を述べたところ、キム・スニはその翌日、卵をひとパック買ってきて、残らず茹でてくれた）、ナ・ボンマンのタクシーを洗いながら、彼女が小さく口ずさんでいた賛美歌（彼女が洗車のときに歌っていたのは主に「私がきよめるいずみを見たとき〔When I saw the cleansing fountain〕」という曲だった。ほら、あの「きよくなりたいかといわれたときー、きよくなりたいかといわれたときー」というやつ）まで、いっぺんに頭に押し寄せてきたのだ。それらによって心が千々に乱れ、ナ・ボンマンは当惑し、胸を躍らせ、また悲しくもなった。それこそが〝恋〟というものだと、彼はついに悟ることがなかったけれど（それで彼はその瞬間、結局……勃起してしまった）。冷静に分析するならば、それは状況が作り出した恋ではあった。よって状況が悪化すればするほどさらに膨らまざるを得ないものだった。が、結果的にはそれが彼を突き動かし、最後まであきらめずに行動させる決定的なファクターとなったのだ。彼が知っていようが知るまいが……。

ナ・ボンマンは、まるで石にでもなったかのようにその場に立ち尽くし、続けざまに煙草を二本吸った（そのときもまだ彼は勃起したままだった）。そしてタクシーに乗り込んだ。パク・ビョンチョルが言ったとおり、チャンスはまだありそうだ。運のいいことに。誰かがこの先、訪ねてくるかもしれないし、すでに誰かから何か預かっているのかもしれない。とすれば、自分がやるべきことはひとつ。彼は原州国民学校の正門前でタクシーを停め、ちょうどシャッターを上げているところだった文具店で4Bの鉛筆を二本と消しゴム、藁半紙をひと束買った。そして、その日の午後一番に乗せた客からモンタージュを描き始めたのだ。彼が読み書きできる単語といえば、「鶏の丸揚げ」「鶏肉」「若鶏」「オットゥギ天ぷら油」「ビヤホール」「京郷新聞《キョンヒャン》」「毎日経済新聞」「安全タクシー」しかなかったことを鑑みるに、それがナ・ボンマンとしては最善の策といえた。彼にとっては、いまやすべての乗客が疑わしく、自分に何らかの罪を着せるために近づいてくる潜在的犯罪者にしか見えなかった。その一方で、自分が頼れる相手といえばパク・ビョンチョル、安全タクシーの同僚でもあるパク・ビョンチョル以外に考えられず、それで彼は、先生に宿題を見せる子どものように、その日の分のモンタージュをパク・ビョンチョルに見せていた。一日も欠かさず。

一方、パク・ビョンチョルはパク・ビョンチョルなりに、ナ・ボンマンの罪を把握すべくたゆまぬ努力を続けていた。市内を走行していてたまたまナ・ボンマンのタクシーを見かけたりすると、ほぼ反射的にハンドルを切り、後を追ってアクセルを踏んだ。道端で客が手を挙げて合図をしても見て見ぬふりをして。そしてナ・ボンマンのタクシーから降りた客が入ってゆく建物や家などの住所を几帳面にも日付ごとに手帳につけた。おかげでパク・ビョンチョルの方も会社への納入金を収められない日が日一日と増えていったけれど、そのために管理常務に何度か呼び出されもしたけれど、彼は気にしなかった。収入は、ある程度までマイナスにならざるを得ないだろうとあらかじめ覚悟していたからだ。が、それを一気に挽回できる何らかのチャンスが必ずや訪れるはず。彼はそう信じていた。それで彼は、ナ・ボンマンの後をひたすら追いかけまわしたのだ。そのうちには、仕事が終わるとナ・ボンマンの部屋に行き、その日に彼が出会った人々、行った場所、さらには昼食のメニューまでも一つひとつチェックするに至った。ナ・ボンマンの部屋にいるときも、彼はサングラスと黒の皮手袋を決して外さず、口を動かしながらも視線はひたすら化粧台の鏡に映る自分の姿へと向かっていた。サングラスを押し上げて額にかけてみたり、鼻筋の下の方へずり下ろしてみたりしながら、彼はナ・ボンマンがつっかえつっかえ話すことを手帳に書き込んだ。こないだ封切られた映画『アベンコ特殊空挺部隊　奇襲大作戦』*に出てる「ナムグン・ウォン（南宮遠）」にちょっと感じが似てるんじゃないか、俺って？　などと思ったりしながら。もちろんサングラスをかけているときにかぎっての話だけれども、それはともかく、そんな気分に軽く胸を躍らせたりして。

パク・ビョンチョルはまた、ナ・ボンマンには内緒でキム・スニの後もつけていた。パク・ビョンチョルにとっては、キム・スニも充分に疑わしい人物だった。何ゆえか。正解は、ナ・ボンマンの告白。これまでただの一度もセックスをしたことがないという、衝撃的な（彼にとっては、それはもう疑う余地もなくショッキングだったろう）。おい、何だよそれ。あり得ねえよ、そんなの。俺たち友達だろ？　隠すことなんてねえじゃんか。パク・ビョンチョルはなじった。でも、ナ・ボンマンの答えは終始一貫していた。

「俺だってさ、やってみようとはしたんだよ、何度か……、でも、キスまでだって言われて……」

パク・ビョンチョルは口をぽかんと開け、後はただもう笑うしかなかった。ところが、その後で……力なく笑ったその後で、キム・スニが疑わしく思え始めたのだ。一緒に住み始めてもう一年近く経っている。そのうえ結婚の約束までしている。なのに体を許さない……ということは、何か企んでいるんじゃないか。愛ではなくて、何らかの目的があって一緒にいるに違いない。ひたすら見つめ合っているだけだなんて、そんな太陽と月じゃあるまいし、あり得ないだろ……。パク・ビョンチョルはそう決めつけ、そうなるともう、キム・スニのすべてが胡散臭く思えてきたというわけだ。ナ・ボンマンから聞いたところによれば、彼に運転免許を取るよう勧めたのはもともとキム・スニで、タクシー運転手になったら一緒に住もうと言い出したのも然り。それに、そこまでしてくれなくても、とナ・ボンマンがいくら遠慮しても、薄緑色のポニーを毎日欠かさず洗ってくれるというではないか。彼女が孤児であるというのも怪しく、彼女の仕事が電話交換嬢だから怪しく（電話交換嬢なら自分が知り得ない何らかの通信手段でもって、ほかの誰かとこっそりコンタクトを取れるのでは、とパク・ビョンチョルは想像したのだ。実を言えば、当時の電話交換嬢の主な仕事は単に市外電話をつなげることだったのだが）、ついには熱心に教会に通っているということからも、怪しいと思い始めた（彼はカトリックとプロテスタントの違いもろくに知らなかった。どっちも十字架を立てているし、大して違いはなかろう、ぐらいの認識しか持ち合わせていなかった。神父も牧師も似たようなヘアスタイルをしていることだし。まあそんなこんなで、チェ神父とも何らかの関わりがあるのではないか、と疑ったのだ）。そこで彼は、キム・スニの通勤バスの後を、タクシーで密かにつけ始めた。

けれど、そんなことをしてまで彼が突きとめられたことは、大してなかった。キム・スニはいつも同じ時間に出勤し、帰宅した。誰かと待ち合わせることもなかった。ちょうどその頃、市内にひとつ、ふたつと出来始めたキャバレーにも出入りせず、ひとりで山歩きをすることも、銀行に寄って金を引き出すこともない。彼女は家と郵便局、教会、スーパーの間をひたすらせっせと行き来しているだけで、その時間もほぼ決まっていた。スーパーで買う品物も、ある日は大豆もやし、翌日は豆腐、翌々日はほうれん草、さらにその翌日は洗濯石鹼、ひとめぐりしてまた大豆もやし……といった按配で、引っかかるようなことは何もなかった。

それでもパク・ビョンチョルは我慢強くキム・スニの後をつけ、何とか証拠をつかもうと悪あがきをしていたのだが（一度でいいから観雪洞《クァンソルドン》郵便局に忍び込んで、彼女の机を調べられたら、と彼は切に思っていた）、いくらも経たないうちにキム・スニに尾行がばれ、不本意なことを言われる羽目になってしまった（早朝のお祈りを捧げに教会へ行く途中、キム・スニは突如ぴたりと立ち止まり、回れ右して後からついてくるパク・ビョンチョルのタクシーの前につかつかとやって来た。そしてやにわに助手席のドアを開け、乗り込んできたのだ。キム・スニは、パク・ビョンチョルの顔をよく知っていた。家で酒の肴を出してやったことが何度かあったからだ。それに、いくらサングラスで顔を隠したところで、あの独特な歯車ヘアスタイルでは遠くからでも暗い所でも目につかざるを得ない。知らぬはパク・ビョンチョルばかりなり、というところか。キム・スニはその日、パク・ビョンチョルから顔をそむけてタクシーのフロントガラスを見つめ、どうせ教会まで行かれるのでしょうし、せっかくだから乗せていってもらえませんか、と言った。パク・ビョンチョルは驚き、また困惑もしたけれど、言われたとおりに彼女を乗せてタクシーを走らせた。何とか言いつくろってごまかそうと頭をしぼったが、何も思い浮かばない。彼らは結局、教会に着くまで黙りこくっていた。タクシーが停まってからもずっと、無言で助手席に座っていたキム・スニは、やがて静かな声でこう言った。「私は、ただひとりの人としか結婚しないと神様の前で誓った身です」。その言葉を残してキム・スニはタクシーを降り、急ぎ足で教会の建物に入って行った。パク・ビョンチョルは、キム・スニが消えていった教会の十字のネオンをしばし呆然と見つめていたが、やがて我に返ってタクシーを発車させ、乱暴にハンドルを切りながらぼやいた。「けっ！　あれもたいがいマトモじゃねえな」）。

とはいえ、そんなパク・ビョンチョルの努力がまったく無意味だったというわけではない。ナ・ボンマンとパク・ビョンチョルは、新たな手がかりをひとつつかんだ。尾行がばれた翌日にキム・スニを訪ね、ナ・ボンマンがいま巻き込まれている事態を、やや誇張しつつ、つまびらかにしたパク・ビョンチョルは、怪しげな書類封筒に関する話を彼女から聞かされた。四月の二日頃だったか、ナ・ボンマンのタクシーを洗っているとき、助手席の足もとに落ちていた書類封筒。送り主も受取人の住所も記載されている、なのに投函されなかった書類封筒。ナ・ボンマンもパク・ビョンチョルも、初耳だった。

では、ここでトイレ休憩としよう。済ませてきたら、続けて聞いてくれたまえ。

＊

キム・スニがナ・ボンマンのタクシーの中で見つけた書類封筒。だがそれは、すでに彼女の手もとにはなかった。仕事帰りに持ち主の所へ立ち寄り、返してきたからだ。

「あー、まったくもう！　何だって返してやったりしたんです？」

パク・ビョンチョルは文句を言った。とはいえ、その手の方は丹念に髪を撫で上げ続けていたけれど。

「だって、切手が貼ってなかったんですもの。切手が貼ってあったら投函してあげたけど……、結構重くて切手が何枚も要りそうだったし……、それに、そうするのが当然だと思ったから……」

キム・スニはナ・ボンマンの顔をちらちらとうかがいながら言った。自分が何か途轍もないミスをしでかしたような気がして、彼女は「おお、主よ」と心の中で唱えた。それは彼女の日頃からの癖だった。

「中に何が入っているのか見ました？　開けてみたんですか、その封筒？」

彼女はしばしためらってから、かすかにうなずいた。

書類封筒には国民学校五年生の男の子がつけた日記が入っていた。日付は三月。それが一日も欠かさずＢ４判ぐらいの紙にガリ版印刷されていた。揮発油のにおいが染み込んだその紙を何枚かざっと見て、キム・スニは元どおり封筒にしまった。受取人の住所は、丹邱洞《タングドン》に新しく建てられたばかりのソンアマンションになっており、送り主は丹邱国民学校五年三組の担任教師だった。丹邱国民学校は、観雪洞郵便局からさほど遠くなかったこともあり、彼女はわざわざ封筒を返しに職員室を訪ねたのだ。五年三組の担任が席を外していて教務部長に託したとはいえ、彼女としては、やるべきことはやったと思っていた。

「日記？　なーんだ、なら関係ないじゃないか」

ナ・ボンマンはパク・ビョンチョルの顔を見た。パク・ビョンチョルは相変わらずサングラスをかけたままで眉間に皺《しわ》を寄せ、ひとしきり沈黙していた。煙草をもう一本取り出して口にくわえ、それが燃え尽きるまで、彼は耳のところの毛をいじっているばかりで何も言わなかった。それからさらに何分か経って、彼は長いため息をついてから、ようやく口を開いた。

「ああチクショー、こいつぁ並大抵のことじゃなさそうだぜ」

ナ・ボンマンとキム・スニはほぼ同時にパク・ビョンチョルを見つめ、それから顔を見合わせた。

「そりゃ……乱数表じゃないか……？」

「ら、乱数表？」

「そんな……あれは確かに、ただの子どもの日記だったと……」

キム・スニは言いかけて口ごもり、首をかしげた。パク・ビョンチョルがすぐさま言い返した。

「……ったく、んなわけないでしょうが。教師が何だってガキの日記をガリ版刷りまでして郵便で送るってんです、ええ？　それはね、見かけは日記に偽装されてるけど、実は何かの暗号なんだ。間違いない」

「そんなぁ、学校の先生がなんで乱数表なんか……」

うつむいてしまったキム・スニを気がかりそうにちらりと見てから、ナ・ボンマンが小声で言った。

「おい、お前、だから俺がいつも言ってるだろ、新聞読めって！　メーターばっか睨《にら》んでないで新聞読めって。これだから、もののわかってねえ奴は……。教師にだって、左寄りの連中がいるんだよ。一日にとっ捕まる人間のうち、必ずひとりはいるんだぞ、教師って輩が。あいつらがな、一番食えねえ奴らなんだよ」

そう言われて、ナ・ボンマンもキム・スニと同様、うつむいてしまった。ふたりしてパク・ビョンチョルに取り調べられてでもいるように。キム・スニに至っては、両目を閉じてお祈りまで始めてしまった。

「なら……警察に通報した方がいいんじゃないか？　書類封筒みたいなものが俺の車の中に落ちてたって……」

「ダメだダメだ。いいから、ちょっと待てって」

パク・ビョンチョルはサングラスを外し、ふーっと息を吹きかけてから服の袖で拭《ぬぐ》った。

「乱数表も何も、もう始末されちまってるはずだ。何から何まですっかりお前さんにおっかぶせちまおうって魂胆かもしれねえぜ」

「え……そんな、どうしよう……」

「どうしようも何も……。そいつを追うんだよ。学校もわかってりゃ、何年何組の担任だってことまでわかってるんだ。もう捕まえたもおんなじよ。お前はただ、俺を信じて心の準備だけしてりゃいい。大丈夫、俺に任せとけって」

言いながらパク・ビョンチョルはまたも化粧台の鏡に目をやった。サングラスをかけて煙草をくわえた自分の姿。「ナムグン・ウォン」よりは「イ・ヨンハ（李瑩河）」の方に似てるんじゃないか？　同じ頃に公開になった映画『火の鳥』*に出てる……。宣伝用ポスターの「イ・ヨンハ」の写真の下に、こんなフレーズが記されていたっけ。「暗く憂いを含んだ顔で現れた男。彼は何者なのか？」　暗く憂いを含んだ顔だって？　そりゃあ、俺様のことじゃねえか。サングラスの位置をずらしたりしてみながら、パク・ビョンチョルはそんな考えに耽っていた。


同じ時刻、丹邱国民学校五年三組の担任教師キム・サンフンは、夜も遅いというのに帰宅もせず、教室の前方に置かれた教師用の机の前に座っていた。万年筆を手に、机の上に広げた原稿用紙に丁寧な文字で手紙を書いている。机の周りにはぐしゃぐしゃに丸められた書き損じの紙が散らばり、灰皿には折れた煙草の吸殻がこんもりと積もっていた。彼はこの二時間というもの、手紙の最初のひとことを書き出せずに悩み続けていた。あんまり書けないので、彼はしばしば暗いガラス窓の方へ目を向けた。自分の姿が映っている、教室のガラス窓に。ビョンヒのお母様へ、と書くべきか、それともギョンアさんへ、にすべきか。好きです、と書こうか、それとも心から大切に思っています、の方がいいのか……。どうにも判断がつかず、机の引き出しにしまっておいたビョンヒの日記、五年三組のクラス委員でもあるクァク・ビョンヒの日記のガリ版刷りを、彼は取り出した。そして、じっくりと、吟味でもするように読み始めた。

3

ポテチでもかじりながら、聞いてくれたまえ。

その年の新学期は三月二日に始まったのだが、その日から月末まで、丹邱《タング》国民学校五年三組のクラス委員クァク・ビョンヒの日記には、全部で二十一回にわたり、担任教師であるキム・サンフンが登場している。土曜日と日曜日は日記を書かないことを鑑みると（キム・サンフンはいつも日記を終礼の時間に書かせ、それを集めた。日記帳を家に持ち帰れないように。彼は、子どもたちの日記を親が見るものではないという独特な教育方針の持ち主だったのだ。よって、子どもたちの日記を見ることができるのはキム・サンフンただひとりだった）、ほぼ毎日と言ってよかろう。彼のことは、たいてい以下のような形で言及されていた。

四年生のときに続いてキム・サンフン先生がこんどもまた担任になった。クラスのみんなもぼくも、手をたたいてよろこんだ。ほんとうにうれしかったから。ほんとうに、うそじゃなく、ほんとにほんとにうれしい。

キム・サンフン先生は今日、ぼくをクラス委員長に、キム・ミヨンを副委員長に決めた。四年生のときも、ぼくとキム・ミヨンは委員長と副委員長だった。二年連続だから、もっとがんばらなきゃと思う。キム・サンフン先生は、うちの学校のボーイスカウトの団長もしている。ぼくはそこでも二組のリーダーになった。六年生だっているのに。先生は、縄に結び目をつくるやりかたを教えてくれたり、とってもやさしい。先生はぼくの肩に手を置いて、全北《チョンブク》〔全羅北道〕の茂朱《ムジュ》で七月にある世界ジャンボリー大会に一緒に参加しようと言った。ぼくはあんまりうれしくて、なんにも言えなかった。ジャンボリー大会！　じゃあ、ぼくにもとうとうアメリカ人の友だちができるのかな。ジェインとかクリスティーナとかとエアメールで文通したりできるんだろうか。さっそく英語の勉強を始めなきゃ。

昨日はお母さんとキム・サンフン先生といっしょに鶴城洞《ハクソンドン》の大元閣《テウォンガク》という中華料理店で夕ごはんを食べた。僕はチャジャン麺《ミョン》〔韓国式ジャージャー麺〕を食べて、お母さんとキム・サンフン先生は八宝菜《パルボチェ》とビールを頼んだ。お母さんが、先生のおっしゃることをよく聞くのよ、と言ったので、ぼくは、先生のことをお父さんみたいに思っています。信頼して言うとおりにします、と大きな声で答えた。お母さんと先生はぼくを見て、なんにも言わずほほえんでいた。キム・サンフン先生はビールを何本も頼んだ。キム・サンフン先生は、まるでぼくのお父さんみたいだ。この頃は、お父さんよりも先生といる時間のほうが長い気がする。いまは非常事態なので、お父さんはあんまり家に帰ってこない。もう一週間も顔を見ていない。お父さんの仕事は、いつも非常事態だ。

土曜日に、お母さんが学校に来た。お母さんは、先生にあげるキムチを持ってきたと言った。キム・サンフン先生は、体の不自由なお母さんとふたり暮らしだそうだ。お母さんは、キム・サンフン先生がごはんをきちんと食べているのか心配だと言った。それをきいて、ぼくも心配になった。先生がごはんをちゃんと食べられなくて病気になったら、うちのクラスはどうなるんだろう。うちの学校のボーイスカウトは団長がいなくなってしまう。そしたら、ジャンボリー大会は誰と行けばいいんだろう。アメリカ人の友だちは？　ジェインやクリスティーナは？　キム・サンフン先生はぼくにとって、ぜったいに必要な人だ。ずっといっしょにいられたらいいいな。

それはまあ実際のところ、十一歳の男の子による平凡な、どの子でも書きそうな、単なる宿題と言ってしまえばそれまでの日記にすぎなかった。けれどキム・サンフンにとっては、そして後にその日記を手に入れたナ・ボンマンにとっては、そんな単純なものではなかった。ふたりとも日記の行間に潜む何らかの意味、何らかの真実を、都合のいいように、時に必死になって（もちろんこれはナ・ボンマンにのみ該当することだが）読み取ろうとしていた。

つまり、キム・サンフンの場合は、こうだ。彼は、クァク・ビョンヒの日記を読んでいる間ずっと、半月ほど前にビョンヒの母親と大元閣で会ったそのとき、テーブルの下でこっそり握り合った手の感触を何度も思い起こした。また、その数日後、キムチを持って訪ねてきたギョンアさんとふたり、子どもたちがみな帰った教室で交わした会話や短い抱擁に思いを馳せた。クァク・ビョンヒは、先生と母親の関係に何となく気づいているのではないか。キム・サンフンは勘ぐっていた。でなければこんなに毎回、日記に先生のことを書くわけがないじゃないか。十一歳なら、そこそこものわかってくる歳だし……。そんな推測と解釈が繰り返し頭に浮かび、……するとなぜか、キム・サンフンの心に、何というか、勇気のようなものが芽吹くのだった。それで彼はまたもや机にかじりつき、ひと文字ひと文字、綴り始める……のだが、どうしても呼び名の部分でつかえてしまうのだ。ビョンヒのお母さんか、ギョンアさんか。彼の心はそのふたつの呼び名の間で揺れ続けた。心を決められないまま紙を破り、バッバッと線を引き、知らぬ間に煙草の灰を落としているのに気づいてハッとする……といった行為を繰り返した。そんなことをしているうちに彼の心の中にふと、こんな問いが浮かんだ。自らへの問い。自分は強迫状を書いているのか、それともピュアな恋文を書いているのか。彼は答えに詰まった。そして、それが決められないから初めの一文も書けなかったのだと、呼び方も決められなかったのだと、ようやく悟った。ビョンヒのお母さんとギョンアさんの間の距離は、彼にとってそんなにもかけ離れたものだったのだ。キム・サンフンは、自分がそんな距離を感じているということに戸惑った。両手でごしごしと顔をこする。何なんだ、これは？　彼は悩んだ。俺が真剣に恋に落ちでもしたってのか？　彼は原稿用紙から心持ち体を離し、またも煙草に火をつけた。教室いっぱいに煙草の煙が白く立ち込めていた。

本気で恋に落ちたのか……？　キム・サンフンは思った。けれど、はっきり言ってしまえば、彼の自らへの問いの答え、それは単なる脅迫状というのが正解だった。例えばクァク・ビョンヒの家にガリ版刷りの日記を送りつけたのも（タクシーに置き忘れたせいで実現しなかったとはいえ）、クァク・ビョンヒを前年に続いてまたもクラス委員長にしたのも、実際のところ、目的はひとつだったのだ。そう、「これでも？」「これでも……？」といった脅迫。

丹邱国民学校五年三組の担任を務めるキム・サンフンと、彼がクラス委員長にしたクァク・ビョンヒの母親キム・ギョンアがすでに一年近く不適切な関係にあるということは、婉曲的に言うまでもない、また隠すまでもない事実だった。ただ手を握ったり抱擁を交わしたり、という間柄ではない、ということもまた同様。それ以外のさまざまな接触と交合とアクロバティック極まりない体位とちり紙を分かち合った仲だった。そんな関係がどだい可能なのか、調べはきちんとついているのか、教育者に対する深刻な名誉毀損ではないのか……。そう問われるなら、……そんなあなたもやはり、愛らしくピュアなマツバボタンのような人。あなたはご存じなかろうが、実はキム・サンフンは、キム・ギョンア以前にも生徒の保護者と不適切な関係を結んできた、まあいわゆる前科持ちの人物だったのだ（それらの関係は、キム・ギョンアと懇《ねんご》ろだったときも同時進行していた。何と言えばいいか、うーむ……欲望の三角、四角、五角関係……？）。そのことで、教育庁に宛名のない投書が舞い込んだこともある。四年前のことだ。そのときは、奨学士*ふたりにそれぞれ三十万ウォン、係長に二十万ウォン（くどいようだが、米八十キロが四万四千ウォンの時代にだ）の入った封筒を渡し、やっとのことで口を封じた。いわば脛に傷持つ身だったわけだ（こんなことまでは言うまいと思っていたけれど、その折に奨学士のひとりがキム・サンフンにかけた言葉が……、「まあ、でも児童に手を出すよりはね……。保護者はとりあえず、成人ですからねえ、そうでしょう？　はっはっは」）。誤解を避ける意味で、いまひとつの事実も明かしておこう。キム・サンフンが習慣のように行っていた生徒の母親へのアプローチ、それはカネ目当ての意図的なものではなかったということ。確かに小遣いという名目で、数万ウォンほど貰うことはたびたびあったが（それに食事代や旅館代も必ず出してもらっていたけれど）、それは、ありがちな父兄からの付け届けと似た意味合いの、文字どおり小遣いにすぎなかった。よって、彼の行為はむしろ、特異な性的嗜好と心理学でいうところの過去に対する補償行為（もしくは自我による防衛機制）が相まって繰り返された、というのが正解に近かろう。当時、三十四歳だったキム・サンフンは、その年頃の世間一般の男たちが持つ性的嗜好とは異なり、ややふっくらと肉付きのよい女に目も心も同時に奪われる傾向があった。とくに、実際の体より下のサイズのスカートにむりやり体を詰め込むようにして履いている女たち、そのせいでウエストラインの下、つまり下腹をぽっこりと出っぱらせている女たちを見るともう、ほとんど気が触れんばかりになったのだが、参ってしまうのは、生徒の母親というものはたいがいがそういうタイプで、またそんな身なりで学校を訪ねてくるものだ、という現実（キム・ギョンアの場合も例外ではなかった）。彼女らを目にしたが最後、締めつけられているのが自分の首のような……実際は母親たちのウエストなのだけれど、そんな妄想にとらわれてしまい、とにかく一分一秒でも早くホックを外してファスナーを下ろさねば、という抗《あらが》いがたい衝動に居ても立ってもいられなくなるのだった。関係のほとんどは、そこからスタートした。酒の添えられた食事のもてなしを受けているうちに、自然な流れでスキンシップに至り、もう一杯いかが、と誘われてキャバレーに行き、ブルースを踊る……。順番が変わったり、あるステップをすっ飛ばしたりすることはたまにあっても、だいたいいつも似たようなプロセスだった。ピッ、とホックが外され、元の丸みを取り戻した女たちの腹を撫でさすってやること。それがキム・サンフンの目指す最終到達点であり、欲するところだった。まったくもって、とんでもない奴だ。でも、実際そうだったのだから、いかんともしがたい。

とはいえ、まあ……同情の余地が皆無というわけではない。例えば、十二歳のときに父を亡くしたうえに母親が脳卒中で倒れ、幼い歳で一家の大黒柱の役目を背負わされたこと、元はそこそこ裕福な家のひとり息子として、ほかの子たちから羨《うらや》みの目で見られながら育ったということ、それが一瞬にして儚《はかな》く崩れ去ったこと（建設業を営んでいた彼の父親は交通事故で世を去ったのだが、事故が起きたとき、父親の運転する「コロナ」*の助手席には女が乗っていた。それが母親の脳卒中の原因だった）、その後は苦学して検定試験を受け、大学の教育学部を卒業、正規の教師になれるまでずっと印刷所で植字工の助手として働いていたこと、それらと並行して寝たきりの母親の下の世話までしていたということ、教師になってからも、昼休みにはいつも家に戻って母親のおむつを替えていたということ……とまあ、そんなところか。あとは、家の板の間に三人用のテントを張って、その中で眠っているということ、週末にはよくテントを担いで雉岳山《チアクサン》や白《ペ》雲山《グンサン》など近くの山に登り、キャンプをするということ（彼はそのために日雇いの家政婦を雇っていた。彼と〝そういう関係〟にある母親たちがその役目を引き受けてくれることもあった）、地図と羅針盤だけを頼りに、時に道に迷ったりしながら山歩きをしているということなども、つけ加えてもいいだろうか。つまり、あれだ……平たく言えば、当時のキム・サンフンは完全に十二歳に戻って十二歳の日々を生き直していた、となろうか。もちろん教師という職業に就いていることと病気の母親の世話をしていること、以上二点を除いての話だが。もちろんまあ、だからといって、とんでもない奴には違いないけれど。

　キム・ギョンアとのことにおいても然り。キム・ギョンアはある日、キム・サンフンに別れを告げた。本気だった。ふたりがそういう間柄になって半年以上経っていた。人として、こんなことをしていてはいけないと思う、夫が公職に就いていることもあるし、というのが彼女の告げた別れの理由だった。私、怖いの……そう言いながら、涙をぽろぽろとこぼして。

で、そのときのキム・サンフンの反応はというと……。

「あ、そうですか。じゃあ仕方ないですね」

そう言った。間違いなくそう言った。そのくせして、自ら願い出てクァク・ビョンヒの担任になり、保護者面談という口実でキム・ギョンアを大元閣に呼び出し、キムチを切らしてしまった、という「クァク・ビョンヒ便」のメモを送ったりなどもした。けれどキム・ギョンアは、これまでのようにスカートのホックを外そうとしない。そこで、クァク・ビョンヒの日記をガリ版で刷って送りつけようともくろみ（キム・サンフンが思うに、ふたりの関係をそれほど赤裸々に示すものはなかったから）、そこへ手紙も同封しようとしているのだった。つまり、それは脅迫状だった。誰の目から見ても。わがままを聞き入れてもらいたくて駄々をこねる、十二歳の脅迫状。


だから、そのときのキム・サンフンは予想だにもしていなかった。後にその手紙がどんな結果をもたらすかを（まあそれは……彼が知るよしもないか……）。クァク・ビョンヒの父親が警察官だということは知っていたけれど、原州《ウォンジュ》警察署情報課の課長を務めるクァク・ヨンピル警正だということまでは知らなかったし、また夜遅くまで教室に残って手紙を書く自分の姿をまさか誰かが監視していようとは……。彼はただ、なぜ手紙がうまく書けないのか、ひょっとして本気で恋に落ちてしまったのだろうか、などと悩みながら机に向かっていただけだった。まあ、つまりだ、彼は十二歳だったのだから。恋と脅迫の境目もわからない、欲求と欲望と衝動の違いもろくすっぽ認識できていない十二歳、自らの母親を求めてあの子の母親、この子の母親と手当たり次第にスカートのホックを外し続けた十二歳だったのだから……、知らなくて当然だったのだ。

足の爪でも切りながら、聞いてくれたまえ。

＊

チェ・ギシク神父はソウルに送られ、釜山アメリカ文化院放火事件の容疑者もみな拘束、収監されて、これでやっとひと息つけるだろうと思った原州警察署情報課所属の刑事たちは、しかし、定時に出勤、定時に帰宅という生活を引き続き送れずにいた。何ゆえか。毎日午前九時に情報課内部の打ち合わせがあるのだが、それに出席していた治安本部所属の対共要員[*]が投げかけた短い質問。それが災いのタネだった。

「しかしですね、ムン・ブシクは何だって、よりによって原州教区に来たんでしょうかね？　釜山からなら大邱《テグ》教区が近いし、清州《チョンジュ》教区、大田《テジョン》教区だってある。なのに、どうしてわざわざ原州くんだりまでやって来たのか。これ、ちょっと気になりませんか？」

　気になるならてめえが勝手に調べろ、クソ野郎。その場に居並んだ刑事たちは全員そう思った。けれど、口に出す者はいなかった。それで、結局いつものように、クァク・ヨンピル警正が矢面に立った。

「うー、まあ、我々としてもその点については不審の念を抱き……、カトリック農民会および教区の聖堂の方を引き続き厳しく監視する考えでおりまして……」

クァク・ヨンピル警正は、屁《へ》っ放《ぴ》り腰で答えた。尻を椅子からいくらか浮かせているので、やや腰をかがめざるを得ないのだ。……慢性疾患が悪化の一途を辿っていたもので。

対共要員は、かけていたサングラスを心持ち押し上げながら訊ねた。

「どうやって？　具体的なアクション、具体的なプランはあるんですか。ないなら私としても、上層部に報告せざるを得ないが……」

クァク・ヨンピル警正は、流れ落ちる額の汗を拭いながら答えた。

「うー、まあ、ですから具体的には、グループを編成してですね、ミサに出席し、それと並行して二十四時間、尾行を行う考えであります」

会議に出席していた情報課の刑事たちはみな呆気にとられ、一斉にクァク・ヨンピル警正を見つめた。が、すぐにまたうつむいて、開きっぱなしの手帳に目を落とした。クァク・ヨンピル警正を責めることなどできない。彼とて、何も好き好んでそんな回答をするわけがないのだから。情報課の刑事たちには、警正の心情がいたいほどわかっていた。で、定時出勤、定時帰宅の夢をきっぱりと捨て去ったのだった。

対共要員は断固として言った。

「上の方も、原州のせいで頭を痛めているんです。そこのところを留意していただきたい。神様まで真っ赤に染まったら、後々どうするおつもりです？　神様を緊急逮捕しますか？　とにかくお願いしますよ」

その言葉を最後に、会議は幕を下ろした。
対共要員は「何だって、よりによって原州くんだりに……?」と訊いたが、実のところ彼も、クァク・ヨンピル警正も、情報課の刑事たちもみな、その答えをよーく知っていた。それについては、事件を主導したムン・ブシクも自分の口で、後には控訴理由書を通じて明かしていたのだから。

私はかねてから原州教区の教区長であられるチ・ハクスン*（池学淳）主教を尊敬しており、この前の冬には、原州教区の文化館に二泊三日ほど滞在したこともありました。事件が思ったより大ごとになって空恐ろしくなってきたとき、真っ先にチ・ハクスン主教のことが思い浮かびました。それで原州に向かいました。

日頃から尊敬している聖職者が頭に浮かび、頼ろうとしたというムン・ブシクの供述は、追われる者として至極順当かつ月並みなものと言える。が、問題は、政府当局や国家安全企画部、警察の方は決してそうは考えなかったというところにあった。誰か、チェ・ギシク神父に指示を出していた者がいたのではないか、もっと上の何者かが積極的に動いたからこそ、反体制勢力や学生たちが原州教区に集まったのではないか、と政府当局は疑ったのだ（もちろんその中心には「チ・ハクスン」主教がいた。前政権下でも緊急措置違反の容疑で投獄された前歴*のある「チ・

ハクスン」主教は大胆にも、その後も「天主教正義具現司祭団《カトリック》*」とともに、政権およびアメリカを批判して憚《はばか》らなかった。ということは、だ。政権にとって、一刻も早く収監すべき人物第一号だったというわけ)。ところが、確かな物証が見つからない。ムン・ブシクが原州教区のカトリック文化館に身を潜めた頃、チ・ハクスン主教はそもそも韓国にいなかった(彼はそのときフィリピンに滞在していた)。チェ・ギシク神父の方も、チ・ハクスン主教にはとくに報告もしていないと供述している。これがほかの相手なら、調書を適当に捏造し、浴槽に何度か頭を突っ込んでから、おい知ってるか? いま隣の部屋にはな、お前の恋人がいるぞ。お前がいま吐かなければ、彼女の下着がどうなるかわからんぞ。ほら、こいつだろう? こいつに工作金を貰って指示どおりに動いてたんだろうが……、というふうに罪をでっち上げることができたけれど(実際にムン・ブシクはソウル南山《ナムサン》の対共分室*でそういう扱いを受けたと言っている)、相手は誰あろう、「チ・ハクスン」主教だった(一九七四年に「チ・ハクスン」主教が緊急措置違反の疑いで懲役十五年を言い渡されたとき、ローマ教皇庁をはじめ世界中の主教団による強硬な抗議声明が韓国政府に宛てて発せられた。結果、当時独裁体制を敷いていた朴正熙《パクチョンヒ》はその翌年、「チ・ハクスン」主教を特別赦免という形で釈放せざるを得なかった)。動かせぬ証拠や容疑をつかむまでは、絶対に連行や拘禁が不可能な人物、だからといって、放っておいたら神様まで洗脳してしまいかねない人物……。なので、致し方なかろう。チェ刑事をはじめとする原州警察署情報課の刑事たちが休日返上で骨を折るしか……。せっかくの日曜に、生まれて初めて聖堂に足を運び、ミサの参列者に混じって見よう見まねで「天主に感謝」だの「また司祭とともに」だのをむにゃむにゃと唱えながら、ひたすら立ったり座ったりを繰り返すしか……。その一方で、ミサの間ずっと手帳を広げ、「国家と政権は違う」だとか「囚われた人に解放を与え、目の見えない人の目を開かせ、抑圧されている人に自由を与えるべく努めることが教会の根源的な使命」といったチ・ハクスン主教の説教なぞをメモしているしか……。平日は平日で、主教の補佐神父〔主任神父を補佐する神父〕を二十四時間つきっきりで監視しなければならず……（後日談だが、チェ刑事はその監視を始めて二年後、正式に天主教園洞《ウォンドン》聖堂の信徒となり、その翌年には「ヒラリオ」という洗礼名を授かった。それのみか、かつての監視対象だった補佐神父に、おいおいと泣きながら告解を受けたりもしたのだった……）。

そんななか、こんなこともあった。その日の出来事を報告するため、その日も本署に立ち寄ったチェ刑事は、警察学校で同期だったパク刑事に小さなノートを手渡された。何かの売上帳簿のようだ。パク刑事は、原州警察署の強行一係に所属している。

「何だ、これ？」

チェ刑事は、片手に持った帳簿をぱらぱらとめくった。ぎっしりと数字が書き込まれた、別にどうということもない金銭出納帳に見える。

パク刑事がチェ刑事の腕をつかみ、廊下の隅に引っ張っていった。

「こないだな、うちのチームが鐘路《チョンノ》企画の連中を何人か引っ張ったんだが」

「鐘路企画」といえば、チェ刑事はもちろんのこと、原州市民ならその名を知らぬ者はない、原州を本拠地とする暴力団だった（たとえこの身は江原道《カンウォンド》にあれど、心は常に鐘路にある。それが彼らのモットーだった）。

「そん中に中堅のボスがひとりいたんだがな、そいつが持ってた帳簿だよ」

チェ刑事はもう一度、帳簿をざっと見た。

「で、何だってこいつを俺に寄こす？　こっちはな、もう目が回りそうなんだよ」

パク刑事は顎《あご》で帳簿を指し示した。

「最後のページを見てみな」

そう言うパク刑事の表情から、チェ刑事は何かただならぬ気配をキャッチした。帳簿の一番後ろのページを開く。そこにあったのは、「資本運動の原理」という殴り書きのメモだった。

資本運動の原理

無償援助→有償援助→公共借款→民間借款→間接投資→直接投資（従属の完成）
ただし、資源と原料の不在時、買弁的加工もしくは労働力を通じた収奪→従属構造の深化

「おい……何なんだ、こりゃ？」

チェ刑事は帳簿を穴のあくほど見た。

「胡散臭いだろ？　字は確かにそいつのなんだが……、ヤクザ風情が、デモなんかやってる連中

のほざくようなことをわざわざ帳簿に書き留めて持ち歩くもんなのか、と思ってさ……」

それで悩んだ末に、チェ刑事にとりあえず帳簿を見せたのだと。塀やトイレに落書きしただけでも運が悪ければ国家保安法違反で逮捕、拘禁されるご時世でもあることだし、こうして証拠が出てきてしまった以上、放っておくわけにはいかないだろう、と判断したというわけだ。いくら相手がヤクザ者で、暴力がらみで逮捕されたといっても、国家保安法に触れるようなことをしでかしたのなら、まずそちらの部署に引き渡すべきではないのか。その判断をチェ刑事に委ねたいというのだ。


が、いざ取調室でチェ刑事とパク刑事の向かいに座った帳簿の持ち主は、外見からして国家保安法がらみの容疑者（若干抽象的ではあるが、当時はそちら方面の典型的な見た目というものが存在した。例えば、黒のべっ甲眼鏡にパーマ気のない長めの髪――前は眉毛が隠れるくらいで、後ろは首を覆うくらい――そしてくたびれた大きめのサファリジャケット。言っておくが、もちろん絶対的なものではない）とは、どうにもかけ離れていた。短髪をポマードでオールバックにぴったり撫でつけ、服装はというと、紺の背広にネクタイ、果てはチョッキまで着込んでいる。言葉遣いも身なりと同様、国家保安法がらみの容疑者とは似ても似つかなかった。

「ああまったく、刑事さんよう、若いもんにちっとばかしヤキ入れたからって捕まるんじゃ、けじめがつかんでしょうが、けじめが。それとも何ですか、この国じゃ、けじめってもんはつけられねえんですかねえ？」

チェ刑事は無言で帳簿の最後のページを開いた。

「これはお前さんのだよな？　これも、お前さんが書いたのか？」

帳簿の持ち主は、机に顔を近づけてメモに目を落とすやうなずいた。

「お前さん、これどういう意味か、わかってるのか？」

チェ刑事が訊ねると、帳簿の持ち主はフッと笑った。

「ええい、刑事さんたちもまったく……、アレですよ、アレ。従属理論じゃないですか」

チェ刑事とパク刑事は一瞬、目を見交わした。チェ刑事は帳簿の持ち主を改めて見据える。

「そのとおりだ、従属理論。で、それがここにメモしてあるのはなぜだ？」

帳簿の持ち主は短いため息を漏らしてから、手錠のはめられた両手を机の上にのせ、チェ刑事の方に身を乗り出した。

「刑事さんら、あたしゃね、こう見えても従えてるもんが三十人以上いるんですぜ。あたしがそいつらをどうやって弟分にしたか！　それこそが！　その原則こそが！　この従属理論だ、ってことですよ。子分どもを管理するあたしなりの原則！　法にだってまったく触れませんよ。そうでしょう？」

帳簿の持ち主は両手で机をバンバン叩きながら、組織の管理および拡大について、刑事ふたりを相手に演説を始めた。

「さあ、例えば、ここに若いのがひとりいるとしましょう。市内にビリヤード場を開業したばっかりのね。当然、初めのうちはうまくいきませんよ。ビリヤード場なんざ、市内にいくらでもありますからね、競争もそれなりに激しいし、また決定的なのはね、あたしが行くなと指示すれば、そうすれば、まぁしばらくは閑古鳥が鳴くことになる。そんなとき、あたしが客として何度か足を運ぶんですわ。あたしがやってるデカいビリヤード場の話もそれとなくする。酒も何度か一緒に飲んで、親交を深めて、……それで、ここからがほんとに重要なところなんですがね、十万ウォンぐらい握らせてやるんですよ。そうっとね。貸すんじゃないですぜ、くれてやるんです。少しで悪いが、なんかの足しにしろと。大変だろうからと、まあ、そんなこと言いながらね。すると、その若いのは、感動しちまうわけですよ。そりゃもう完全に！　あたしの手を握って涙を流した奴がどれだけいたことか。……とまあ、ここまでが無償援助段階ってことです」

帳簿の持ち主はチェ刑事に煙草をねだった。チェ刑事はためらった末に一本くれてやった。彼の話は続いた。

「ところがですね、この無償援助ってのが、もともと何の解決策にもならないもんなんですわ。相手をますます飢えさせるもんなんですよ。だからね、なんにもしなくったって、向こうから頼んできます。カネを少し融通してほしいってね。どっちみち月々の賃貸料は出さにゃなりませんからね。で、ここからは、正式に貸してやる段階、つまりは有償援助の段階に入るわけだ。利子は低めに設定して……。もちろんそんなことしたって、商売はなかなかうまくいきゃしませんよ。あたしの方で、相変わらず客をがっちり握ってますからね、競争にもなりゃしません。そんなとき、またあたしがその若いのとこへこっそり訪ねていって、入れ知恵するわけです。台もキュー〔球を突く棒〕ももっと増やせと。でなきゃうまくいかんと。するとね、若いのは十中八九、言いますよ。そうしたいのはやまやまなんですが、なにせ元手が……。そこで、提案するわけだ。貸付を受けられる銀行や街金《まちきん》を紹介してやる、中古の台も探してやる、とね。これが公共借款と民間借款の段階ってわけです。実のところ、銀行貸付だ、街金だっつったって、どのみちこっちのカネですからね。中古の台だって、うちの店にあったもんだし。このあたりから客をそろそろ向こうに流す。すると、商売もそこそこうまく回り始める。でもね、だからどうだってんです？ いくら稼いだって、みんな街金の利子になって消えるんですから……。そこでまた、あたしの出番だ。どうにも苦しけりゃ、利子の代わりにビリヤード台の一台あたりの収入のうち七割を貰おう。こう提案するんです。若いのとしちゃ、選択の余地もありませんよ。だって、恩人の提案なんだから……。これこそが間接投資、直接投資の段階だってことです。あたしとしちゃ、まあ、うちの店で順番待ちしてる連中をそっちに回してやるだけなんだから、損にゃなりませんし。貸してやった元金もそのまま残るし、若いのはもう従業員みたいなもんだし、純益は出るんだから、これ以上の投資方法はありませんよ。若いもんに拳《こぶし》使ったり、脅迫したり、そんなことしやしません。穏やかに何度か足を運ぶだけ。それだけで、若いのが自分から礼儀を守るようになる。言うこと聞かなけりゃ、元金も一気に回収しちまって、客もみんな押さえちまえばいいんだから、どうしようもない、おのずと従属することになる。これが、あたしが弟分らを管理する原則だ、ってわけですわ」

一大演説が終わった。チェ刑事とパク刑事は、しばし言葉もなかった。帳簿の持ち主は堂々として、まったく悪びれる様子もない。ビリヤード業界における従属理論だと？ こいつは国家保安法とからませようにも、どうにも……。

チェ刑事が口を開いた。

「わかった。よーくわかった。だがな、俺が訊きたいのはな、これを誰から教わったかだ。この従属理論とやら、まさかお前さんの頭ン中から出てきたわけじゃなかろ？」

「ああ、それですか。そりゃうちの従業員から教わったんですわ。そいつは大学出でしてね、だからか知ってることも多いし、計算も速い奴で……」

「そいつ、いまどこにいる？　名前は？」

チェ刑事は帳簿の持ち主の話を遮った。

「そいつですか？　そんなのわかりませんよ。四年ぐらい前だったか、二か月ちょっと、うちの店にいた奴ですが……何です？　そいつが何か？」

チェ刑事は長いため息をついた。そして帳簿の持ち主を忌々《いまいま》しげに睨みつけていたと思ったら、ビリッ。音を立てて帳簿の最後のページを破り取った。

チェ刑事は取調室を出ながら、後に続いて出てくるパク刑事に言った。

「あの野郎、暴力に強請《ゆすり》もつけてぶち込んじまえ」

取調室からは、「そんなことじゃ、この国のけじめってもんは……」云々という帳簿の持ち主の声がまたもや聞こえてきたが、チェ刑事は鼻にも引っかけず、破り取った帳簿の最後のページで思いっきり鼻をかんでゴミ箱に放り込んだ。

事件はこうして終結した。

＊

さて、このあたりで洗濯機でもいっぺん回し、引き続き聞いてくれたまえ。

原州警察署情報課のチェ刑事が、主教補佐神父に二十四時間ぴったり張りついて監視を続けている頃、パク・ビョンチョルはというと、やはり監視を行っていた。こちらの方は自発的に。丹《タン》邱《グ》国民学校五年三組の担任キム・サンフンを、やや離れた所から見張っていたのだ（初めのうちはかなりビビッていたため）。彼は忠実に監視を行っていた。ドラマや映画で観たのを真似て、運転席のシートを後ろにぐっと倒している。監視のための小道具としては、双眼鏡と携帯用カセットを持ってきていた。中央市場までわざわざ出向いて買ってきたそれらは、しかし、あまり使われることはなかった（彼は、キム・サンフンがいる五年三組の教室を双眼鏡で覗こうと思っていたのだけれど、窓ガラスにセロファン紙が貼られていてよく見えないうえに、隣の四組の担任が女教師だったりしたもので、双眼鏡の向きがそちらの方へ、我知らず、頻繁に変わってしまうのが問題だった。携帯用カセットの方は……乾電池すら入れられることなく放り出されていた）。結局、彼がタクシーにこもってしたことと言えば、監視とは実は眠気との闘いであると、身をもって、つまりはこっくりこっくりと居眠りしながら学ぶことに尽きた。ハッと眠りから覚めるたび、ああチクショー、盗聴器があればなあ、盗聴器さえあればこんなことには……と彼はぼやいた。とにかく自分とキム・サンフンとの距離が遠すぎるのだ。それでしょっちゅう眠気に負けてしまうのだ……。そう考えたのだった。人の声が聞こえれば、人の話が聞ければ、こんなことにはならないのに、と。とはいえその一方で、彼は初めてある疑問を抱いた。自分はどうも無意味なことをしているのではないか、という……。映画の主人公のように、刑事たちみたいに、何者かを密かに監視する。それはいいんだが……、なんていうかこりゃ、退屈すぎないか？　ひっきりなしに眠気ばかり襲ってくるし……。そんな考えが頭をもたげ、一日、二日と積み重なり、監視を始めて四日目からは、最初の気概はどこへやら、暇でヒマでどうにも我慢できなくなると、タクシーを降り、運動場まで歩いて行って鉄棒にぶら下がって……、つまりは自分の存在をすっかり露出させた状態で、キム・サンフンを見張るようになった。とはいっても……彼のことなど誰ひとり気にも留めなかったのだから、監視をしていたと言ってもまあ、よかろう、一応……。

そんなふうになり果てていたパク・ビョンチョルがにわかに我に返ったのは、監視を始めて一週間ほど過ぎた頃のことだった。それまではろくにとらえられなかった（もちろんそれは、監視をいい加減にやっていたからだが）キム・サンフンの疑わしい行動や怪しげな活動半径が、ひとつふたつと彼の目に留まり始めたのだ。それはもちろん、キム・サンフンにとっては（また、すべてを知っている我々の目から見れば）至極自然なパターンであり、単なる日常的な行動にすぎなかったのだけれど、すでに何らかの確信を持ったうえで追う者の目には、その確信の穴を埋めてくれる、パズルの空いた部分にぴったりとはまるピースのごとき証拠、見当たらなかった凹凸の片一方の欠片《かけら》のように思えたのだった。それで彼は、初めのうちは確信に満ち満ちて、ナ・ボンマンにも日々事細かに、否、やや誇張して報告をしていた（なにせ「国連安保理」体質だから）。

　例えば、こんなふうに。

「俺が思うにだな、そいつぁ、明らかに、スパイ集団の一員だ。一週間に二回ずつ女に会うんだけどな、その女どもがまた、怪しいことこのうえねえんだよ。年増でな、夜だってのに、ドデカいサングラスをかけて……。ありゃ、諜報員なんじゃねえか……、旅館で接触して、何やら悪だくみをしてるに違いねえ……」

　またはこんなふうに。

「こいつがだな、スパイに違いねえと思わせるのがな、昼飯をほかの教師連中と食わねえんだ。家に帰るんだよ、必ず。それで一度はさ、何だか気になったんで、そこんちの塀をこっそり乗り越えて、家の中を覗いてみたんだわ。そしたら何があったと思う？　これがまたけったいなことに、縁側にでっけえテントなんか張ってやがるんだ。何のためだって？　決まってらあ。そいつはな、毎晩その中で対南放送*を聴いてやがるんだよ。昼飯のときに家に戻るのだって、なんか指令を受けるためさ。間違いねえ」

　そのうえさらに、例えばこんなふうにまで。

「確信を持って言うんだが、あの野郎はな、ありゃ間違えねえ。それもすげえ大物だ。あの野郎はな、週末にゃ羅針盤と地図を持ってひとりで山に登るんだ。そんで、いつだってひと晩、野営して下りてくるのさ。何してるかって？　決まってるだろ。共産ゲリラどもの侵入ルートの確保、開拓！　ほかにないだろうが。あんの野郎、もう、間違いねえって！」

そんなふうにパク・ビョンチョルがまくし立てるときのナ・ボンマンの反応は、いつも同じだった。

「なら、いますぐ通報した方がいいんじゃないか？」

その当時、ナ・ボンマンは、自分のために骨を折ってくれているパク・ビョンチョルのために、納入金を肩代わりしていた。とはいえ、彼とて依然、左折がうまくできない身（それでもかなりマシになってきてはいた。目をぎゅっとつぶればどうにかこうにかできるぐらいには）。通帳に入っている金をせっせと食いつぶしている最中だった。キム・サンフンが間諜《スパイ》だろうがどうだろうが、ナ・ボンマンにとってはどうでもよく、自分の容疑を一刻も早く晴らしたい。ただただそれだけだったのだ。

「ダメだダメだ、まだ早い。やっといま、輪郭が浮かび上がってきたとこだからな。この野郎が会ってる奴らは、俺が全部手帳につけてある。もうじきだ。決定的な瞬間、そこを押さえにゃ。お前ともなんか関わりがあるに違いねえしな。もういっぺん訪ねてくるかもしれねえし……。よく聞けよ。いいか、デカい功を立てりゃ立てるほど、お前の罪は軽くなる。間諜じゃなく、間諜団みたいなのを抜本塞源《ばっぽんそくげん》してこそ……」

パク・ビョンチョルは、キム・サンフンがまたナ・ボンマンを訪ねてくるだろうと予想していた。ところが、実際にキム・サンフンに遭遇した人物は、誰あろうパク・ビョンチョル本人だった。まあそれもまた、パク・ビョンチョルの不用心かつ思慮に欠ける尾行が招いた結果ではあったのだが（週末の午後、キム・サンフンは授業が終わるや、校門の真横にとまっていたパク・ビョンチョルのタクシーに乗り込んできた。そのときパク・ビョンチョルはというと、例によって夢の中にいた）、それでも彼は寝ぼけた頭をとっさに叩き起こし、これも何かのチャンスだと、キム・サンフンをこのうえなく近い距離からうかがえるまたとない機会だと考えた。どのみち相手は自分の正体を知らないわけだし。

キム・サンフンはそのとき、かつて働いていた牛山洞《ウサンドン》の印刷所に行こうとしていた。だいたいひと月に一度の割合で、学費を出してくれて生活費も援助してくれた植字工のもとを訪ねて食事をともにしていたのだ。彼にとってはかけがえのない恩人、父とも慕う、経歴三十年の植字工兼印刷所の社長と。彼は食事が終わったあとも、活版を組んだり植字台を整理するのを手伝って、四時間から五時間ぐらいは印刷所にいた。

パク・ビョンチョルはなるべく口をきかないようにして、ルームミラー越しにキム・サンフンをそっと監視するつもりだったのだけれど、当然ながら、彼には無理な作戦だった。結局彼はキム・サンフンに話しかけてしまった。声色と口調だけは普段と変えて。

「尚志《サンジ》大学前の印刷所でしたよね？」

キム・サンフンは無言でうなずいた。パク・ビョンチョルの頭の中では、最初に印刷所と聞いたときから、ビラ、文書、乱数表……等々の言葉が乱舞していた。

「お見かけしたところ、学校の先生みたいですが、印刷所にはまたどういったご用件で……？」

キム・サンフンは窓の外を眺めながら、そっけなく答えた。

「別に、仕事をちょっと手伝いに行くだけです」

「お仕事？　印刷所で、ですか……？」

パク・ビョンチョルは左手をハンドルから離し、ズボンの太腿《ふともも》のあたりで拭った。そして、すっとスピードを落としたかと思うと、またも話しかける。

「ふむ、学校にも謄写機ぐらいあるでしょうし……、重要なことみたいですね、何か」

「個人的なことですので」

「個人的……？　個人的なこと、とね……」

パク・ビョンチョルはそう独りごとを言った。相手には聞こえないぐらいのつぶやき声で、何度か。そしてタクシーが軍人劇場*前のロータリー交差点〔円形交差点〕に停まったとき、彼はついに後ろを振り向き、キム・サンフンを正面から見た。

「で、そいつは、どんな個人的な用事なんで……？」

それをキム・サンフンが声を高めて遮った。

「運転手さん、いま少し疲れてましてね。話しかけないでもらえるとありがたいんですが」

そう言われてしまっては口をつぐむほかなくなり、パク・ビョンチョルはしかなたく元どおり前を向いた。そしてまたもやこそっとつぶやく。

「そりゃそうでしょう。お疲れでしょうよ……。お疲れのことでしょうよ……」

キム・サンフンはひとり何やらつぶやいているパク・ビョンチョルの後頭部を一度睨みつける

と、目をつぶった。彼は考えていた。世のタクシー運転手ってものは、何だって客に話しかけずにいられないんだろう。職業病なんだろうか、それも。両目を閉じても、彼の眉間の皺《しわ》は消えなかった。

その日、パク・ビョンチョルは牛山洞の尚志大学前の空き地にタクシーをとめ、六時間もの間、キム・サンフンが入って行った印刷所の周辺を徘徊していた。その間ずっと、印刷所の中からは、活版印刷機の立てるガッチャン、ガッチャンという音が聞こえてくるばかりだった。が、パク・ビョンチョルにとってはそれで充分だった。何といってもその頃のパク・ビョンチョルは確信に満ち満ちていたから……。

その確信がまったく別の方へ方向転換したのは、それからわずか数日後のことだった。

＊

さて、このあたりで軽く腹筋運動でもして、続けて聞いてくれたまえ。

後に、つまり二年後に、過失致死および死体遺棄の疑いで警察に逮捕されたキム・サンフンは、その年の五月の初めから、パク・ビョンチョルが執拗に自分を脅迫し始めたと供述した。その脅迫の内容はしかし、ナ・ボンマンがその頃に伝え聞いて知っていた内容とは若干異なる（否、大いに異なる）内容で、国家保安法や利敵行為がらみの法律違反ではなく、不倫、ひとえに不倫だった。キム・サンフンいわく、パク・ビョンチョルは、どうにも手に負えないほどの大金を要求し、また時には職員室に電話をかけてきて、件《くだん》の事実をマスコミに暴露してやるぞと脅迫したという。のみならず、自分と関係を結んできた女たちに対しても、とても口には出せないような暴言を吐くわ、性的な羞恥心を感じさせるようなことを言うわ、そのうえ彼女らにまでカネを要求したとも。で、そうこうするうちに……ついに、衝動的に事に及んでしまったのだと、流れる涙を腕で拭いながら、十二歳の子どものように、彼は善処を求めた。

キム・サンフンの供述が事実だとすれば、パク・ビョンチョルはその年の四月下旬、つまりキム・サンフンを監視し始めて二週間ほど経った頃、何らかの事実をつかんだのだ。そして、キム・サンフンへの接し方を変えたのに違いない。そのターニングポイントは、教師たちがみな帰宅した丹邱国民学校五年三組の教室にパク・ビョンチョルが忍び込んだ日が最有力かと思われる。彼はそのとき、キム・サンフンの机の引き出しに入っていた書類封筒を盗み出したのだ。クァク・ビョンヒのひと月分の日記とキム・ギョンアに宛てた手紙が入っている、前にナ・ボンマンのタクシーの中に落ちていた件の書類封筒を（ナ・ボンマンは後に、パク・ビョンチョルの部屋でビニールの洋服ダンスの中からその書類封筒を見つけ出すことになる。パク・ビョンチョルが行方不明になった直後のことだ。もちろんナ・ボンマンはそのときも、依然としてそれが乱数表だとばかり思い込んでいた）。

にしても、なぜ……？　何ゆえにパク・ビョンチョルは、ナ・ボンマンにさえも真実を話してやらなかったのだろう。真実はおろか、なぜ事態をさらに大ごとにし、結果、ナ・ボンマンの罪科をより重く、確かなものにしてしまうような方向に、彼は動いたのか。それによってナ・ボンマンが後に、いかなる行動や選択をすることになるか、彼には本当に予想がつかなかったのだろうか。

もちろん、さまざまな推測が可能だ。カネを独り占めしたかったからかもしれないし、事を仕損じるか憂慮してのことかもしれない。それか、後に何らかの問題が生じたときのためのアリバイのようなものとして（つまり間諜かと思ったなどと言ってシラを切るために）ナ・ボンマンを利用する腹づもりだった可能性もある。いや……、もしかしたらパク・ビョンチョルは、カネを全部受け取ったらその暁にはナ・ボンマンに真実を話そうとしていたのかもしれない。カネだって分けてやるつもりだったかも……。キム・サンフンを尾行したのも、結果、彼の問題行動を嗅ぎつけることができたのも、ナ・ボンマンのおかげとも言えるのだし。人間とは、その内側を覗き込んでみれば、誰でもひとつぐらいは罪を隠し持っているものだということを悟らせてくれたのも、また……。なのに、そのすべてに沈黙したまま、パク・ビョンチョルは消えてしまった。そしてナ・ボンマンはというと、それから何年か経って、遅ればせながらどうにか真実を知るに至った。が、そのときはもうナ・ボンマンの人生はあまりにもかつてのものと変わってしまっていて、戻りたくても、取り戻したくてもとうてい不可能なところに来てしまっていた。それで彼は淡々とその真実を受け入れた。心にさざ波ひとつ立てることなく。

問題は……その当時、パク・ビョンチョルがナ・ボンマンに吹き込んだ嘘の数々だった。件の事実を知ってしまったためだったのだろうか。それで、その事実を隠そうとしたのだろうか。いや、ことによるとパク・ビョンチョルは、日頃の習慣そのままに、新聞で見たことを単に思いつくままに、頭に浮かぶままに、適当にしゃべってしまったのかもしれない。ともかく、何としても真実を隠さなければならなかったから。そのためには、もっと大きな嘘が必要だったから……。それで彼は、ナ・ボンマンとチ・ハクスン主教を、まったく知らぬ者どうしのふたりを、このうえなく密接な関係に祭り上げてしまった。もちろん彼らの意思などまったくお構いなしに。

例えば、こんなふうに。

「うーむ、こりゃ……困ったことになったな。どうもお前、まともに引っかかっちまったみたいだな」

「え？　また何かあったのかい？　その人が消えでもしたとか？」

パク・ビョンチョルがキム・サンフンを監視していた頃も、ナ・ボンマンは4Bの鉛筆を握り、タクシーに乗り込んできた人々のスケッチを続けていた。そして夜になると必ずパク・ビョンチョルを訪ね、その絵を見せた（パク・ビョンチョルはうわの空で見ていた。ナ・ボンマンの描写力は初めの頃よりずいぶん上達していたが、すでにそれらはパク・ビョンチョルの関心外だったのだ）。当時、ナ・ボンマンの最大の心配のタネは、その人が突然消えてしまうこと、つまりキム・サンフンが感づいて行方をくらますこと、それで自分の容疑が晴れないことだった。

「いや、そうじゃない。そいつが問題なんじゃなくて……、お前がチ・ハクスン主教と何か関係があるようでな」

「チ・ハクスン主教……？　誰だい、その人？」

「チ・ハクスン主教も知らないのかよ？　まったく、新聞ぐらい読めよ、新聞ぐらいよう。ほれ、原州の代表格の……ああ、いい、いい。お前に何を言ったところで……。ともかくだな、そういう人がいるんだよ。その人も警察に追われてる。そりゃもう代表格だし……」

「代表格……？　でも、その人が俺とどんな関係があるって言うんだい？　俺、ほんとうにその人知らないいんだけど」

ナ・ボンマンはパク・ビョンチョルの方にいざり寄った。もちろん彼はチ・ハクスン主教を知らなかった。けれどその頃、ナ・ボンマンは誰であろうと知らないと自信を持って言えなくなっていた。チェ・ギシク神父も、ムン・ブシクも、キム・サンフンも、彼はみな知らなかった。なのに、結果的にみな自分とつながっている人たちだったのだから。だ、そうだから……。そこへまたひとり、追加されたというわけだ。

「そのお方がだな、お前のことをえらく気に入ったみたいでな。下の連中にも、お前のタクシーにだけ乗るようにって命じてさ……。察するところ、お前のことを、そうだな……連絡係として使ったんじゃねえかな」

「連絡係？」

「ああ、連絡係。書類なんかをさ、お前のタクシーを介してやりとりしてたってわけさ」

「それ、確かなのかい？」

「おお。俺がその国民学校の先公が書いた書類みたいなのを見たんだけどな、そこにお前のタクシーのナンバーと会社名が書いてあったんだ。それを印刷所に持ってって、こっそり印刷してるのを見たんだよ、俺がこの目でさ。てことはもう、決まりだろ」

パク・ビョンチョルにそう言われ、うつむいて黙り込んでしまったナ・ボンマンは、しばらくして思い出したように煙草をくわえた。

ため息のように長く煙を吐き出すナ・ボンマンの背中を、パク・ビョンチョルは励ますように叩く。

「そんなに心配するな。俺が確かな証拠を見つけ出してやるからさ、近いうちに、きっと。そんで、万が一お前に何か起こったとしてもさ、ちゃあんと証人になってやるからさ」

パク・ビョンチョルがそう請け合ってもずっと黙りこくっていたナ・ボンマンは、煙草をもう一本吸ってから、ようやく口を開いた。

「でもさ、そのチ・ハクスン主教って人……、その人は何だって俺のこと、そんなに気に入ったのかな。俺はその人のこと、覚えてもいないのに」

「そりゃあ、まあ……」

パク・ビョンチョルは答えに詰まり、何か考えをめぐらせるような表情になった。

「そりゃあさ、必ずしもお前のことを知ってるってわけじゃなくて……、例えばご両親と親しくしてたとか、遠い親戚だとかさ、まあそんなこともしれねえしさ」

「孤児なんだってば、俺は」

何げなくそう言った後で、ナ・ボンマンはハッとした。母親のことを思い出して。六歳で生き別れた、いまではもう顔さえもおぼろげにしか浮かばない母親。そこから連想ゲーム式に、自分が生まれる半年前に独りで北に行ってしまったという父親のことも……。

それで、……ナ・ボンマンがそのとき、いま自分の身に降りかかっていることはみんな、もしかして、もうずっと前から、自分が生まれるずうっと前から決められていたことなのかも……と考えたかというと、まったく考えなかった。ナ・ボンマンはつかの間、顔も知らない父親を恨めしく思った（口には出さなかったけれど、腹の中で短く罵倒までした）。それから、一度でいいから母親に会えたらという思いがふと心をよぎった。でも、そこまでだった。母親に会ってみたいと思ったのも、何も恋しくてだとか、それなりに親子の情らしきものがあって、というわけではなかった。ただ、自分のいまの生活を、狭いとはいえ暖かな布団に入って眠れる部屋に住み、結婚したいと思う相手もいて、ちゃんと職にも就いているいまの自分の姿を見せたかっただけだ。あくまで見せたいのであって、それ以上は断じてなかった。例えば一緒に暮らしたいとか。つまり彼は、いまの自分に、これまで自分が手に入れたものに、充分満足していたのだ。奇跡かとさえ思うほどに。

ところが、それでおしまい、ではやはりなかった模様だ。それから何日か経ったある日の午後、ナ・ボンマンは何かに突き動かされるようにタクシーを走らせていた。目的地は、思いを馳せたことなどただの一度だってない京畿道加平《キョンギドカピョン》。おぼろげな記憶をほじくり返し、「懸里《ヒョンリ》」という地名は思い出したけれど、そこのしみったれたバスターミナルの前まで行ってはみたけれど、もはやそれまでだった。頭に思い浮かぶことも、見覚えのある風景もなく、それ以上、いかんともしがたかった（何といっても彼は、母親の名前すら知らなかったのだ）。表門の脇に大きなナツメの木のあるトタン屋根の家で暮らしていたことは何となく思い出せた。けれど、辺りにそんな家は見当たらない。路地も、人々も、木々も、すべてが初めて見る見知らぬ土地の光景だった。彼は仕方なく、ターミナル脇にある薬屋のコンクリートの段々に腰を下ろし、道を行き来する人々の顔をただただ眺めていた。彼の隣には、ひとりの老婆が地べたに座り込み、おそらく頭の上にのっけて運んできたのであろうワラビやキノコを売っていた。老婆の頭頂部の毛はすっかり抜け落ち、手首は痩せ細って、まるで枯れ木だ。ターミナルにバスが到着するたびに、老婆はワラビとキノコをそれぞれ左右の手でしっかりと握り、前を通る人々に差し出していた。が、老婆の願いむなしく、彼女の前に立ち止まる人はいなかった。急ぎ足で路地に歩み入ったり、別のバスに乗り換えたりと、みな忙しくて。ナ・ボンマンは、そんな老婆を何とはなしに眺めていたのだが、そのうちわけもなく気分が落ち込んできた。でも、そんな気分が自分の中のどこに根ざしているのかわからなくて、だからそこからどうやって抜け出せばよいのかもわからなくて、それで……ポケットの中から千ウォン紙幣を取り出して、ただただ数えていた。腹立たしくもあり、老婆のことが気の毒にも思え、母親に会いたくもあり……。が、彼がその日、懸里《ヒョンリ》のバスターミナルで最終的に思い浮かべた人物は、安全タクシーの管理常務だった。母親に会いに来ようが、故郷を訪ねて来ようが、鬱々とした気持ちに突き動かされて来ようが、不安で仕方なくて来ようが、何にせよ、記録に残るのは走行距離だけなのだ。それがナ・ボンマンにとっての唯一の真実。そこで彼はよいしょと立ち上がり、老婆の隣で若干及び腰ぎみに客引きを始めた。バスから降りてくる人々に向かって、「遠くまで行かれる方!」「長距離タクシー!」などと叫ぶ。時折、背中に老婆の視線を感じながらも、通行人の注意を引くべくいっそう声を張り上げた。ところが幸か不幸か、それがナ・ボンマンを憂鬱な気分から救い出してくれた。ピンセットでつまみ上げてスポッと引き抜くみたいに。落ち込んでいる暇などない。気分なんかよりメーターの方が大事だから……。憂鬱な気分なんて、メーターで測ることも、お金に替えることもできないものだから……。

そしてその日の夕暮れ時、やっとのことで加平まで行くという陸軍中尉を捕まえたナ・ボンマンは、懸里バスターミナルからの脱出にようやく成功したのだが、懸里バスターミナルを後にするそのとき、彼の心の中に確固たるひとつの信念のようなものが改めて生まれた。タクシー運転手の仕事も、キム・スニも、四坪の間借りとはいえ仏蘭西《フランス》住宅内の自分の部屋もみな、失うことなどないという、絶対に失うまいという、それは誓いのようなものだった。彼は加平駅で陸軍中尉が降りるやいなや、その顔をスケッチすると、夕食抜きで原州まで走り続けた。そして翌日もまた、朝も早いうちから仕事に出た。自分はきっと大丈夫だという、何も奪われるはずがないという希望を、当然のことのように胸に抱いて。そのときからパク・ビョンチョルが行方不明になった五月中旬まで、その期間にナ・ボンマンがタクシーのハンドルを握っていた時間は、彼のタクシードライバー人生において、掛け値なしに最長だったろう。その二週間あまりの間、彼がタクシーに乗っていた時間は一日あたり十九時間を下回ることはなかった。足の裏の感覚がなくなり、真っ赤に充血した両目に信号がだぶって見え始めても、タクシーの屋根が消えて、ふわりと体が虚空に浮き上がるような錯覚にとらわれても、彼はハンドルを握り続けた。なぜだかわからないけれど、そうしなければいけないような気がしたのだ。青天の霹靂のように降りかかってきたあれやこれやの容疑。それらから完全に抜け出す道は、ほかにないと。それからもうひとつ、これは決定打。彼ができることといえば、それしかないという事実……。それで彼は、ハンドルを握り続けたのだ。もしも彼がほんの少し早く、キム・サンフンに対する裁判所の判決文を見たならば、それを読むことさえできたならば、状況は充分に修復可能な方向へと向かったかもしれない。けれど彼がそれを見ることはなかったし、読むこともなかった。それで彼は、一歩、また一歩と橋を渡っていってしまったのだ。もはや修復不可能な、途切れた彼の人生の橋を。パク・ビョンチョルの運命についてはまったくあずかり知らぬまま……。

以下、キム・サンフンに対する一審の判決文を要約、記録しておく。

一件記録によると、被告人キム・サンフンは、江原道《カンウォンド》原州《ウォンジュ》所在の丹邱《タング》国民学校五年三組の担任として在職中であり、一九八二年五月十九日頃より学校に休職届を出して行方をくらましていたが、同年七月十五日、江原道原州市盤谷洞《パンゴクドン》の山中で被害者パク・ビョンチョルの遺体が発見され、同年八月十一日、警察から有力な容疑者と目されて指名手配されていた。その後、一九八四年三月十二日、潜んでいた江原道原州市牛山洞《ウサンドン》所在の尚志《サンジ》印刷所の社長クォン・ヨンチュルの勧めで自首に至り、同月十四日に検察に送致され、一九八四年三月十五日、初めて被告人に被害者との関係および前記事件が発生した時期の足取りなどに関する供述書を作成させ（以下、第一回供述書とする）、再び前記の自白内容に対する確認録音を行い、続いて二か所の修正事項と事件の経緯を内容とする供述書を作成させ（以下、第二回供述書とする）、修正された内容で、同日午後二時頃および四時頃の二回にわたり自白録音を行ったが、翌日午後四時頃に実施された被告人と弁護人の接見時、被告人は、初めは犯行が計画的なものだったと認めていたのが、再び偶発的なものとしてそれを否認し、同月十六日、裁判官から被告人に対する拘束令状*が出された後、三月十七日に実施された第二回被疑者尋問調書の作成時には、再びこの事件の犯行を計画的なものと自白したが、同日実施された被告人と尚志印刷所のクォン・ヨンチュル社長との接見以後、再び従来と同様の主張のもと、この事件の犯行を偶発的なものと否認し始め、一九八四年三月二十一日付で作成された六通の供述書および三月二十五日付の被告人に対する第三回被疑者尋問調書を作成するにあたっては、この事件の犯行を偶発的なものと主張しており、当法廷に至っても、検察で自白した事実があることを認めているが、当時の自白は虚偽のものであり、供述内容はでっち上げられたものであると主張しているため、この事件の犯行自白供述部分の任意性と信憑性および被告人の自白供述が録取された録音テープに対する検証調書と被告人の自白供述が記載されている検事が作成した実況見分調書の各記載部分等を順に検討することとする。

一、被告人の自白の任意性

被告人の弁護人は、被告人がこの事件の犯行を自白するに至ったのは、被告人が一九八四年三月十四日に初めて検察庁に送致されて以来、満六十二時間にわたり一度も横になれず、椅子に座ったまませいぜい一、二時間程度、不可抗力で居眠りすることを許されただけであり、ほとんど睡眠をとれていなかったのみならず、捜査機関の物理的な暴行に伴う肉体的な苦痛と、密室で他人と隔離された状態で取り調べを受け続け、それが偽りであろうとも自白をしなければ、今後はさらに厳しい拷問を受けるのでは、という恐怖、また警察よりもはるかに上級機関である検察によって犯人としての証拠がひとつずつ作成され、自分がなすすべもなく計画的な犯罪者となりつつあり、ならば慈悲深い検察官に対し従順に振る舞い、同情を引くのが最善の道であるという判断のもと、検察官を信じ、すがることで、置かれた環境から早く抜け出したいと思う心理などにより、結局自白に至ったものであり、まったく任意性のないものであると主張している。

そこで、被告人の法廷での供述を検討してみると、被告人が一九八四年三月十四日に検察庁に送致され、検察官二名から、そのときまでの被告人の供述のうち矛盾点および疑問点などに対する集中的な追及を受けた後、その日の夜には三十分ほどしか睡眠をとれず、その翌日も約二時間しか睡眠をとれなかったという事実があり、前記のような取り調べ過程において、捜査官四名が三月十五日の昼間、被告人をうつ伏せにして足を背の方へねじ上げ、さらに頭髪をつかんで仰向かせる行為をしており、検察官が尋問中、空手風に手で脇腹や胸を小突いたり突きを入れるといった行為をしたことがあり、三月十六日、犯行現場とされる場所に出向いて現場検証を行った後、教師の風上にもおけぬなどと言いながら、理由もなく被告人に若干の暴行を加えた事実はあるが、それ以外に暴行行為はなかったということであり、被告人自ら検察による追及の圧迫に耐えきれず自白を行い、供述書の作成ならびに供述調書の録取に臨むにあたり、検察官からその内容に関してあれこれ関与されはしなかったと自ら認めているのみならず、被告人が夜にしっかり睡眠をとったと認めた三月十八日の翌日である三月十九日に実施された被疑者尋問の際にも被告人が自らこの事件の犯行を計画的に行ったと自白した以上、被告人のこの事件に関する犯行自白は任意性が守られない状態で行われたとみることは不可能といえよう。

二、犯行の動機、殺害場所および経緯、方法などに関する被告人供述の検討

被告人は最初の自白の際、一九八二年五月二日頃より被害者パク・ビョンチョルが学校の職員室に電話をかけてきて、生徒の母親との不倫をネタにゆすり始め、あからさまに金品を要求するようになったと供述しており、同月七日頃、丹邱洞《タングドン》所在の喫茶店「ポルテ」で被害者と初めて会い、現金三十万ウォンを渡して揉み消そうとしたが、金額を確認した被害者が

「何だこりゃ、ふざけてんのか！」と叫んで金の入った封筒を放り投げたので、「なら、いくら欲しいんだ？」と訊ねると、「タクシー一台買えるぐらいは貰わねえとなあ」と言うので、それは正確にいくらかと重ねて訊ねたところ、現金五百万ウォンほどとの答えで、そんな額はいまの自分の懐《ふところ》具合では用立てることができないと言うと、「ほう、そうか。なら、あんたのその懐具合とやらを、俺がどうにかしてやろうじゃねえか」と言い残し、喫茶店を出て行ったのだが、それ以来、証人ハン・ジョンヒ、イ・スジョン、チョ・ソンヒ、キム・ギョンアなど被告人と関係を持った女性たちが順繰りに電話をかけてきて、被害者パク・ビョンチョルから電話がかかってきたと言い、「何なの、いったい。こっちの立場も考えてよ」「そっちがどうなろうと知ったことじゃないけどね、人を巻き込まないでくれる？」「教師なら教師らしくしたらどう？」「ひょっとして、あんたも共犯なんじゃないの？」などという言葉を投げつけたうえで、被告人の第一銀行の通帳にそれぞれ百万ウォンずつ振り込んできたため、被告人は手持ちの百万ウォンをそこへ足して、都合五百万ウォンの現金を準備した後、人の目もあることだし、江原道原州市園仁洞《ウォニンドン》所在の自宅で会おうと被害者パク・ビョンチョルに伝え、家で待機していたが、その際、被害者による脅迫がそう簡単に終わりそうにないという考えが浮かび、また被告人に電話をかけてきて罵《ののし》った女たちに感じた恨めしさがそこへ拍車をかけ、被害者パク・ビョンチョルを絞殺する決心をし、そのための荒縄を用意、金の入った紙袋を持った被害者が被告人に「これからもちょくちょく会いに来るからな」と言って背を向けた瞬間、鈍器で頭を殴ったうえで準備しておいた荒縄で首を絞めたと供述したが、三回目の供述からはそれを覆し、被害者パク・ビョンチョルが金をきっちり渡したのに帰ろうとせず、「にしても、あんなにたくさんの女たちと関係できるなんて、いったいどんなテクニックをお持ちなのかな?」「ひとつ、秘法をご伝授差し上げようか?」「長くもたせたかったら話をするのが一番」などとしゃべりながら、まるで我が家でもあるかのように好き勝手にあちこち歩き回っていたのだが、脳卒中の後遺症で体が不自由になり、暗い奥の間で寝たきりになっていた被告人の母親ファン・スンニョに被害者パク・ビョンチョルが気づかず、ファン・スンニョの臀部《でんぶ》につまずいて転んだが、パッと立ち上がり、「てめえは何だ! びっくりさせやがって」と叫んでファン・スンニョの足を蹴飛ばした。それを見て激怒した被告人キム・サンフンが、「俺の母ちゃんだ、このクソ野郎!」と叫んで、たまたま縁側のテント脇にあった荒縄で被害者の首を絞め、殺害したと供述し、また四回目の供述のときは、もう少し具体化し、荒縄は被告人がボーイスカウトの団長であることから常に家に保管していたものであり、証人の女性たちに対しては、特段いかなる恨みも感じておらず、ただ被害者が自分の母親の足を蹴飛ばしたことに腹が立ち、「よくも母ちゃんを蹴ったな、このクソ野郎!」と叫んで犯行に及んだと供述したことが……(後略)

*

さて、このあたりで小休止。歯でも磨いてきてから聞いてくれたまえ。

一九八二年八月十一日、つまりキム・サンフンがパク・ビョンチョルを殺害した疑いで指名手配された頃、最高裁判所ではムン・ブシクとキム・ウンスク、チェ・ギシク神父ら釜山アメリカ文化院放火事件（このときから多くの場合、縮めて「釜米放《プミバン》」事件と呼ばれ始めた）に関わったとされる面々に対し最終判決が言い渡された。ムン・ブシクとキム・ヒョンジャン（この人物については、少し説明を加えよう。ムン・ブシクの学校の先輩だったキム・ヒョンジャンは、ムン・ブシクおよびその一行に〝意識化〟教育を施し、犯行を指示した首謀者であるとみなされ、逮捕された。しかし、ムン・ブシクの控訴理由書によると、キム・ヒョンジャンは「釜米放」事件のことを事後に知ったとなっている。想像するに、こんな感じだったのではなかろうか。「先輩、俺、釜山アメリカ文化院に火をつけちゃった」「ええっ！　お前、なんてことを……」）には死刑、キム・ウンスクとイ・ミオクには無期懲役、ユ・スンニョル、チェ・インスン、キム・ジヒにはそれぞれ懲役十五年および資格停止*十五年、チェ・チュンオンには懲役短期五年、長期*七年および資格停止七年、パク・チョンミには懲役四年および資格停止四年、チェ・ギシク神父とボイラー技士のムン・ギルファン、書店主のキム・ヨンエにはそれぞれ懲役三年および資格停止三年という判決が下された。裁判所は検察の主張する公訴事実をほぼそのまま認め、検察の求刑内容とほぼ同じ量刑を言い渡した。裁判は、あたかもよくできた脚本のもと進められる演劇の如しだった。裁判官たちは達者な演技を披露するベテラン俳優となってこれ以上無理なぐらいに声を低めて判決文を読み、マスコミはといえば、それをそっくりそのままメモして帰り、「暴力的な方法で国家に対し騒擾《そうじょう》を惹起する過激な勢力は、……この社会から永遠に隔離するほかはないという裁判所の苦悩に満ちた決定」云々という社説を掲載した。

　ところが、そんな裁判所の苦悩に満ちた決定を水泡に帰す全斗煥《チョンドゥファン》将軍のスペシャルな恩恵が翌年から続けざまに施され、裁判官のみならずマスコミ各社の論説委員たちまでもがバツの悪い思いをさせられる羽目になった。が、そのおかげでチェ・ギシク神父は、刑が執行されてからわずか一年で、特別赦免の形で大邱《テグ》刑務所から釈放され、ムン・ブシクとキム・ヒョンジャンの二名は死刑から無期懲役に減刑された。青瓦台《チョンワデ》〔大統領官邸〕のスポークスマンは、「健全な社会の綱紀《こうき》確立のため厳罰に処するのが当然ではあるが、寛容と雅量《がりょう》によって国民的和合を成し遂げようとする全斗煥大統領の寛大な配慮により」特別に減刑および赦免が実現したと発表した（が、実はそこには翌年に予定されていたバチカン教皇の訪韓、それから「自首した人間まで死刑にされるのなら、どこの馬鹿が自首する？」という一般国民の情緒が大きく作用したとされている）。

　そしてまた月日は流れ、全斗煥将軍が権力の座から退いた直後の一九八八年二月、ムン・ブシクとキム・ヒョンジャンはまず懲役二十年に減刑され、さらにその年の十二月二十一日、ついに釈放されるに至った。拘束後七年。名目はクリスマス特別赦免だった（清州《チョンジュ》刑務所から歩み出たムン・ブシクの第一声は、「光州《クァンジュ》虐殺の元凶、全斗煥を断罪せよ！」という絶叫だった）。

　キム・サンフンは……彼の主張どおり偶発的な犯行と認められ、最高裁から懲役七年を言い渡されて原州刑務所に収監、そこで刑期を務め上げた。出所後、昔のように尚志《サンジ》印刷所で植字工をしていた彼は、三年後にはそこを任され、所長となった。そんな激動の人生を送りながらも、彼はなんと結婚もした。お相手は、かつて彼と関係を持っていた生徒の母親のひとり、チョ・ソンヒだった（クァク・ビョンヒが二年連続で委員長を務めていたとき副委員長だったキム・ミヨンの母親で、キム・サンフンの服役中に世を去った彼の母親をひとりで見送ってくれた人物）。彼はその後、警察だの検察だのに呼び出されるようなこともなく、平穏に生きていった。紙型《しけい》*を作り、活版印刷機を回し……。すべてを忘れ、腰をかがめてひたすら活字だけを見つめて。

そしてナ・ボンマンは……、我らがナ・ボンマンは……、本当に罪を犯すことになった。

4

ここからはしばし、聞かずに読んでくれたまえ。

事件もある程度片がついた一九八七年の晩夏のある午後、キム・スニはかつての職場の同僚から思いがけず一通の手紙を受け取った。観雪洞《クァンソルドン》郵便局で電話交換嬢として二年近く一緒に働いていた三歳年下のミス・パクからのその手紙には、秋夕《チュソク》*の前に結婚することになった、相手はスニもよく知っているはずの同じ郵便局に勤めていたちんちくりんの集配員なのだが、職場の方はもう辞めないといけない、といったことが書かれていた。それから、二か月ほど前にスニ宛ての手紙が一通届いたのでそれも同封する、と結ばれていた。キム・スニはミス・パクからの手紙を淡々と最後まで読んだ。そして封筒の中に入っていたもう一通の手紙というのを取り出した。ふたつ折りにされたその手紙には、送り主の名は書かれておらず、受取人欄にはミミズがのたくったような、国民学校の二年生がやっとのことで書き上げたような文字。見た途端、キム・スニはピンときた。送り主が誰なのか。それで彼女は手紙の封を切れなかった。いますぐ警察署に持って行くべきなのではないか。しばらく思い悩んだが、結局そうはしなかった。彼女はその午後の間ずっと、封筒の文字を見つめていた。そして、そろそろ時計の針が零時を指す頃、スタンドを灯して机の前に座り、ふうーっと一度長く息を吐いてから、ゆっくりと手紙の封を切った。そして……それによって彼女は、独り涙に暮れ、息も止まりそうな苦痛にあえぐ、長い長い時間を送ることになる。なぜなら、彼女にできることはほかになかったから。

その頃キム・スニは、孤児院に入れられて以来ずっと暮らしてきた原州《ウォンジュ》を離れ、地図で見るとソウルのすぐ下にある水原《スウォン》の勧善《クォンソン》区に住んでいた。彼女が原州を離れたのは一九八二年の冬。職場を解雇されて五か月ほど経った頃のことだった。その五か月の間、彼女は月曜から日曜の夜まで教会の礼拝室にいた。とはいっても、お祈りを捧げたり、賛美歌を歌ったり、聖書を読んだりしていたわけではない。彼女はただ、口をぽかんと半開きにして座り、説教台の後ろの十字架を虚《うつ》ろに眺めていた。初めてこの教会を訪れた新しい信者はそんな彼女の姿を見て、重病を患った後の後遺症か何かかと思い、また一方では、礼拝のときによだれを顎《あご》の下まで垂らしていたなどという噂が教会内に広まったりもした。けれど、彼女に話しかける者は誰ひとりとしていなかった。彼女が何らかの事件にからんで警察に連行され、半月後に帰されてきたということを、みなよく知っていたからだった。そんな彼女を見るに見かね、教会青年部担当の副牧師が、障害児童福祉施設の補助教師として彼女を推薦した。監理教《メソジスト》〔プロテスタントの一派〕財団に所属するその施設は開院したばかりで、水原にあった。キム・スニを十五歳の頃から知っている副牧師（キム・スニと出会った当時、副牧師は大学部総務を務めていた）は、五か月前に彼女の身辺で起こったことについて、おおよその見当はついていた。よって、彼女はそれに巻き込まれただけだということもまた、よく承知していた。とはいえ、庇《かば》ってやりたくても、表立っては難しかった。教会の長老の中には、彼女のことを左傾分子とつながりのある危険人物とみなし、教会のお荷物だと公言して憚《はばか》らない人物などもいたからだ。そんなふうに時は過ぎ、ある日のこと、副牧師はキム・スニに一切の同意を求めることなく、信徒から借りた車のトランクに彼女の質素な所持品のすべてを積み込んだ。そして彼女を助手席に乗せて一路、水原を目指した。嶺東《ヨンドン》高速道路を走りながら、副牧師はキム・スニにあれこれ話をした（主に、君にいま必要なのは神の事業に没頭することだ、君にどんなことが起ころうとそれはみな神の思し召しであり、試練なのだ。信仰の力で打ち克たなければならない、といったような話だった）。けれど彼女はひとことも答えず、虚ろな瞳で窓の外を眺めていた。クリスマスを目前にした高速道路ぎわの風景は、さながら真新しいステンレスの表面とも似て、そっと手を触れただけでも金属性の音がツィン……と響きそうな感じがした。その頃の彼女には、副牧師の話が、否、誰の言うこともみな、そんなふうに聞こえていた。ツィン、ツィン、ツィン。五か月前に原州警察署の地下取調室で聞き続けたその音。ツィン、ツィン、ツィン……。彼女は何も答えられなかった。そのときと同じように、何も。

幸いにして副牧師の見込みは当たった。障害児童福祉施設に身を置くうちに（宿所も施設内にあった）、彼女は徐々にかつてのキム・スニに戻っていった。そこはともかく、何かをぼうっと眺めながらただ座っていたり、両手を遊ばせていられるような所ではなかった。ダウン症や自閉症、小児麻痺などの重い障害を持つ、もしかするとそのために捨てられたのかもしれない子どもたちばかり二十四人が暮らす施設で、子どもたちの世話をする職員はキム・スニを含めて四人。彼女は着いた早々、大きな水桶三つにあふれんばかりに溜まったおむつをすべて手洗いさせられた。そして翌日からは、七人の乳飲み子に粉ミルクを作ってやり、おむつを替えてやり、よだれ掛けをつけてやり、よちよち歩きの練習に付き合ってやり、洗い物を手伝い、布団を洗い……といった仕事に追われ続けた。初めの一週間こそ、おむつを干しながら、または雑巾がけをしていて、ぼんやりと窓の外に目をやることがたびたびあった。けれど、そんなことをしていると、いつの間にかそばに来ていた子どもたちのビンタがいきなり飛んできたり、耳もとで声を上げられたりした（「マ！」「マ！」としょっちゅう叫ぶダウン症の子などがいた）。そんなふうに叫ばれると、初めのうちは、何か熱いものにでも触れたときのようにビクッとしたものだったが、結果的にはそんな日々が、彼女を立ち直らせた。十日ほど経つ頃には、彼女は夜の当直をすすんで引き受け、トイレ掃除や寝たきりの小児麻痺の子どもたちの入浴をひとりで受け持つようになった。同僚の職員たちとも少しずつ言葉を交わすようになり、以前のように聖書を大学ノートに書き写し始めた。彼女の同僚の職員たちは、後に当時を振り返り、キム・スニについてこう語った。一日二十四時間、頭に浮かぶ考えをすべて封じ込めようと死にものぐるいになっているように見えました。奉仕をしているというよりは、自分の体を痛めつけているみたいだった……。

一九八四年の春からキム・スニは、夜の時間を利用して、高卒検定試験のための学校に通えるようになった。教師がふたり増員されたうえに、その年の一月から水原《スウォン》市内にある大きな教会と姉妹提携をしたことからボランティアの人手が増え、時間ができたのだ。彼女の勉強方法は、お決まりのアレだった。書き写す。そう、聖書と同じく、全科目の参考書と問題集を手当たり次第にノートに書き写すというやつ。そのおかげかどうかは不明だが、勉強を始めて二年目の一九八六年の秋に試験に合格することができた。そこで、ものは試しと、その年の冬に大学入学学力考査*を受けてみたところ、夜間課程とはいえ、水原から程近い烏山《オサン》の外れの方にある神学大学のキリスト教教育科に入ることができた。勉強をしている間、彼女は施設と学校、後には施設と大学をひたすら行き来していただけで、ほかにプライベートな外出は一切しなかった。一九八五年の秋夕《チュソク》の連休などは、同僚をみな実家に帰し、ひとりで（厨房の仕事を手伝う中年女性はひとりいたが）留守を預かったりもした。そのためだろうか。彼女はその間、原州のことはほとんど思い出さずに過ごせていた。彼女の安否を気にかけた副牧師が時折、施設に電話をかけてくることはあった。でも、そのときだけ。それも、副牧師という人物がレリーフのように浮かび、背景はまったくの暗闇、といった感覚だった。彼女は過去と断絶して生きていた。まるであちらとこちらにきっちりと切り分けられた木のように、紐《ひも》の切れた黒い幕が突如なだれ落ちてきて、舞台と客席を分けてしまったかのように。

それなのに手紙が、……手紙が来たのだ。見てはいけないと思いながらも、読んではいけない、読んではいけないとつぶやきながらも、それでも彼女はどうすることもできず、ハサミで恐る恐る手紙の封を切り始めた。ツィン、ツィンというあの冬のステンレスの音が耳もとに甦っているのにも気づかぬまま、彼女は過去へ、過去へと向かっていた。

ノートを破って便箋代わりにした手紙は、ごく短いものだった。

スニさん
すみません、ほんとうにすみません。
ぼくがいま、かけるのは、これがぜんぶです。

封筒の宛名と同じ、ミミズがのたくったような字で書かれたその手紙を読み終え、キム・スニがまず感じたのは虚脱感だった。「ぜんぶ」ですって？　これが？　ほんとにこれが？　彼女は手紙を裏返したり、封筒の中を丹念に探ってみたりした。

封筒に貼られている切手にまで目を留め、もしや、もしやその下に何か書かれているのでは、と思い、指をぺろりと舐めて剝《は》がしてみたりもした。そんな無駄骨を折りながら、彼女は思った。

これはあんまりではないのか。あんなふうに、ひとことも言い残すことなく消えておいて、五年間、ただの一度も連絡してこなかったくせに。それがいまさら手紙を寄こしたと思ったら、その内容が、すみません。そんなのって……。彼女はもう一度その文章を見つめ、また見つめた。すると虚脱感はだんだんに薄れていった。が、代わりに恐怖が、ツィン、ツィンと響く音が押し寄せてきた。もう忘れたと思っていた原州警察署の地下取調室の風景、刑事の手に握られた指示棒とボールペン、そして隣室から聞こえてきた物音まで……。それで彼女は慌ててスタンドを消し、手紙をジッパー付きのカバーの掛かった聖書の中に突っ込んだ。それでも安心できず、その聖書を本棚の後ろの狭い隙間に深く押し込む。ツィン、ツィンという音はどんどん大きくなってゆき、彼女は布団を頭の上までかぶって身を丸めた。そのとき。彼女の目から涙がこぼれ落ちた。初めての涙だった。憎みたいし、恨みたいのに……、なすすべもなくビクビクして、慌てて灯りを消したりしている自分が哀れに思えて……、そんな自分の心がまた切なくて、彼女は声を殺して泣き続けた。泣き声が漏れるかとまた怯えて、奥歯をぐっと噛みしめ、休むことなくしゃくり上げながら、彼女はひたすら布団の中でダンゴムシのように体を丸めていた。

そんな夜が四日続いた。彼女は怯えながらも、本棚の後ろに隠した聖書をはたきを使って毎夜取り出し、スタンドの灯りのもとで手紙を読んだ。文章はすでに彼女の頭の中にすっかり刻み込まれていたけれど、それでも彼女は読み、また読み返した。依然として恐怖はあった。それでも耳もとに響くツィン、ツィンという音はかなり小さくなってきていて、いまはナ・ボンマンの声が、じゃあ行ってくるよ、という最後に聞いた彼の声が、それに取って代わっていた。そして手紙が来てから五日目の夜……。

いつものように、手紙を読んでから寝床に入ったキム・スニは、やにわにガバッと起き上がった。何かが突然パッと頭にひらめいたかのように。彼女は、たったいま本棚の後ろに押し込んだばかりの聖書をまた引っ張り出して、机の前に座った。彼女は、これまでに読んで読んで、また読んだナ・ボンマンの手紙を、まるで初めて読むかのように、一字一字指で押さえながらゆっくりと声に出して読み始めた。

スニさん
すみません、ほんとうにすみません。
ぼくがいま、かけるのは……

その部分で、キム・スニは左手で口を覆い、肩を震わせて泣き出した。彼女の指は、「かける」の所で止まっていた。その言葉の本当の意味を、彼が伝えんとした真の思いを、彼女はいまようやく理解したのだった。ナ・ボンマンが長いこと必死になって隠してきた秘密、それを知った瞬間……、彼女はついに、手紙を受け取ってから初めて、泣き声をほとばしらせた。

読者諸君、お疲れ様。首を回して凝《こ》りでもほぐし、ここからはまた聞いてくれたまえ。

*

一九八二年五月十六日以降、つまりパク・ビョンチョルが何も言い残すことなく姿を消してから、ナ・ボンマンの人生はいったいどう変わったのだろう。彼はいったいどんな選択をすることになったのか。さあ、いまからそれを覗きにいこう。

とは言ったが、それはもしかしたら、誰でも難なく予想できるようなことなのかもしれない。例えば、ビタミン剤の会社なんぞが新聞紙面でよくやっているクイズ（広告の中に答えをバーン！　と大書しておいて、当社の商品はさて、何パーセントのピュアなビタミンCを含んでいるでしょうか、答えがわかった方はいますぐご応募を、とかいうヤツだ）を解くのと同じぐらいに。これまで我々が見てきたナ・ボンマンなら、例の、些細なことにビクビクし、何かというと不安におののく（Rhマイナス A型である可能性の高い）「安全タクシー」入社一年目の新米運転手のナ・ボンマンならば、だ。できる選択はただひとつ……。つまりまあ、彼が突如として米韓関係の不平等さを実感し、それを自ら解消すべく、原州市の中心にドドーンと構える在韓米軍「キャンプ・ロング」の正門めがけてタクシーで突進するだとか、韓国民主主義の発展の足かせとなっているのは、ほかならぬ我らがノワール主人公のごとき軍部の独裁者であるという政治的な覚醒のもと、原州市内を走り回って市民の総決起を促すビラを撒くだとか、またはそのすべての原因が、まさに分断体制からくる拭いがたいコンプレックスと限界にあるという冷静な状況認識のもと、「ソウルから平壌《ピョンヤン》までタクシーで二万ウォン*（以下略）」といった民衆歌謡を作詞するだとかいうことは、そんなことは、まったく起こり得なかったということだ。彼は相変わらず、パク・ビョンチョルが姿を消す前も後も、タクシーを運転することと、キム・スニと、仏蘭西《フランス》住宅内の四坪の間借り部屋を守ることしか考えていなかった。それが彼の唯一の選択基準であり、何としてでも守り抜きたい価値だった。……だったから、パク・ビョンチョルが消えて五日目に（パク・ビョンチョルが体を肥料袋でぐるぐる巻きにされ、盤谷洞《パンゴクドン》付近の山の麓で土に還りつつあった頃合いか）、彼がタクシーで原州警察署の正門をくぐったのは、まあ、ある意味当然の、何ら不思議のない、彼にとっての唯一の選択だったと言えるかもしれない。それに、そのときナ・ボンマンは書類封筒を持っていた。パク・ビョンチョルのアパートのビニール製洋服ダンスから見つけ出したものだ（パク・ビョンチョルが四日続けて会社を無断欠勤しているうえに、部屋にも戻っていないことを知ったナ・ボンマンは、真っ先にビニール製洋服ダンスを探った。というのは、その部屋にはほかに家具と言えるような代物がなかったからだ）。証拠もあるし、親しくしていた友人も行方がわからなくなっているし、ためらう理由もなければ、ほかのことに気を回す余裕もまったくなかった。自分がどんな問題を抱えていて、そのせいで警察署に行くことをどれほど恐れてきたのか、そんなことにはまったく考え及ばず、ただ自分が手にしているちっぽけなものを守りたい、孤児だった自分がこれまで必死に積み上げてきたものをひとつとして奪われまいとの一念で、書類封筒と自作のモンタージュ（スプリングできっちりと綴じておいた）を両手に捧げ持ち、原州警察署の情報課に足を踏み入れたのだった（ナ・ボンマンはパク・ビョンチョルが消えてから、実はほとんど眠れず、目を大きく見開いたまま毎朝を迎えていた。眠れないから、寝返りを打ちながらとりとめもなく考え事をすることになる。そんなとき、ふと、しばらくの間だけでも原州を離れてどこかよそに隠れていようか、それで事が収まったら戻ってこようか……と思いつき、悩んだりもした。けれど彼は、そんな考えが浮かぶたび、すぐさま頭から振り払っていた。なぜならば、だ。そういうことを考え始めると、まず間違いなく管理常務の顔が思い浮かび、個人タクシー免許の取得基準が暗い天井から神の声のごとく響きわたり、月末の家賃の支払いに思いが至ったからだ。一方で彼は、そんな悩みの渦の中で、隣に寝ているキム・スニの胸にそろりと手を伸ばしてまさぐったり、時にさらに下の方へと手を進めようと試みたりもした。もちろん毎度きっぱり拒まれたが。……しかしまあ、よくもそんな状況下でそんな気に……とも思うけれど、その一方で、まあそんな状況だからこそか、という共感が……じゃなくて、わかるような気が……いやいや、そりゃ男なら誰でも、というわけではないけれど、まあ、そういうのもアリじゃないか、と……いやいやいや、ともかく、しつこく妙な真似をし……キム・スニを煩わせていたというわけだ。ことによると、それでキム・スニはナ・ボンマンに対し最後まで、最後というのは彼が自ら警察署に出向いた後も含まれるのだが、何の心配もしなかったのかもしれない。だって、いつもとまったく変わるところがなかったから。何やら気に病んでいるふうではあった。けれど、にもかかわらず、一回だけ、一回でいいから、と懲りずにねだり続けたから……。だから彼女は、不吉な予感などまったく感じることなく、その日、いつもと同じように彼を送り出したのだ。その日を境に、何もかもが変わってしまうなどと想像だにせず、いつもどおりタクシーのシートをせっせと念入りに拭いてやり……、出勤する彼を見送ったのだった)。

ただ、理解しかねる妙な点がひとつある。原州警察署に行くその前に、ナ・ボンマンがチ・ハクスン主教を訪ねて園洞《ウォンドン》聖堂に立ち寄ったことだ。もちろん園洞聖堂が原州警察署に続くロータリーの真横にあったとはいえ(つまり左にハンドルを切れば園洞聖堂、右に切れば原州警察署に向かう双橋《サンダリ》の入り口)、聖堂というのがまた、誰もが気軽に訪ねていける所だとはいえ、彼の唐突な訪問は、歳月が流れに流れた後も、依然として解けない謎として何人かの頭に残っている。もちろんそんなナ・ボンマンの行動が、衝動的に、またはとっさに頭に血がのぼって、ということなら理解できないこともないけれど、彼が当時チ・ハクスン主教の代わりに会った(チ・ハクスン主教はそのとき「韓国教会社会宣教協議会」の声明文発表騒ぎがらみで、ソウル最高検察庁の庁舎に連行され、三日連続で取り調べを受けている最中だった)主教補佐神父にあれこれ言い立てたことを反芻してみると、これまた、それだけではなかったことは明らかだ。

その日、園洞聖堂内のカトリック青年会の幹事室で、大きな木の机を挟んで主教補佐神父と対面したナ・ボンマンは、何の前置きもなく話し始めた。

「あのう……、僕が、例のナ・ボンマンなんですが……。僕のこと、よくご存じですよね？　安全タクシーに勤めてる……」

四十代初頭の、やや腹の出始めた主教補佐神父は初めのうち、額に流れる汗をハンカチでひっきりなしに拭いながら、うわの空でナ・ボンマンの話を聞いていた。彼はその翌月の中旬に開催が予定されている「チェ・ギシク神父の釈放を促す祈願ミサ」の準備と、チ・ハクスン主教への検察の取り調べが終わり次第ただちにメディアに配布する報道資料の作成のため、ソウル大教区で丸二日間徹夜し、原州に帰ってきたばかりだったのだ。

「ああ、そうですか。うちの教区に属してらっしゃるんでしょうか？」

主教補佐神父は普段、信徒の前で煙草を吸うことはなかった。が、その日ばかりはどうにも眠気が去らず、無意識に煙草を口にくわえた。

「いえ、そんなんじゃなくて……、僕、ご存じかわかりませんけど……、僕があの、連絡係だったんですけど……」

ナ・ボンマンは部屋の入口の方をちらちらとうかがいながら、小声で言った。主教補佐神父はそのときになってようやくナ・ボンマンの方に目を向け、まじまじと見た。背丈は高い方だが肩や腕はひどく痩せている。赤く充血した目をして、身に着けているのは黄色いタクシー会社の制服。どう見ても知った顔ではなかった。

「いったい何のことでしょうか……？　連絡係というのが何のことなのか、私には……」

「僕のタクシーのナンバーが江原《カンウォン》３のナの７９８９なんですが、もしかして主教から何かお話を聞いていらっしゃいませんか……？　僕のタクシーだけ利用しろっていう文書みたいなのもあるって聞いてますが……」

「はて、私どもはタクシーを利用することが、なにせないもので……」

主教補佐神父は慎重な人物だった。教区というのはなにせ誰でも出入り自由だし、それだけに、チ・ハクスン主教を見守る目も多かった。主教補佐神父は、自分の監視を担当する原州警察署の刑事が聖堂近くに配置されていることにかなり前から気づいていたし、青年会の方にも農民会の方にも当局が送り込んだ〝プラクチ〔密偵、スパイ〕〟が何人もいるということもまたよく知っていた。それで彼は、信徒たちの前ではできるだけ言葉を慎み、感情を表に出さないよう努めていた。それだけが、チ・ハクスン主教のために自分ができることだと思っていたからだ。

しばらく無言で主教補佐神父を見つめていたナ・ボンマンは、いつもの癖で、しきりと爪を噛み始めたが、じきに口を開いた。

「神父様はご存じないとしても……、主教様が僕のことを、とても見どころがあると思われたんです。おそらくそれで、そうされたのかと思いますが……、でもこれからは、もうやめてほしいと伝えてください……。僕は、ですからその、個人タクシーの免許も取らなきゃいけないし、それから米軍のお客さんだって多いし、結婚もしないといけないんです……。いくら僕の両親のことをよくご存じだからって、これは……僕としても困ったことになるし、ご理解くださいってと……、申し訳ないって、必ず伝えてください」

主教補佐神父は、ナ・ボンマンの言葉を辛抱強く聞いていた。が、ある瞬間からどうにもわけがわからなくなり、頭が混乱してきた。彼の話に割り込んで、一つひとつ問い返そうとしたけれど、その隙もなかった。ナ・ボンマンは自分の話が終わるやいなやパッと立ち上がり、ぺこりと頭を下げてから、部屋の出口に向かった。そしてドアを開けて外に出ようとしたところでふと足を止め、振り返った。

「でも、ともかく主教様は原州の代表格で、それから追われる身ですし……、僕なんかが何を言ったって……」

ナ・ボンマンはむにゃむにゃと語尾を濁し、ぺこりともう一度頭を下げてから外に出た。そして書類封筒を、つまりクァク・ビョンヒの日記と数百枚のモンタージュを持って、一路、原州警察署情報課を目指したのだ。原州警察署へ向かう道々、彼のタクシーは信号にかかることもなくすいすいと、前へ前へとひた走った。

*

諸君、ここでストレッチをしよう。さあ腰に手を当てて、体を弓なりに反らせて、じゃあ続けて聞いてくれたまえ。

我らがノワール主人公の時代は、予知力に優れ、鋭い分析力と判断力を備えた要員や刑事が全国各地にあふれかえっていた時期でもあるのだが（まさに刑事の時代、ノワールの時代の全盛期だったというわけだ）、彼らはひとたび自分たちの手に引き渡されてきた者ならば、それが学生だろうと会社員だろうと専業主婦だろうと聖職者だろうと、ただひとりの例外もなく自らの罪を認めさせる、否、それ以上の罪を自白させる、手練《てだ》れの取り調べのプロだった。その主立った取り調べツールは、水と電気と彼らの性器と拳《こぶし》とつま先だったのだが、そのうち一、二種類のみ使用したり、それらすべてをいっぺんに、しかも何回にもわたって使用したりと、相手によってそれらのツールとテクニックが巧みに使い分けられていた。彼らプロによって使われていたそれらの道具は、我らがノワール主人公の時代を支え、繁栄させた「五元素」（水と電気と性器と拳とつま先）と言ってよかろう（「七元素」と言われたりもするが、それは「五元素」プラス手拭《てぬぐ》いと縄）。

五元素の実際の使用例は、ムン・ブシクをはじめとする数知れぬ人々の公判記録や最終供述書などに詳細に記載されている（裁判官たちと検事たちだけが、それを「読む機会がなかった」そうだが、はてさて、面妖《めんよう》なことだ）。それらは支部や支署によって少しずつ特色は異なれど、大枠ではこれといった違いはなかった。大講堂に集められて一緒に教えられたか、はたまた使い方の教本でも配布されていたのか、我々としては知りようがないが。

まずは水。これは、傷が残らないということで最も手広く使われたツールだった。まあ、違いがあるとすれば、手拭いを使う所あり、頭髪をガッとつかみ、そのままダイレクトに浴槽へ突っ込む所あり、といったところか（多数派は手拭い使用。主にロータリークラブ創立総会記念と書かれた黄色の手拭いが好んで使われた）。被疑者〝予備軍〟を椅子と椅子の間に渡された鉄棒に逆さに吊るしておいて、顔に手拭いをかぶせ、そこへやかんやシャワーを使って水をたらしてゆくこの取り調べテクは、被疑者が高校生だろうと大学生だろうと水泳選手だろうと遠洋漁船の乗組員だろうと、五分ももたずに自らの罪はもちろんのこと、犯してもいない罪までもすっかり認めてしまうほどの威力を発揮したものだった。そのとき、被疑者はどんな苦痛を味わっているのか。証言はほとんど一致している。水中から立ち上る巨大な火柱。初めのうちは、何とも不快な饐《す》えたようなにおいが鼻を突き、そのうち吐き気がしてくる。それがもはや耐えられないほどになると、火柱が揺らめき立つという。それも鼻と喉と両の目から……。同時に体からは汗が、まるで全身の毛穴がいっぺんに開いたかのように吹き出し始める。すると、罪が……覚えのない罪までもが、生じてしまうということだった。

次は電気だが、これは水の次のコースとして使われることが多かった。なにせ全身が汗まみれになっているからして、電気の通りがよかったからだ。このツールに関しては、使用法はどこでもだいたい同じだ。独自開発ツールの「七星板《チルソンパン》」という木製の寝台（下に向かって斜めに傾いた形をしている）に、被疑者〝予備軍〟を縄で縛りつけ（服をすっかり剥ぎ取って）、足首と足の甲に包帯を幾重にも巻きつけておいて、足の小指と薬指の間に電極を挟む。そして電流を全身にくまなく流すというもの（通常、００７カバンと呼ばれたアタッシェケースを抱えて全国各地を行脚していた少数の専門家の主導のもと施された）。電気もまた、外傷をほとんど残さずに致命的な内傷だけを与えられるという点において好まれたのだが、会陰部が裂けて流血事態が発生したり、足の甲が真っ黒に焦げてしまうことがしばしばあった（そういう事態が発生したからといって、とくに問題にならなかったのは言うまでもない）。水は人々に火の幻影を見せたが、電気の方は決まったパターンがなく、カオスのような幻影がランダムに現れる傾向があった。電気拷問の経験者によると、彼らは、焼き印、断崖から落ちてゆく自分の姿、また一部ではあるが、髪の長い女が自分の顔のすぐ前で無惨に首を絞められる姿等々を見ていた。そういった幻影を見る一方で、彼ら被疑者〝予備軍〟は、血管がよじれ、頭が破裂しそうな痛みが押し寄せてくるたびにわめき立てずにはいられないので、じきに喉が嗄《か》れてしまう。すると要員または刑事が丸薬を口に含ませる。声がまた出るようになる薬を。彼らに自らの罪を認めさせるべく、その罪のシナリオを完成させるべく……。

また性器と拳とつま先は……読者諸氏の想像どおり、否、時としてそれ以上に頻繁に使用されたツールだった。わざわざ縛ったりしなくてもいいし、七星板などの特殊な道具をよいしょよいしょと運んでくる必要もないしで、思いのほか多くの場所で、何憚《はばか》ることなく盛んに使用されていたということだ。そう……だったそうだ。

＊

では読者諸君、しかめた顔を元に戻し、引き続き聞いてくれたまえ。

とは言ってもだ、いくら粗暴でやりたい放題の独裁者の時代だといえど、またノワールの時代だとはいえど、自らすすんで警察にやって来た者を捕まえて、鼻と口に水をたらし、全身に電流を流し、刑事の性器を握らせ、拳とつま先で手当たり次第に全身を踏みにじり、踏み潰す、そんな取り調べの方法を適用するものだろうか。答えはノーだ。滅多に、否、ほぼあり得ないことだった。そういう場合はむしろ、メディアとのインタビューを取り持つか、でなければ定期的に現金を渡すことで、忠実な密告者、あるいは刑事もどきに仕立て上げるのがスタンダードなやり口だった。そのためなのかはまあわからないけれども、取り調べのやり方も別のケースとはずいぶん違っていて、ソルロンタンやコーヒーの出前を取ってくれ、向かい合って煙草を吸いながら、なごやかな雰囲気のなかで行われることが多かった（それどころか、茶房《タバン》のレジオンニまで取調室に長居を決め込みおしゃべりしていくような、心なごむ光景が繰り広げられることさえしばしばあった。「お兄さんて、なんでここに来てんの?」「やだー、そうだったんだぁ」てな感じで）。だから……、我らがナ・ボンマンもソルロンタンとコーヒーをご馳走になり、向かい合って煙草も吸ってから、来たときと同様、自分のタクシーに乗って帰るというのが当然の流れ、のはずだった。ナ・ボンマンの方も、ソルロンタンやコーヒーとまではいかなくても、刑事に勧められて煙草を一服しながら、そうか、大変だったなあ、あとはこっちが引き受けるから心配するな、という感じの慰めと励ましを受けられるのではないかと、心の片隅で期待を抱いて警察署に出向いたというのが正直なところだったし。

それが……哀しいことに、我らがナ・ボンマンは、そんなふうにもてなしてはもらえなかった。それどころか、チェ刑事に胸ぐらをつかまれて、原州警察署地下一階の取調室ではなく建物の裏手、戦闘警察*の内務室に程近い資材倉庫へと引きずって行かれ、そこのコンクリートの床に跪《ひざまず》かされて、まともな取り調べとはとてもいえない取り調べを受ける羽目になってしまったのだ（正直なところ、ナ・ボンマンは少し面食らった。前に一度来たことのある情報課のドアをおずおずと開けて中に入り、ちょうど毎日の動向報告書を作成しようと必死にタイプを打っていたチェ刑事に書類封筒とモンタージュを差し出して、「これ、ちょっと見ていただきたいんですが……」と言っただけなのに、断じてそう言っただけなのに、その後、あれよあれよという間に事態が思わぬ方向へと突っ走ってしまったのだから。封筒から書類を出して目を通していたチェ刑事は、ふいに慌てて席を立った。そして戻ってくるやいなや彼の胸ぐらをつかみ、古びた倉庫に場所を移した、というわけだ。であるからして、ナ・ボンマンとしては、その一連の成り行きにただおろおろしていることしかできなかったのだ）。もちろんその成り行きというのはすべて、チェ刑事から書類封筒を見せられたクァク・ヨンピル警正の指示によるものだった。

資材倉庫の中での取り調べは、主にチェ刑事が担当した。クァク・ヨンピル警正は、チェ刑事から何歩か離れた所に置かれた粗末な木の椅子に腰かけ、黙ってナ・ボンマンを見つめていた。

書類封筒に入っていた息子の日記と最後のページに挿入されたキム・サンフンの手紙を読み終えたクァク・ヨンピル警正の胸に、妻の裏切りへの怒りや自責、悔恨といった念が湧き起こったかというと、そうでもなかった。これは何かの陰謀で、自分はそれに巻き込まれようとしているのではないか。そんなふうに思えたのだ。それでできるかぎり穏便に、話が表沙汰にならない方向で（つまりチェ刑事とふたりきりで）、迅速に事を処理しようと決意した。妻と息子の担任を罰するのはそれからだ。この悪だくみを仕掛けてきたのは何者なのか、それを嗅ぎ当てるのが先だ。それで彼は、怯えた目でちらりちらりとチェ刑事の様子をうかがっているナ・ボンマンに視線こそ据えていたが、頭の中ではひたすら別のことを考えていた。誰なんだ、俺の弱みを握ろうとしているのは、いったいどこのどいつだ……。ムン・ブシクの一党が、よりにもよって原州に潜入してきたせいで、そしてチェ・ギシク神父が事件に関わったせいで、もうひと月以上も家にまともに帰れていない。そんな状況はいまもまだ続いているけれど、そのおかげでクァク・ヨンピル警正は、年末に予定されている定期人事で総警〔日本の警視正に相当する〕昇進が有力視されていた。そのせいなのか？　末端の巡査からスタートし、夜間の大学と大学院に通いながら一心不乱に経歴を積む一方で、部下たちからしたら見るに忍びないほどに上の人間や要員たちに媚《こ》びへつらって、いまの地位まで這い上がってきた彼だった。それを面白く思わない輩が何か悪さをしているのでは……。クァク・ヨンピル警正は、ほぼ確信していた。

ところが、本格的な取り調べが始まった途端、事態は正反対の方向へ、クァク・ヨンピル警正がまったく予想だにしなかった、突拍子もない方向へと向かい始めた。

チェ刑事は腰をややかがめ、跪《ひざまず》いたナ・ボンマンの目を正面から見据えた。

「おい貴様、自分がいまどういう立場にいるかわかってるな？　これから訊かれることに、ちゃんと答えるんだぞ、いいな？」

ナ・ボンマンは目を伏せて、首をこっくりとさせた。

「これを何だってここに持ってきたんだ？　誰に頼まれて、情報課にこれを持ってきたんだよ、え？」

「僕はただ……、通報しようと……」

言い終わりもしないうちに、チェ刑事のビンタが飛んできた。間をおかず、刑事の右脚がナ・ボンマンの腹にめり込む。腹を押さえて前にのめる彼を見て、後ろからクァク・ヨンピル警正の声が飛んできた。「おいおい、お手柔らかにいけよ、お手柔らかにな」

「しゃんとしろ、オラ！」

チェ刑事はナ・ボンマンを引き起こし、元どおりに座らせた。ナ・ボンマンの黄色の制服の真ん中あたりにチェ刑事の足跡が鮮やかに残っていた。

「やい貴様、後ろにおられる方をどなたと心得る？　なんだその態度は、ええ？　さっさと吐け、このクソ野郎が！　誰だ？　貴様を雇った奴は、どこのどいつだ？」

「ええと、それは……、だから……」

「まだ殴られ足りねえか！」

チェ刑事の手がまたもや振り上げられた。ナ・ボンマンは反射的に肩をすくませ、ちらりとクァク・ヨンピル警正の方を見た。

「僕は、ほんとに何も知らなかったんです。その人たちが僕を……、僕も知らないうちに、引き込んだんです……」

「だーかーらあ、その人たちってえのが誰なのかっつってんだよ！」

ナ・ボンマンは、頭の後ろをコリコリと掻いた。

「だから、その……、だから、それが……、チ・ハクスン主教って……」

ナ・ボンマンの口からチ・ハクスン主教の名が飛び出すや、クァク・ヨンピル警正とチェ刑事は目を見合わせた。クァク・ヨンピル警正は立ち上がり、チェ刑事の真ん前までやって来た。

「な、いまなんて言った？　チ、チ・ハクスン主教？」

クァク・ヨンピル警正の問いに、ナ・ボンマンはこっくりとうなずいた。

「そ、そんな人が、何だってこんなものを？　そ、その人が、これを持ってたってことか？」

「それが……、僕も後で知ったことなんですけど、その方が、僕のことをとっても高く買ってらして……、タクシーも、絶対に僕のを利用するようにってみんなに……」

クァク・ヨンピル警正は一瞬、天主教《カトリック》側が自分を標的に据えた組織的な陰謀を企てているのでは、などと考えた。チェ・ギシク神父を拘束したことを恨んで……。となると、事は単なる昇級がらみのライバルとの小競り合いとは次元が違ってくる。

「このクソ野郎が、戯言《たわごと》もたいがいにしろ！」

チェ刑事が今度はナ・ボンマンの胸を蹴りつけた。

「誰が、誰のことを高く買ったって？　こん畜生！」

チェ刑事はクァク・ヨンピル警正が腕を引っ張って止めるまで、倒れたナ・ボンマンを蹴り続けた。ナ・ボンマンは、両腕で顔を庇《かば》い、資材倉庫の床をあちら、こちらと転げ回った。

クァク・ヨンピル警正は、チェ刑事を倉庫の隅の方に連れていって耳打ちした。

「あいつ、何者だ？　一体全体、何を言っとるんだ？」

チェ刑事はナ・ボンマンにペッと唾を吐きかけ、いかにも本人に聞かせようというように、あからさまな大声で言った。

「そんなの、わかりきったことじゃないスか！　カネですよ。この野郎、カネが欲しくてあんなこと言ってるんです。見りゃわかるじゃないですか、課長。カネ目当てで、チ・ハクスン主教の名前なんぞ持ち出してるんですよ。今回のことは、チ・ハクスン主教は関係ないでしょう、チ・ハクスン主教は！　あんな奴が主教とつながってるわけないじゃないスか。客の忘れ物拾っただけですよ、どうせ」

チェ刑事は実は、ナ・ボンマンの顔をしっかりと記憶していた。以前、自分のミスで地方新聞二紙に名前が載ってしまった、あのタクシー運転手だということも。けれど彼は、そのことをクァク・ヨンピル警正には黙っていた。ことによると、この事件の大もとの発端を作ったのは自分、つまりチェ・サンギなのでは……？　そんな気がしてどうにも仕方がなかったからだ。それで彼は、ひたすら〝カネ〟の方へ、ただただ〝カネ〟のためという方向へ、ナ・ボンマンを追い込んでいった。

「なら……、いっそ、いくらかつかませてやったらどうだ？」

クァク・ヨンピル警正がまたささやいた。

「課長！」

「いいから、いいから……、このまま静かに解決しよう。事を大きくしたところで、いいことないだろ」

クァク・ヨンピル警正は煙草をくわえて、ナ・ボンマンの方へ視線を投げた。ナ・ボンマンは床にうつ伏せに倒れ、胸に手を当てて、ゴホゴホと咳き込んでいた。

クァク・ヨンピル警正とチェ刑事は、ナ・ボンマンに歩み寄った。

「貴様、こんなモノを持ち出して、現職の警察幹部を脅迫するのがどんな重罪かわかってるのか？」

クァク・ヨンピル警正は倒れているナ・ボンマンの頭を見下ろす位置にしゃがみ、書類封筒をひらひらさせながら言った。

「うー、まあ、つまり……、こういうのが公務執行妨害ってやつなんだ。貴様、それがどんなことなのかわかるか？」

話しているクァク・ヨンピル警正の横に立ち、チェ刑事がナ・ボンマンの脇腹をつま先でつついた。

「立て、この野郎。何を大げさに寝転んでやがる」

ナ・ボンマンは、片手を床に突いて起き上がり、元どおり跪《ひざまず》いた。

「カネが欲しいのか?」

クァク・ヨンピル警正は、財布から一万ウォン札を五枚取り出しかけて思い直し、三枚だけ抜き出してナ・ボンマンの膝の上に置いた。

「タクシーの運転手だったら、客を乗せて稼げ。あぶく銭なんか狙うもんじゃない」

クァク・ヨンピル警正は、ナ・ボンマンの頬を軽くピシャピシャと二回叩いた。ナ・ボンマンは、膝の上に置かれた札とクァク・ヨンピル警正の顔を代わる代わる眺めた。

「ところで貴様、俺がここに勤めてるのをどうしてわかった? 書類封筒にゃ、家の住所しか書いてなかったろ。ほんとに誰にも頼まれなかったのか?」

「僕は、ですから、その……」

ナ・ボンマンは、クァク・ヨンピル警正が手にした書類封筒を見た。

「ぼ、僕は、乱数表は警察に持ってって、通報しないといけないものだから、それで……」

チェ刑事とクァク・ヨンピル警正は、またも顔を見合わせた。

「それのせいで、友達もいなくなっちゃって……、それで……」

ナ・ボンマンはうつむいたまま、ほとんど泣き出しそうな声で言った。

クァク・ヨンピル警正は、持っていた書類封筒から息子の日記とキム・サンフンの手紙をもう一度取り出し、ページをぱらぱらとめくりながらざっと目を通した。そしてそれをまたナ・ボンマンの顔の前に差し出した。

「お前、これが乱数表だって言ったな、いま。どこが乱数表なんだ、これの？」
クァク・ヨンピル警正の声が大きくなった。彼は、ナ・ボンマンのしぶとさに当惑していた。もっとカネを握らせるか？　彼は声を荒《あら》らげながらも考え続けた。乱数表という言葉は聞き流し、何を、あとどれぐらいつかませたらいいのか、そんな思案や計算ばかりが、クァク・ヨンピル警正の頭の中をぐるぐると回っていた。

ところがそのとき。資材倉庫のドアが開いて、誰かがゆっくりと歩み入ってきた。それを見るや、クァク・ヨンピル警正の頭の中の考えと計算はきれいさっぱり消え失せてしまった。彼の頭の中は真っ白になっていた。四方八方から突如スポットライトを浴びせかけられたかのように、一瞬にして。

＊

ベルトを緩めて聞いてくれたまえ。

原州警察署に駐在している国家安全企画部の要員が、いったいいつから資材倉庫の前に来ていたのか、初めからクァク・ヨンピル警正の後を意図的につけていたのか、それとも、急に木の椅子か何かが入り用になって、ちょっと立ち寄ったのか、そういったことは、まったく重要ではなかった。肝心なのは、ゆっくりとクァク・ヨンピル警正に歩み寄った彼が、警正が手にしていたクァク・ビョンヒの日記とキム・サンフンの手紙を一枚一枚めくりながら見ているということ（その間、クァク・ヨンピル警正とチェ刑事は、ほとんど直立不動の姿勢で立っていた）、それから彼が、声を低めてこんなことを言い出したということだった。

「これはまさしく乱数表ではないですか、課長？」

安企部要員はサングラスをかけ直し、しかし視線は依然としてクァク・ビョンヒの日記に注いだままで問いかけた。

「うー、まあ……つまり、それは……」

クァク・ヨンピル警正は答えに窮した。安企部要員が資材倉庫の中に歩み入ってくるのを見たとき、クァク・ヨンピル警正は、自分を罠にかけた人物がついに姿を現したのだと思った。なので彼は戸惑い、心臓がきゅうっと縮んだ気がした（心の中で何かがボキリと折れる音も聞こえた）。それでもクァク・ヨンピル警正はすぐに気を取り直し、冷静になろうと努めた。彼は考えた。ともかく、このすべての状況をうまく収拾しなければならぬ。兎にも角にもそれが最優先だと。ならば……彼にできることは、ただひとつ。

「そうじゃありませんか、課長？」

安企部要員は、さらに声を低めて畳みかけた。

「うー、まあ、私どももそうではないかと思い、報告しようとしていたところでして……」

安企部要員は、ずっと跪いたままでいたナ・ボンマンの腕に自分の腕をからませ、立ち上がらせた。チェ刑事はナ・ボンマンから二歩ほど離れた所に、相変わらず気をつけの姿勢で立っていた。

「善良な市民をこんなふうに扱ってはいけませんよ。民主主義社会では……」

安企部要員は、ナ・ボンマンの制服に残っていたチェ刑事の靴の跡を片手でパッパッと払い落としてやり、ナ・ボンマンの肩をなだめるようにトントンと叩いた。

ナ・ボンマンは、……その間ずっと面食らった顔で、面白くもない卓球のテレビ中継でも観ているときのように、ちらり、ちらりと一人ひとりの顔をうかがっていたナ・ボンマンは、ふいに心の内から何かがこみ上げてきて、ぽろりと涙をこぼしてしまった。その涙は、安企部要員に手を引かれてゆっくりと資材倉庫から外へ出たまさにその瞬間、ついに滝となって流れ落ちた。抑えようもなく、どうどうと。それで彼は、ほとんど安企部要員の手に身を預けるようにして、片手ではしきりと涙を拭いながら、足を引きずって倉庫から出ることになった。自分がいまどこに向かっているのかも知らぬまま、自分の立場がたったいま、どう変わったのかにも気づかぬまま、おいおい声を上げて泣きながら……、連れ去られたのだった。

第II部

ふぅーっと長く息をして、気持ちも新たにじっくり読んでくれたまえ。

1

ナ・ボンマンから思いもよらず手紙が届いてから一年ほど経った一九八八年七月十八日の午後、キム・スニは、ほぼ六年ぶりに原州《ウォンジュ》の地に降り立った。半月ばかり続いた梅雨が完全に明け、その後四日ほど居座り続けている盆地特有のじっとり湿った空気が道路と建物の間に膠《やに》か何かのように澱《よど》んでいたその日、キム・スニは牛山洞《ウサンドン》市外バスターミナルから歩み出て、歩道にずらりと植えられている街路樹の木陰に立った。辺りには、休暇中らしい軍人たちや、手拭いを頭にかぶって茹でトウモロコシを売る老婆たち、そして兵役中の恋人に面会にでも来たのか、しきりと腕時計を覗き込んでいる若い女がひとり、ずっと同じ場所を占めていた。タクシーの運転手たちは運転席のドアを開けっぱなしにして座り、しきりと手うちわをしながらバスターミナルから出てくる人々の方に目を向けていた。そんな様子をじっと見つめていたキム・スニは、ふっと小声でつぶやいた。原州だわね、と。水原《スウォン》から原州までの二時間ずっと、彼女は前の座席の背に取りつけられている取っ手を両手でしっかりと握っていた。そのせいかどうかはわからないが、市外バスが原州料金所に近づく頃には、手首からも肩からも力がすっかり抜けてしまい、軽いめまいさえ覚える始末だった。ところが、いざ市外バスから降りて歩き始めると、めまいは跡形もなくおさまり、わりあい淡々とした心持ちになってきた。何か月か前に来た都市をまた訪れたような感じだった。キム・スニは、そんな自分の感覚に戸惑いを覚えた。けれど、おかげで少しもためらうことなく歩を進めることができた。

彼女は、一番前に停まっていたタクシーに乗り込んだ。

「あの、中央市場の方へ……」

実を言うとキム・スニは、もう少し早く原州に来るつもりでいた。でもその前に、探さなければならない人物がいたのだ。彼女はそれを、かつて自分を水原に送り出してくれた副牧師に頼んだ（彼は、原州に近い横城《フェンソン》にある開拓教会の担任牧師*〔主任牧師〕になっていたが、キム・スニにとってはいまもやっぱり副牧師だった）。副牧師は、受話器の向こうで何度かキム・スニを止めた。世の中は確かに多少は変わった。でも、何ひとつ変わっていないとも言えるのだと。探し当てて会ったところで、何もできることはない。君の手には負えないことだとも。キム・スニは、そのときは副牧師の忠告に従った。なのに、いくらも経たずにまた電話をかけていた。それでも一度、どうしても会ってみたいと。少しの間、黙っていた副牧師は、やがてため息を長く吐き、お祈りをしたうえで決めたことなのかと訊ねた。キム・スニはその問いに即答することができなかった。彼女は受話器を両手で握り、しゃくり上げ始めた。そして言った。お祈りが、できないんです、だから……。そしてふたりは、電話線の両側で沈黙した。その言葉の意味が、副牧師にもキム・スニにもよくわかっていたから。

副牧師が見つけてくれた「雉岳山《チアクサン》炭焼きカルビ」という店は、中央市場の右手、五つ目の通路に位置していた。店内には、真ん中に丸い穴があいたテーブルが四つと、隅の方に畳敷きの部屋があった。入口から見て真正面の中央、一番目立つ所に「ここに来たすべての人に平和を」と書かれた額が掛かっている。キム・スニはその額を見上げていたが、じきに入ってすぐのテーブルについた。昼時も過ぎた午後二時頃だからか、客はほかにひとりもいなかった。流しが丸見えの厨房ではキム・スニと同年配の女が子どもをおぶってネギを刻んでおり、畳敷きの部屋では国民学校に入学したばかりかと思われる男の子がひとり、正座してテーブルに向かい、ノートに何かを熱心に書いている。ふたりのほかに人は見当たらない。キム・スニは何度か厨房の方に目をやり、水とコップを運んできた男の子に豚カルビ二人前を頼んだ。厨房に立っていた女は、キム・スニの方を一度ちらりと見てから、流しの脇に付いている小さな通用門を開けて怒鳴った。

「お客さんだよ！」

おしぼりとおかずがまず運ばれてきて、男の子が古びた扇風機の首をキム・スニの方に向けてくれて、……それからじきに、ランニング姿の男がたらいのような形の火鉢を持って店に入ってきた。首には手拭いを巻き、両手に軍手をはめている。ランニングシャツのあちこちには煤《すす》が付いていて、額も首も、酒でも飲んだ後のように赤く火照《ほて》っている。やや肉がつき、髪が薄くなってはいるが、キム・スニはひと目でわかった。彼こそが、探していた人物だと。男は視線を火鉢に据えて、一歩一歩テーブルに近づいてくる。キム・スニは大きく一度深呼吸をし、気持ちを落ち着かせようと努めた。なのに、おのずと顔がうつむいてしまうのだ、どうしても……。まだ彼がテーブルの所まで来てもいないのに。そして、ツィン、ツィン、ツィン……、忘れていた音がまたもや耳もとで響き始めた。キム・スニは膝の上に置いた両手に力を込めた。腰をかがめて火鉢をおろそうとしていた男が、一瞬ハッと動作を止めたが、すぐに何事もなかったようにテーブルの真ん中の穴に注意深く火鉢をはめ込み、厨房の方へ向かった。男は首にかけた手拭いでズボンをパッパッと払い、女に言った。

「肉、多めにしてくれ。知り合いだ」

*

ビールでも飲みながら、引き続き読んでくれたまえ。

その日、キム・スニとテーブルを挟んで向かい合ったチェ刑事はしかし、どこかでお会いしましたよね、いやそれは確かに覚えてるんですがね、どうもよく思い出せなくて……、申し訳ない、と口火を切った。そう言いながら彼はビールを一本冷蔵庫から出してきて、十字を切ってからゆっくりと飲んだ。彼は焼き網に肉をのせ、食べやすい大きさにハサミで切って網の端っこに置いてくれていたが、キム・スニはそんな彼の手をじっと見つめるばかりでひとことも口をきかなかった。いや、きけなかったのだ。私たちはね、原州警察署の地下の取調室で会ったんですよ。彼女は心の中で言った。指示棒で私の胸をつつきながら薄気味悪い笑みを浮かべたり、私の髪をつかんで罵倒したり、私の頰を一発、二発、三発と張り続けたりもしたじゃないですか、まったくの無表情で……。彼女はそれらの言葉を口の中で転がし続けていた。小麦粉に水を加えてこねるように、ずっと。けれど……けれど、ついに口にはできなかった。彼女は初め、それが畳敷きの部屋に座っている男の子と、子どもをおぶって厨房に立っている女のためだと思っていた。が、じきに悟った。自分の中に、いまだある種の恐怖が残っているからだということを。彼女は固く拳を握った自分の両手を見下ろした。それは、さっきと変わらず膝の上に置かれていた。何ひとつ変わってなどいなかったのだ。

「警察だった頃にお会いした方……ですよね?」

チェ刑事は、肉をひっくり返していた手を止めて訊いた。トングが空中で止まっている。キム・スニはかすかにうなずいた。

「いやあ、困ったな、こりゃ……どうにも思い出せませんで……」

チェ刑事は横を向いて厨房の方にちらりと目をやった。厨房に立っていた女は、冷蔵庫の脇の小さな椅子に座り、赤ん坊の口に乳を含ませていた。

「で、今日はどういったご用件で……？」

キム・スニは持ってきたカバンを探って手帳を取り出した。それから手帳の真ん中あたりに挟んであった長方形の切り抜きを、チェ刑事の前にすべらせた。一九八二年六月二十八日付の、江《カン》原道《ウォンド》地域限定で発行される地方新聞に載った小さな記事。それは、キム・スニがこの一年間、大学の図書館の閲覧室に通いつめてようやく見つけ出した、ナ・ボンマンの唯一の痕跡でもあった。

「ナ・ボンマンさんを……、覚えてらっしゃいませんか？」

キム・スニは、小さく声をしぼり出した。

「安全タクシーに勤めていた、運転手……」

チェ刑事はキム・スニとは目を合わそうとせず、彼女が差し出した新聞記事ばかり見下ろしている。

「うーん……？　これはでも、単純な交通事故みたいですが」

キム・スニは答えずに、今度はじっとチェ刑事の顔を見つめた。チェ刑事はしきりに首をかしげながら、ズボンのポケットから煙草を出してくわえた。

「私が担当した覚えはありませんが。これは部署も違いますし……、それにまあ、受け持った事件ていうのが、とにかく多かったですからねえ。それが嫌になって辞めたってのもありますが」

チェ刑事は新聞記事をキム・スニの方に押し戻しながら言った。焼き網の上の肉が真っ黒に焦げていた。

「で、この人が、どうかしたんですか？」

キム・スニはチェ刑事が差し出した新聞記事をつかみしめ、店のまん真ん中に掛かっている額を少しの間、睨みつけていた。そして言った。

「まだ……帰ってきていないんですよ」

話は終わった。キム・スニとチェ刑事はその後、テーブルを挟んで向かい合い、言葉を交わすこともなく座っていた。チェ刑事はのろのろとビールを飲んだ。全部飲み干してからは、流しの脇の通用口とテーブルの間を行ったり来たりしていたが、戻ってくる回数が減ってきたと思ったら、ついには戻ってこなくなった。彼はキム・スニの前から完全に姿を隠してしまった。キム・スニは、チェ刑事が消えていった通用口を長いこと見つめていた。あのドアを開けて出て行ったら、そこにチェ刑事が指示棒を手にして立っている、そんな気がしてならなかった。キム・スニは席を立つことなく、そのまま座っていた。しばらくして彼女は箸を手に取り、豚カルビをひと切れ、ふた切れと口の中に押し込み始めた。火鉢の中の炭火もいまやすっかり消え、肉は焼き網の上で冷えてカチカチになっていた。それを彼女は食べ続けた。サンチュ〔包み菜〕に包みもせず、ほかのおかずには手もつけず。畳部屋にいる男の子が、腰を浮かしてそんなキム・スニを見つめていたが、彼女は箸を止めなかった。憤懣やるかたない、といった様子で。キム・スニにはよくわかっていた。その怒りの対象がチェ刑事ではなく、自分自身であることを。彼女は自分が恥ずかしかった。身の置き所がないほど心やましかった。自分が原州までやって来てチェ刑事に会ったのは、実はナ・ボンマンのためではない。自分自身のため、できなくなっていたお祈りのためだった。そんな自らの心の内を、いま初めて自覚したのだ。チェ刑事に会ったところで、どうせこうなる。それをよく承知していながら、わざわざやって来たのだということも。

キム・スニは、豚カルビ二人前を残さず食べて、立ち上がった。そのときになってもチェ刑事はまだ戻ってきていなかった。厨房に座っていた女を呼んで支払いを済ませ、店を出ようとしたキム・スニは、思い直してレジの所に戻り、短いメモを残した。

「私のことを思い出されたら、この番号にご連絡ください。お待ちしています」

メモの最後に、彼女は副牧師の教会の電話番号を記した。水原《スウォン》の職場の番号にしようか、迷った末のことだった。それがまた、情けない思いをかき立てた。でも、心はもはや痛まなかった。疲れきってしまっていたのだ。心も体も。

＊

去っていった昔の恋人たちを思い浮かべつつ、読んでくれたまえ。

その日、中央市場でチェ刑事に会ったキム・スニは、そのまままっすぐ水原に帰る気になれなかった。体がゾクゾクし、熱も出ていて、すぐには市外バスに乗れそうになかったということもあった。でも、ここまで来ておいて、副牧師に会わないで帰るに忍びなかったというのが、より大きな理由だった。副牧師を訪ねて、チェ刑事に会った話をすべきではないかと考えたのだった。結果的にはその「考え」が、またも彼女の人生の大きな、そして決定的な転機となるのだが、当然のことながら、そのときのキム・スニはまだ、そんなことは想像もできずにいた。彼女はただ、ささやかな慰めと休息を欲していた。そこへ、わけのわからない惨めな気分が背中を押し、副牧師に電話をかけさせた。そして彼女は横城《フェンソン》に行く62番バスに乗ったのだった。

副牧師の教会は、横城の中心からかなり離れた甲川面《カプチョンミョン》の中金里《チュングムリ》という小さな村にあった。バスを降り、山道を四十分ほど歩いてようやくたどり着いた教会は、精米所を改造した平屋建てだった。副牧師は村の入り口まで迎えに来てくれていたが、キム・スニの方は、それが彼だととっさにわからなかった。麦藁帽を目深にかぶっていたせいもある。けれど何よりも、体が以前に比べてひどく痩せていたからだった。浅黒く陽に焼けた肌、突き出した頬骨、そして膝の上までまくり上げたズボンから出ている骨ばった脛《すね》……。六年ぶりに会う副牧師は聖職者というより農夫のような姿をしており、どことなく疲れているようにも見えた。ふたりはまっすぐ教会に行き、何より先にお祈りを捧げた。体だけじゃない。声も痩せ衰えてしまったみたい……。お祈りをしている間じゅう、キム・スニはそう感じていた。その思いは、お祈りを終えてからもキム・スニの頭を離れなかった。副牧師はキム・スニを牧師室に連れてゆき、ミスッカル*を出してくれて、あれやこれやと話をした。けれどそれはチェ刑事に関する話などではなく、主にここで手がけているブドウの栽培についてのことだった。硫酸カリウムの肥料を施すことや、脇芽の除去、枝切りや遮光幕の設置にかかる手間等々、彼女が知るよしのない話題……。彼はわざと話をそらしていた。キム・スニもそれを察し、黙って聞いていた。彼がなぜそうしているのか、その思いを承知していたからだ。その思いが意識されるや、どうしてか、彼女は副牧師の痩せた脛が気になって仕方なくなった。それは、電話で話すだけでは知り得ない副牧師の姿だった。

その日、キム・スニが副牧師の教会にいた時間は二時間にも満たなかった。水原行きバスの時間のためでもあったけれど、ノックもせず、ひっきりなしに牧師室に入ってくる人たち……、防除作業はいつするのかと訊ねる村の作物班のメンバーたちや、夏の聖書学校のクラス編成をもう一度やり直してほしいと頼む生徒たちのために、何となく自分が邪魔者のように思えたからだった。副牧師は、年季の入ったオートバイで62番バスの停留所まで送ってくれた。彼はついに、チェ刑事の話を持ち出さなかった。これで道はわかったろうから、遊びにおいで。ブドウのジャムを作って待ってるからね。オートバイにまたがった副牧師は、後ろを振り向いて大きな声で言った。キム・スニは、ただこくこくとうなずくばかりだった。そうしながらも、オートバイのブレーキペダルに乗せられた副牧師の踵《かかと》やふくらはぎを意識してしまう。手を伸ばしてふくらはぎに触れ、その細さを確かめてみたい衝動に駆られるたびに、キム・スニは目を閉じてそれをやりすごした。目を閉じたままキム・スニは、副牧師から意識をそらすためチェ刑事の顔を思い浮かべようとした。それがどういうわけか、何時間か前に会ったばかりなのに、さっぱり思い出せないのだった。その日、彼女の頭の中には、ただただ副牧師のふくらはぎだけが残った。

落ちたインクの跡がポツンと残っている薄紙を思い浮かべながら、読んでくれたまえ。

*

原州に行ってきた翌週から、キム・スニの働く施設はこのうえなく慌ただしくなった。施設からさほど遠くない義王《ウィワン》市にある私設の障害児保護施設が火事になったのだ。スレートの仮設建築物五棟が逆コの字の形に並んでいたその障害児保護施設は、部屋や廊下の窓に鉄格子がはめられ、通路のあちこちには大人の腕の太さほどもある鉄格子の扉が取り付けられていた。それらが結果として、より多くの子どもたちの命を奪ってしまった。遺体で発見された六人の子どもたちはみな、鉄格子の前で見つかった。警察によると、子どもたちはみな、座ってお辞儀をしているような姿でうつ伏していた。鉄格子をつかんでいたりもせず、手で壁を引っ掻いた跡などもなかったという。事故直後、鉄格子の扉の鍵をいつも腰にぶら下げていた保育士と職員、院長夫婦が相次いで逮捕された。彼らはその時刻、おのおの卓球場、浴場、ソウルの世宗《セジョン》文化会館の大劇場にいたと供述した（院長夫婦はそのときプッチーニのオペラ「ラ・ボエーム」を観覧中だったそうだ）。後援金や政府からの補助金の横領、児童虐待、さらには労働強要などなど、不正行為が芋づる式に暴かれ、施設はただちに閉鎖、撤去の運びとなった。生き残った子どもたちは、いくつかのグループに分けられて、城南《ソンナム》、富川《プチョン》、仁川《インチョン》、水原《スウォン》にある児童保護施設に収容されることになり、キム・スニが勤務していた施設は、九人もの子どもを引き受けることになったのだ。

キム・スニと同僚たちは、新しく来る子どもたちのための行政的な手続きや予算、食材の購入といった問題を解決すべく、休む間もなく駆けずり回った。子どもたちの寝起きする部屋数が足りない問題も解決策がなく、職員が各自、自分の部屋で二、三人の子どもを寝起きさせることになった。新しく入所した九人の子どもたちは、多くがPTSDを患っていた。排泄は何が何でも部屋の机の下でしようとし、食事や風呂も部屋の中でなければ嫌がった。部屋の外に連れ出されそうになると、子どもたちは奇声を発し、両手で机の脚にしがみついたりタンスの溝の部分に指を引っかけたりして、全力で抗《あらが》った。膝の下が熱い、と無表情に一日中ぶつぶつ言っている子どもがいるかと思えば、壁を叩き続ける子もいた。いつも同じ壁を、ノックでもするかのように。キム・スニは連日、よくて二、三時間の睡眠で、そんな子どもたちを入浴させ、寝かしつけ、ご飯を食べさせようと最善を尽くした。ほかの同僚たちはみな疲労の色を隠せなかったが、キム・スニは違った。かつて施設に来たばかりの頃のように、彼女は休むことなく体を動かし続けた。顔をしかめたり、子どもたちにイライラをぶつけたりすることなどもなかった。

そして……、そんなふうに二週間が過ぎた土曜日の午後、キム・スニは施設の院長に申し出た。

「ちょっと行ってきたい所があるんですけど。日曜日いっぱい」

院長は、当惑気味にキム・スニを見た。

「それは急ぎの用事なのかな？　いや……キム先生も知ってのとおり、うちはいまちょっと……」

「行かなきゃならないんです」

キム・スニは無表情に言った。院長は片手で額を押さえた。

「何かあったのかな？」

「いえ、礼拝にちょっと」

「礼拝？　礼拝ならここだって充分……」

キム・スニはしばし沈黙し、そして言った。

「ここでは会えない人がいるんです」

院長はキム・スニの顔をじっと見た。

「遠いのかな、その、行かなきゃならない所っていうのは？」

「江原道《カンウォンド》の横城《フェンソン》です」

キム・スニはそう言い置いて、院長の答えも待たずに部屋を出た。それは彼女の中ではすでに、誰かの許可を得るといったレベルを超えたことだったからだ。

＊

後にキム・スニは副牧師に打ち明けた。初めて横城に立ち寄り、水原に戻ってからの二週間、自分の抱いている気持ちの正体が何なのか、悩み続けたと。院長にほとんど通告するような形で休みを取り、原州行きの市外バスに乗ったときもまだ……、それが愛なのか勘違いなのか、でなければ一種の逃避のようなものなのか、結論を出せていなかったと。彼女は初めのうち、自分の抱く副牧師への思いについて、懐疑的だった。ナ・ボンマンの秘密をいまになって知り、そのことで自らを責め、彼のためにできることは何だろう、そう思いつめて一年を過ごした彼女だった。チェ刑事に会うまで、彼女は自分がナ・ボンマンのことを忘れていないし、彼のことを待ち続けられると一片の疑いもなく信じていた。けれど、チェ刑事に会ってから、何もかもが変わってしまった。何が何でも心の奥の湖の底に沈めておきたかった真実、そして歳月が、水面に浮かび上がってきたとでも言おうか。彼女は、自分が実はナ・ボンマンを忘れたがっているということに、かつての思いはもう戻ってこないということに、ナ・ボンマンの秘密を知ったことを重荷に感じていることに気づいたのだ。あの日の原州行きは、彼から逃れるためのものだったことを、実はチェ刑事の電話など望んでもいないということを、自ら認めざるを得なくなったのだ。ことによると、そのために彼女はますます疑わざるを得なかったのかもしれない。副牧師に対する自らの愛情を。それもやはり一種の欺瞞であり、虚偽であり、自己防衛のようなものなのではないか、と。それで彼女は、実に彼女らしいやり方で、それを完全に払拭すべく努めた。彼女らしく、子どもたちの世話に専念することで……。そうしているうちに、すべてが元どおりになるだろうと信じて。

「でも……」

でも、そうするのが実は嫌だったのだと、彼女は後に副牧師に打ち明けた。そうしたら、自分はまたも、いつ戻ってくるかもわからないナ・ボンマンを待ち続けることになる。本音では、その方が怖かったのだと。下唇をグッと嚙んで。もうこれ以上、自分の望みから外れた人生を生きたくはなかったと告白するに至り、彼女はついに両手で顔を覆って泣き出した。キム・スニが最初に横城に立ち寄った日から、すでに何か月も経っていた。ふたりの気持ちは確認済みだったし、必ずしも告白する必要などなかった。それでも彼女はすべてを副牧師に打ち明けた。そうすべきだと思ったからだ。

両手の指を組み合わせて、キム・スニの話に黙って耳を傾けていた副牧師は……、彼女の傍らに行き、すぼまった肩をそっと抱き寄せた。その姿勢で彼は、そのときまでひた隠しにしてきた思いを、一つひとつ語り始めた。神学大学に通っていたときに初めて出会ったキム・スニのこと、その後長いこと抱いてきた感情について、献身すればいつかは叶うはずと信じていた若き日の夢について……。副牧師の声は、細かく震えていた。牧会者としての使命とひとりの平凡な青年としての感情の間で迷いさまよった日々や、彼女が孤児だということでも気持ちが揺れたこと。ただ同情するだけに留めておかなければと心に決め、自らに言い聞かせ続けた日々。それでいて忘れられず、ついつい水原に電話をかけてしまう気持ちについて、副牧師は長く、長く語った。そういったすべてが、自分にとっては突然、思いがけずに訪れたものではなかったこと、むしろゆっくり過ぎるほどゆっくりと得られた答えだったということ、彼女が初めて横城に来た日、眠れずに寝返りばかり打っていたことなどについても、隠すことなく、恥じることもなく、みな打ち明けた。うつむいて聞いていたキム・スニは顔を上げ、時にうなずき、また時に副牧師の頬を撫でながら、いつしか彼の目を正面から見つめていた。そのとき彼女は感じた。長い間、自分をぎっちりと縛めていた結び目のひとつが、いまついにほどけたのを。それで彼女は、このままずっと語り合っていたいと、握り合った手を離したくないと思った。水原に帰りたいとも思わなかったし、眠くもならなかった。そうして副牧師とずっと言葉を交わしながら、すべてを消し去ってしまいたい。彼女の願いはただそれだけだった。

彼女が副牧師と初めて口づけを交わした日の夜の出来事だった。

*

人知れず隠し持っておられる秘密に思いを馳せながら、余すところなく読んでくれたまえ。

ところがその日の夜、副牧師がキム・スニにどうしても言えなかったことがひとつあった。それは、彼女が初めて横城に来た日から一週間ほど過ぎた頃だったか、夜中の十二時頃、教会にかかってきたチェ刑事からの電話のことだった。そのとき副牧師とチェ刑事は十分ほど話した。ひどく酔った声のチェ刑事はキム・スニと話したいと言ったが、副牧師はやや声をひそめ、いいから自分に話すようにと言った。チェ刑事は何度か大きく深呼吸をし、やがてゆっくりと話し始めた。副牧師はその話を教会の週報の裏面に丹念にメモしながら聞いていた。

副牧師はチェ刑事からの電話を切った後、しばらくの間、ただ電話を見下ろしていた。キム・スニに電話をかけようかどうしようか迷い、何度かは受話器を手に取った。けれど彼は、電話が置かれた机の前から離れ、床に跪《ひざまず》いて、長いことお祈りを捧げることを選んだ。その方がキム・スニのためだと思ったのだ。またその一方で、彼は悟った。自分が秘密をひとつ抱え込んだのを。お祈りを終えてから、彼はメモが記された週報をかまどにくべた。罪悪感はなかった。むしろ、少しでも早くキム・スニに会いたいという思いに胸が高まっていた。副牧師は知らなかったが、それは実は、秘密を心に抱えた人間の心境だ。けれど、それが何であろうが彼にはどうでもいいことだった。この秘密は生涯かけて守る。その思いだけで、彼は充分満ち足りていたのだから。

秘密……そう、その秘密によって、この物語は一九八二年の五月二十一日に戻らざるを得なくなった。ナ・ボンマンが安企部の要員に促されて、原州警察署の資材倉庫から歩み出たまさにその日、そのときに。まあ、秘密なんぞなくても戻るつもりだったのだが、それはともかく……。だって、それがこの物語の構造なのだから。

2

読者諸君、いまからコーナーを曲がる。遠心力を全身で受け止めながら聞いてくれたまえ。

その日、原州《ウォンジュ》警察署の資材倉庫から足を引きずりながら出てきたナ・ボンマンは……、やさしい安企部要員に支えられて出てきたナ・ボンマンは……、さて、どこへ向かったのだろう。ポルテ茶房《タバン》だったろうか、銭湯だったろうか。ソルロンタンがうまい食堂だったろうか。でなければ、当時原州の駅前に密集していた旅館の一軒だったろうか。うむ、そういった場所ならよかったろうが、残念なことに我らが主人公が向かった先はそんな所ではなかった。原州市盤谷洞《パンゴクドン》には軍部隊がある。そしてその正門前には、古びた二階建ての灰色の建物。そびえるコンクリート塀とやさしげなポプラの木々が半分ぐらいずつその姿を隠し合って並び、影を作っていた〝そこ〟、正門の右側の柱には「サムジン物産」という小さな看板が、何のために掛かっているのかわからないけれど、とにかく掛かっていたそこ、看板さえなければ文化院や祈禱院*だと言われても信じそうなそこ、けれど詩の朗読やお祈りなんぞをしに入ったりしたら最後……、おそらく全身で詩の朗読やお祈りをさせられることになる、そこ。さて、どこでしょう。……では、正解をお教えしよう。正確な住所は江原道原州市盤谷洞私書箱三二一号、近所の人たちやラーメン屋の出前持ちの間では「安家」と呼ばれていた、そこ。国家安全企画部の原州支部だったのだ。

そこへ向かって出発する直前、ナ・ボンマンは、一種のささやかな通過儀礼のようなものを強いられた。けれどそれは、比較的単純かつささもないことだったので(このあと経験させられることになるさまざまな儀礼に比べたら、明らかにたやすかった。もう屁でもないくらいに)、あれ、あれ、という感じで従ってしまった。チョン課長という肩書きでナ・ボンマンの記憶に生涯残ることになる、チェ刑事の足蹴から彼を救ってくれた、このやさしい安企部要員は、あたかもためらう恋人の肩をやんわりと抱き寄せてホテルに入ってゆく前科四犯の結婚詐欺師のように(つまり無理強いする感じは断じてなく)、原州警察署の駐車場にとめられていた黒のジープの助手席のドアを開け、そこにナ・ボンマンを乗せた。そうして、着ていた背広をするりと脱いで、ナ・ボンマンの頭の上からすっぽりとかぶせたのだ。ああ、これはね、まあなんてことない決まりみたいなものなんですよ。だからね、息苦しくてもちょっとだけ、我慢してくださいね。じきに着きますからね。彼は、背広をかぶったナ・ボンマンの背をポンポンと叩きながら言った。彼の声はまた、どんなに温もりにあふれていたことか！　ナ・ボンマンは思わずうなずいていた。さ、さ、もう少し前にかがんで、はい、いいですよ。彼は助手席を少し後ろにずらしてくれてから、急いで運転席に座った。あのう、どっか遠くに行くんでしょうか？　エンジンがかけられる前、ナ・ボンマンが小さな声で訊ねた。ひっきりなしに鼻水をぐすぐすとすすり上げながら（背広についたらいけないと思って）。いいえ、すぐですよ。やさしい安企部要員は、まるで登山道で出会った人のように（つまり、「頂上はまだまだ先ですかね？」という問いに答えるこの世のすべての下山者のように）答えた。あの、あのぉ、僕のタクシー、ここにとめてあるんですけど……。ナ・ボンマンは少し頭をもたげながら言った。すると、やさしい安企部要員は、右手で彼の頭をそうっと押し戻した。ああ、タクシーね。心配はご無用。すぐにまた乗れますからね。タクシーがひとりでどこかへ行ってしまうわけでもなし。彼はエンジンをかけ、ギアを入れた。低く重厚なエンジンの音が、ジープの床下から聞こえてくる。そして、車の中は沈黙に包まれた。

ナ・ボンマンは、速やかに盤谷洞《パンゴクドン》に移送された。その間、ナ・ボンマンはほんのつかの間、心配というものをすることはした。いま、自分をどこかへ連れてゆくこの人は、誰なのか。また取り調べを受けることになるんじゃなかろうか。この人は、何だって背広で自分のことを隠してくれてるんだろう（そう、ナ・ボンマンは、自分が隠してもらっているものとばかり思い込んでいたのだ）。……つまりは、自分の隣に座っている人物について、ようやく疑いやら不安やらを抱き始めたというわけだ。でも、そんな物思いは長くは続かなかった。何となれば……、そんな考えなどとはお構いなしに、足もとから感じられるエンジンの振動と、コーナーを曲がるたびに両肩に伝わってくる遠心力、そして頭の中におのずから浮かんでくる道路や地形などで、いまどのあたりを走っているのか見当をつけたりしているうちに、ナ・ボンマンは本能的にメーター計算をし始め、ある瞬間からは全神経をそれに集中させていたからだ。そう、ナ・ボンマンときたら、そんなときにもメーター計算をしていたのだ。何だってそんなときにまで？　と訊かれるのなら……、もう返す言葉もない（忘れていらっしゃるようだが、それこそがナ・ボンマンだと申し上げるしか……）。思わずため息が出てしまうが、ともかく彼は、背広をかぶっているというのに両目まで閉じ、双橋《サンダリ》を過ぎて、南部市場ロータリーを過ぎて、尚志《サンジ》女子中学校の脇道を過ぎて……、時速は六十キロメートル前後だから……。そんなことばかり、頭の中に思い描いていたのだった。

そして……、メーターが千二百ウォンほどに上がった頃、鉄の門が開く重たげな音が聞こえ、まもなくジープが停まった。

「さあ、着きましたよ。ここでちょっとの間、待っててくださいね」

やさしいチョン課長がナ・ボンマンの背中をまたトントンと叩いて言った。ナ・ボンマンは依然として背広をかぶったまま、頭をさりげなくもたげて周囲をうかがった（もちろん何も見えなかった）。彼は考えた。あれ、おかしいな……。ここって軍部隊の前だよな……。ここはなんにもない所なのに……。彼は自分のメーター計算が間違ったのかと思い、かがめていた腰をそろりと伸ばした。すると、やさしい安企部要員がまたも力を込めて、彼の頭を下に強く押さえつけた。

「おっと、慌てない、慌てない。時間はたっぷりありますからね」

淡々とした声だった。

＊

フッ、と一度あざ笑ってから、引き続き聞いてくれたまえ。

このあたりで、我々はふと、疑問を抱かざるを得なくなるはずだ。だって、おかしくないか？　ナ・ボンマンをチェ刑事の足蹴から救ってくれたやさしい安企部要員は、クァク・ビョンヒの日記を、キム・サンフンのラブレターを、いったいどうやって乱数表だなどと判断したのだろう（実は乱数表には文字が入っていない。0から9までの数字がぎっしり詰まっているだけだ）。誰が見たって平凡な十一歳の子どもの日記を、文字さえ読めればなんてことないラブレターだと一発でわかるキム・サンフンの苦心の跡を、彼は何を考えて、そう判断したのだろう。何が彼をして、そんな解読を可能にさせたのか。もしや、彼もナ・ボンマンとご同類か（つまり、安企部の採用試験をブローカーにカネを渡して……、あああ、もしそうなら、それはまたどんな話になるっていうんだ？　そんなことになったらもう、この小説からしてブローカーに書かせたみたいじゃないか、ああ、まったく……）、それとも色盲、色弱、近視、老眼、難読症といった疾患に苦しんでいたのか？　それか、彼もナ・ボンマンと同じA型だったのか（つまり、本当に木の椅子を取りに資材倉庫に行っただけだったのだが、行ってみたら何やら人がいて、単に木の椅子を取りに来ただけだと言うのが何となくきまりが悪いので、つい思ってもいないことを言ってしまった……。Ａ型がみんなそんな性格だと決めつける気はないけれど）。それとももしかして、それもみんな我らがノワール主人公のせい……？　何を言ってる。そんなことまで全斗煥《チョンドゥファン》将軍のせいにするなんて、そりゃあんまりじゃないか、と言う方たちもいらっしゃるかもしれない。だが、しかし。当時は我らが全斗煥将軍に問責せざるを得ないような、そんなことが堂々と起きる時代だったのだ。それが問題だった。例えば、次に話すようなことだ。

嘲笑を引っ込めないで聞いてくれたまえ。

＊

一九八一年から一九八二年にかけて、この地の安企部ではいくつかの小さな変化が起こっていた。その変化の内容というのは、主に人事異動に関するもので、八一年の一月一日付で改定された「中央情報部法改正法律案」にその基礎を置く。我らがノワール主人公が大統領に当選した後、その手下たちが額を寄せ合い、懸命に浅知恵を働かせて作った「中央情報部法改正法律案」の中心をなす内容は、一九六一年に創設された「中央情報部（ＫＣＩＡ）」の名称を「国家安全企画部」に変える、そして「情報および保安業務の調整監督機能」を「情報および保安業務の企画調整機能」に変更するというものだった。何のことかと言うと……、元はただ〝監督〟だけしていたのを、いっそ〝企画〟からやっちまおうということだ。つまり、与えられたロケーションの範囲でのみ情報を探り出そうとするのではなく、いっそロケーション自体を作ってしまえというお話（もっと広くとらえると、評論なんぞしてないで創作し、刑務所をいっぱいにしろという意味になるだろうか）。そのためには、もっとたくさんの手錠と、もっとたくさんのサングラスと、もっとたくさんの予算と、もっとたくさんの角材と、もっと豊かな想像力が不可欠となろう。単なる〝危険〟ではない、存在もしない〝危険〟から閣下を〝安全〟に補佐するんだと言うのだから、改正法律案は、国務会議*でも一切の異議の提起や批判なしに、一発で成立したというわけだ（こんなことまであえて言いたくはなかったが、その改正法律案は、手下のこん畜生どもの〝雇用〟創出、それ以上にもそれ以下にもなり得なかった）。

働き口は増えた……が、その一方で、閑職に追いやられる者も相当数に及んだ（下剋上に遭ったとも言えるだろうか）。その多くは地方に飛ばされたが、彼らはというと、自分たちがこれまでやらかしてきた数えきれない悪事への反省と悔恨を胸に、果敢に辞表を叩きつけて回顧録のようなものを執筆……したりはせず、自らの想像力不足と閣下に対する見えもしない〝危険〟を敏速に感知できなかったという自責の念に苛まれる日々を送っていた。そして、そういった自責がまた新たな覚醒と荒唐無稽なSF的想像力につながり……、目に見えるあらゆるものが、否、見えない多くのものまでも、すべて閣下の安全を脅かすけしからぬ〝危険〟として目に映るようになっていった。そう……それで、あんなにたくさんの、何の罪もない一般市民を手当たり次第にお縄にしていったのだ（その人たちは、後でまた出てくる）。だから……、原州警察署の資材倉庫からナ・ボンマンを連れ出した安企部要員が、改正法律案に基づいて閑職に追いやられた人物じゃないかという推測が当たっているのなら、その彼が何らかの覚醒の過程を経たうえでナ・ボンマンと出会ってしまったのならば、それは一個人の責任と言いきれるのだろうか。いくら直接指示を下していないとしても、全斗煥将軍、彼には何の責任もないと、これまた言いきれるのか。

だから、御覧《ごろう》じろ。この時点ですでに、人によっては、この話の核心を性急に決めつけてしまうかもしれない。つまり何も読めない、読むすべのない世界、目の前にあるものからも目をそらし、別の話をする世界、それを助長する世界（専門用語では「目の眩《くら》んだ状態」か）、それが「舎弟たちの世界」だと、断言してしまうかも。もちろん……それもまあ間違いではないけれど、この物語には、真実がもうひとつ隠れている。もう感づいた方もおられるだろうが……、ナ・ボンマンは後に、完全に希望を失ってある罪を犯すことになるのだが、それもまた、その真実を目撃したがためだった。そして、彼にその真実を悟らせた、その手助けをした人物……、それがほかでもない、あの日資材倉庫に歩み入ってきたやさしい安企部要員だった。「中央情報部法改正法律案」によって閑職に追いやられたとはいえ、依然として〝センス〟だけは鈍っていなかった要員、チョン課長……チョン・ナムン（鄭男運）……。

もちろん彼にだって過ちはあった。彼もまた、我らが全斗煥将軍同様、知らず知らずのうちにノワールの世界に深くはまり込んでしまった人物だったのだから……。そう、だからすべてが終わり、病院の集中治療室に横たわって生死の境をさまよっているときも、自分が何者なのか、何が自分をこんな状況に追いやったのか、彼にはわかっていなかった。よって彼は、後悔ということをする機会をついに得られぬまま終わった。

＊

平々凡々な近所のおじさんを頭に描きつつ、聞いてくれたまえ。

チョン課長……本名チョン・ナムンは、安企部要員と聞いて人々が思い浮かべがちな、陰湿だったり、特殊戦闘に長《た》けていたり、潜入や侵入に一家言があったり、頭まで筋肉でできていそうだったりする、そんなタイプではまったくなかった。外見からしてそうだった。八対二に分けてきっちり梳《と》かしつけた髪、百七十センチに少し満たない背丈、三十代に入って出始めた腹、くるぶしのあたりまでしかないズボン等々、道でばったり会ったら、なぜだか印鑑証明やら住民登録謄本を申請したくなりそうな、でなければ、家賃の契約書にサインしなければならないような気にさせる、そんなスタイルだった（そんなスタイルのうえに……、サングラスをかけているのが特徴といえば言えた)。

彼は町内では(チョン・ナムンはコンクリート住宅の密集する開運洞《ケウンドン》の原州高校前に二階建ての家を構えていた)、貿易会社に勤めていて海外出張が多い「双子のパパ」(彼には四歳になる双子の男の子がいた)で通っており、盆正月には必ず石鹸や歯磨き粉の入った贈答セットを隣近所に配り、民防衛《ミンバンウィ》訓練*やセマウル運動*にもちゃんと参加する、模範的かつ礼儀正しい一般市民だと思われていた(もちろん家の近くではサングラスは外していた)。セマウル金庫*に我が子の学費を貯めるための積立をしており、開運洞テニスクラブの会員でもあり、行きつけの銭湯に個人ロッカーを持つ、ごく平凡でどこにでもいそうな「お隣のおじさん(三十五歳)」の姿で完璧に通していた。

ということで、ご近所さんたちは……、彼が一九七六年から七九年の間、中央情報部の国内情報班に所属し、見事なまでに驚異的かつファンタスティックな実績をあげた要員だということを知ったら、おそらくみんな、その場で卒倒してしまったことだろう。その期間に彼が〝叩き潰し〟た九老《クロ》工業団地*の労組の数が二十に達し、違法に連行および拘禁した労働組合員の数はざっと三百人になるということを知ったなら、あんなに気安く「双子のパパ」と呼ぶことはもはやできなかったろう。

一九七七年、彼がソウル永登浦《ヨンドゥンポ》の都市産業宣教会*の会計帳簿に巧妙に手を加え、北朝鮮の工作資金と連携させて、そこの牧師と伝道師たちをひとり残らず刑務所に送り込んだということを知ったなら、彼が差し出す総合贈答品セットをぶるぶる震える両手で押しいただくようにして受け取ることになったろうし、一九七八年の秋、彼がある大学の研究グループにすぎなかった「都市農民研究会」の所属会員たちに「社会主義労働革命党」の結成を企てたという罪を着せ、十日近く不眠不休の取り調べを行った末に（彼自身はそういうとき、絶対に物理的な暴力は行使しなかった。同僚が拷問するのをただ隣で見守っていただけだ。取調室にも〝悪役〟と〝善人役〟が存在するとすれば、後者だったというわけだ）、一網打尽にしたことを知ったなら、セマウル金庫は彼に特別優待金利を適用せずにはいられなかったことだろう。一九七九年の三月、「民主労組」を結成しようと労組総会を招集した代議員らの臨時事務所に、総会の前日に彼が火を放ったことを知ったならば、彼がその火を眺めながら同僚たちと一緒に「体があったまるともよおしてくるなあ」などと言いながら立ち小便をしたことを知ったなら、彼が打ったテニスボールをあんなにたやすく打ち返したりは、とてもとてもできなかったろう。

そして……彼が一九八一年の四月に、希望していた「企画判断局」や「海外工作局」ではなく、「原州支部」に突然、何ら思い当たるふしも、また説明もなく配属されたこと、しかし、失望と憤怒と疑懼《ぎく》の念と絶望に駆られたのはほんの一時で、たちまち気を取り直し、一件だけ、一件だけ、何か大きいヤマを当てられれば、と血眼《ちまなこ》の状態であることを知ったなら、子どもらが国民学校に上がる前に「米州支部」に派遣され、妻の願いどおりに我が子を「アメリカ市民権者」にするのだという熱望に滾《たぎ》っている状態であることを知ったなら、銭湯で顔を合わせたときに、あんなに気軽に「すいませんが、ちょっと背中、流してもらえませんかね」などと頼んだりはできなかったろう。それどころか、さっとシャワーだけ浴びて、こそこそと銭湯を出たに違いない。……なぜかって？　わかりきったことを訊くものじゃない。いつ、どんなふうに、自分が彼の〝一件〟のネタにされるかわかったものじゃないからだ。

＊

えー、ここからは……、いきなり何だと思われるかもしれないが、ヘルマン・ヘッセの『デミアン』*を頭に浮かべながら聞いてくれたまえ。

当然ながら……チョン・ナムンとて、生まれたときから中央情報部の要員だったわけではない。にわかには信じられなかろうが、彼は大学生の頃、「草の根文学会」というサークルに属し、小説を書いては新春文芸に挑んでいた文学青年だった（たとえ、ただの一度も本選に残れたためしがなかったとはいえ）。高校時代にヘルマン・ヘッセの『デミアン』に出会って以来、少なくとも百回は読んでおり、そらで覚えているフレーズもある。デミアンとエヴァ夫人の熱狂的なファンである彼は、大学二年のとき、先輩たちにくっついて開峰洞《ケボンドン》にある夜学*で一年間、国語を教えていたこともある（といっても彼は、やや欠勤が多い教師だった。授業を休み、「夜学教師」を主人公にした小説を書いていたのだ）。そして……大学三年のとき、京畿道《キョンギド》富川《プチョン》にあるスプーン工場（労働災害が多いことで名声を博していた所だ。切断された指がひと月にバケツ一杯分は出るという……）に〝偽装就職*〟をして働き始めたのだが、それが彼の運命を変える決定打となる。彼は「電解室」という部署に配属され、一日に十四時間ぶっ通しで、油圧プレス機から吐き出されてくるスプーンをプラスとマイナスの電気が流れる水に浸《ひた》しては引き上げるという作業をしていた。まあ、入社してわずか二週間で、おやつに出された「満月パン《ボルムタル》*」を添えて検収三班の女工に渡したメモ（こんなことまでバラすのは何だが……、そのメモにはこう書かれていた。「鳥は卵から自力で出ようと闘います。卵とはすなわち工場の中の世界です。生まれ出ようとする者は、ひとつの世界、すなわち工場を破壊しなければならないのです」）が不穏だとされ、中央情報部の里門洞《イムンドン》庁舎に緊急連行、取り調べを受けて（こんなこともやはりバラしたくはないけれど……、彼は里門洞庁舎で、ビンタ一発受けないというあり得ないもてなしを受けた。取調室の机の前に座るやいなや、「あのう、紙を一枚貰えませんか」と頼み、「これ、この人が草の根文学会の会長でですね、この人が学術部長、この人が総務でして……。もしかして、夜学教師の名簿もご入り用でしょうか?」などと言いながら、自分からさらさらと、まだ訊かれてもいない組織図を描くことで、中央情報部の要員たちの愛情を独り占めしたためだ）、また学生に戻ることになったのだが（こんなことは、それこそ言わずに済ませたかったけれど……、大学に戻ってからの彼は、先輩、後輩を問わずほかの学生から「裏切りのアブラクサス*」という名で主に呼ばれた。まあ彼は、中央情報部の要員にひと月に一度必ず接触し、「あのう、紙を一枚貰えませんか」という例のフレーズを毎回口にしていたのだから、そう呼ばれても仕方はあるまいが）、そういった経歴が、彼をノワールの世界に引き寄せる何らかの要因として作用したのは明らかだ（大学を卒業した彼は、履歴書を持って自分から中央情報部里門洞庁舎を訪ねた）。そして……そういった人生の過程を経るなかで、彼はある人物からひとつの大きな「教え」を授かった。それこそが、チョン・ナムンに中央情報部で群を抜いた実績をあげさせる秘訣となったと言えよう。もちろん『デミアン』もまた、そんな彼の〝センス〟に影響を与えたのは事実……。ヘルマン・ヘッセには何だか申し訳ない話だけれど、ともかく。

*

頭の中いっぱいに平面図を描きながら聞いてくれたまえ。

ナ・ボンマンにはよく見えなかったろうが……、話を進めていかねばならぬ我々は、見ないわけにはいかないだろう。さあ、両目を大きく見開いて、安企部原州支部の正門を入ろう。すると……まず、芝生の駐車場が見える。枯れて黄色く変色した芝があちらこちらに交じっている。そこには同じサッカーチームのユニフォームを連想させる、まったく同じ色の黒のジープが三台とめられており、その横に自転車が二台、オートバイが一台、リヤカーも一台並んでいる。端の方には杏子《あんず》の木が一本植えられているが、その下には年老いた珍島犬《チンドッケ》〔韓国原産の犬種〕が一匹、大地にべったりと腹をつけ、怠惰にうつ伏せているのが見える。犬小屋の脇にはバーベルや鉄棒があり、青いホースがつなげられた水道の蛇口もひとつ見える。

建物にもう少し近づいてみよう。百日紅《サルスベリ》の木が植えられている花壇と、白いペンキが塗られたベンチ、石でできたヒキガエルがふたつある。ベンチの真ん前には、マンホール三つ分ほどの大きさの小さな池もあるが、魚は一匹も見当たらない。代わりと言っては何だが、真ん中にカエルの後ろ足の形をした彫刻と噴水台が見える。高さは大人の腰ほど。水面に煙草の吸殻がふたつ浮かんでいる。

また方向を変え、上り口の両側に石像のある短い階段を目で辿り、建物の内部へと進もう。

……大きさは一階も二階も三十坪とさほど大きくない。一階はふたつの部屋に分けられ、左は「資材部」、右は「総務部」という札が掛かっている。どちらもこれといった特色のない真四角の部屋で、中に置かれているのは鉄製のデスクが四つ、一方の壁面に列を揃えて並べられた鉄製のキャビネット、パーティション、その向こうにソファ。ほかに鉢植えや鏡などがありそうなものだが、何もない。そのせいか、デスクやキャビネットがこの部屋の主のようだ。映画のセットか何かのように、どこか少しよそよそしい雰囲気が漂っている。

二階も下とさほど変わったところはない。左側は「社長室」、右側は「宿直室」となっているのが違うだけ。「社長室」については、一階の部屋との違いはソファがやや大きいぐらいで、よそよそしさは同レベル。「宿直室」にはテレビ、ラジオ、布団や枕が収納されたタンス、冷蔵庫、大きな鏡などがあり、ここに至って初めて、人間味とでもいうものが感じられる。あと、ここばかりはさすがにオンドル部屋になっており、煙草のにおいが染みついたカーテンが掛かっている。

この建物のハイライト……それは、一階非常口の階段を通じて下りられる地下一階と二階だ（その階段の下り口には鉄の門がひとつ付いているが、普段は閉まっている）。そこはそれぞれ五十坪ほどで、大人ふたりがどうにか通れるぐらいの狭い廊下と、その廊下の両側に並ぶ十二の大小の部屋から成る。各部屋には、〈1〉〈1－1〉〈2〉〈2－1〉といった札が掛かっており、インテリアや器物類などはどの部屋もまったく同じ。なので、時間を節約するため、そのうちのひとつだけ覗いてみよう。〈5〉番の札が掛かった部屋に入ってみると……、まず左手の壁は、全面鏡張りになっている。傷ひとつなく磨きぬかれた鏡には、部屋全体の様子がすっかり映し出され、デカルコマニー〔写し絵、転写画〕よろしく、もうひとつ同じ部屋がくっついているかのような錯覚を引き起こすとともに、部屋の大きさを実際の面積よりも大きく見せるという錯視効果ももたらしている。

部屋の真ん中には、笠をかぶせた白熱電球が、大昔に捕獲された蛇の骸のように、だらんと長く下がっており、その真下には鉄の机がひとつ置かれている。両側に引き出しが三つ付いているその机の手前と向こう側には鉄製の折り畳み椅子が置かれている。背もたれが錆びて片側にやや傾いた、少しばかり古びて見える椅子だ。机はついいましがた雑巾で拭かれたばかりのように埃《ほこり》ひとつない。引き出しはどれも空っぽ。机の向こうには、青いタイルが張られた壁、浴槽、洗面台が見える。隅っこには座便器も取りつけられている。便器のすぐ前に軍用ベッドがひとつと小さな棚があり、スピーカーがふたつ付いた大きなラジオが一台、棚の上に鎮座している。窓がないのにカーテンはあって、その真下にラジエーターがある。鼻を突くナフタリン臭も手伝ってか、やや寒々しい印象を与える部屋だ。

ついでに〈5－1〉も覗いてみようか。ドアを開けて入ると……何もない。片側の壁面は全面ガラス張り。つまり、そのガラスを眺める目的だけをもって設計された部屋ということだ。そのガラスというのは当然……、〈5〉番の部屋の一方の壁を占領している鏡だろう。

ナ・ボンマンが……、チョン課長の背広を頭からかぶったまま、チョン課長の手を握っておぼつかない足取りで入って行ったのは、それらの部屋のうち、〈3〉の札の掛かった部屋だった。

＊

タイプライターの音を思い浮かべながら、聞いてくれたまえ。

ナ・ボンマンの最初の供述は、その日の夜にさっそく行われた。背丈が百八十センチはゆうに超えていそうなスポーツ刈りの男が、タイプライターと紙の束をデスクの上に置いて出て行くと、いくらも経たずにやさしいチョン課長がネクタイを緩め、サングラスも外した出で立ち（サングラスのかかっていた所に銀縁眼鏡をかけていた）で入ってきた。彼は口笛を吹きながらタイプライターに紙をセットし、うーんと長く一度伸びをしてからナ・ボンマンに声をかけた。

「お食事、まだですよね？　さあ、ちゃっちゃと終わらせちゃって食べましょう。いいですよね？」

やさしいチョン課長は話している間じゅう、顔から笑顔を絶やさず、ナ・ボンマンに煙草を勧めたりもした。ナ・ボンマンは何度か断った末に両手で受け取り、煙を吐くときにはチョン課長にかからないよう体を横にひねって注意深く吐き出した。そして、一つひとつ、ゆっくりと話し始めた。


その最初の供述でナ・ボンマンは何を話したのか。ほぼすべてのこと。その年の四月初旬からそのときまでに自分の身に起こったことを包み隠さず、彼が知っているそのまま、やさしいチョン課長に打ち明けたのだ。チェ刑事が自分を訪ねてきたことや、タクシーで書類封筒を見つけたこと、パク・ビョンチョルと一緒にキム・サンフンの後をつけ始めたことや、自分がチ・ハクスン主教の連絡係をしたこと、そのことがわかった直後に急に姿を消したパク・ビョンチョル、キム・サンフンの不可思議な動き、園洞《ウォンドン》聖堂で主教補佐神父に会ったことまで……おどおどと、そっくり全部話してしまった（もちろん自分の運転免許がらみの秘密は明かさなかった。キム・スニと同棲していることも。万が一、彼女の職場で問題になったらいけないと思って）。そして次に、彼は原州警察署の資材倉庫でクァク・ヨンピル警正に言ったことをもう一度繰り返した。

「僕はほんとになんにも知らなかったんです……。僕は『兄弟の家』出身の孤児だから、なんにも知らないのに……、あの人たちが僕を……いつの間にか引きずり込んでたんです……」

「ははあ……それはそれは、なんてことだ。さぞ悔しい思いをされたでしょうね」

やさしいチョン課長は、うんうんとうなずきながら言った。

「ところで、主教の補佐神父にはいつ会われたんです？」

「それは……、警察に行く直前に、僕が訪ねて行って……」

「ふうん、主教の補佐神父は、とくに何も言わず？」

「とくに何も……。ただ、タクシーはあんまり乗らないって言っただけで……」

「ははあ、そうですか。ああまったく、なんて悪い人たちなんだろう」

やさしいチョン課長はそう言うと、もう一度ナ・ボンマンの年齢と故郷を訊ね、それをタイプライターで打ち込んでから、何やらボールペンで修正した。

「ですが……、ほんとにチェ・ギシク神父には会ったことがないんですか？」

「え、だ、誰ですか？」

「だから、ご存じでしょう。火をつけた連中を匿《かくま》ったチェ神父」

ナ・ボンマンはその問いに、一瞬うつむいた。やさしいチョン課長は、手にしたボールペンを回し始めた。

「ほんとは……、僕もよくわからないんです……。会ったようでもあり、会ってないようでもあり……」

「ということは、会った可能性もあるってことですね？」

「かもしれませんけど……、よく覚えてなくて……」

「あ、ええ、大丈夫ですよ。覚えてなくても、そのうち思い出すかもしれませんからね。私だってよくそういうことありますよ」

ナ・ボンマンはもう少し前かがみになって訊ねた。

「でも……ほんとにそれも罪になるんですか？　僕は、ほんとに何にも知らなかったんですよ。僕のタクシーに誰が乗ってるのか……、そんなの、ほんとにわからないし。鳳山洞《ポンサンドン》もよく流してる所だし、それに……」

「ええ、無理もないでしょうね。タクシーってのは、そういうものですしね」

やさしいチョン課長はそう言うと、タイプライターから紙を引き抜き、目を通し始めた。時にうなずいたり、銀縁眼鏡を外して深刻な表情を浮かべたりしながら。

ナ・ボンマンが用心深い調子で訊ねた。

「あのう……、で、ここも警察なんですか？」

「まあ、似たようなもんです」

やさしいチョン課長は紙に目を落としたまま答えた。

「あの、僕がですね、タクシーの交代の時間もあるし……、会社に報告もしないといけないんですけど……。そうしないと、会社も心配するので」

やさしいチョン課長は机の上でトントンと紙を揃えてから、ナ・ボンマンの方に向き直った。

「そんなことはこちらでどうとでもできます。ご心配なく。安全タクシーですよね？」

やさしいチョン課長は立ち上がった。ナ・ボンマンもつられて立った。

「あの、なら……会社に電話だけでもできますか？」

ドアの方へ向かおうとしていたやさしいチョン課長は回れ右をしてナ・ボンマンを見ると、彼のもとへ戻ってきた。ナ・ボンマンは思わずハッと姿勢を正した。

「そんなこと気にしなくてもいいんですよ、これから殻を破って出てくる方が。大丈夫ですから、ご安心なさい」

やさしいチョン課長はそう言いながら、ナ・ボンマンの肩をもう一度ポンと叩いた。彼は例の、あのやさしげな微笑みを浮かべることも忘れなかった。そんなやさしいチョン課長の顔を黙って横目でうかがうナ・ボンマンには、もちろんその言葉が、その微笑みが、何を意味するのかまったくわかっていなかった。

＊

さあ、これを、3、2、1、とカウントダウンをしながら聞いてくれたまえ。

ナ・ボンマンはそのとき、想像だにしていなかった。八日後に彼が唐突にひとつの問いを投げかけられること、そしてその問いが持つ途轍もない重大性について。まあ、当然だが。すぐにここから出られると信じていたし、会社にはやさしいチョン課長がうまく話してくれたろうと思っていた。もしかするといま、急遽パク・ビョンチョルを探しているのかもしれない。それともキム・サンフンの後を追っているのかも……。ナ・ボンマンの心に希望が芽生えた。なんだ、もっと早くこうすればよかった……、チョン課長っていう人にもっと早く出会えてたら……、ナ・ボンマンはそんな独りごとを何度もつぶやいた。

だから……、じきに戻ってくるとばかり思っていたやさしいチョン課長が、一日経ち、二日経ち、もうじき一週間になろうというのにまったく姿を現さなくても、食事の時間が来るたびにスポーツ刈りがソルロンタンを放るように置いて出て行っても、彼が何でもなさそうに浴槽の蛇口を一度ひねってみて、黄色のロータリークラブ創立総会記念タオルをラジエーターの上にどっさり積み上げていっても、棚の上のラジオをつけてボリュームをチェックしても、六日目にあたる日、二本の大きな角材を軍用ベッドの下に押し込んでいっても（ナ・ボンマンはその角材を持って浴槽に入り、意味もなく櫓《ろ》を漕ぐ真似をしてみたりした。何を考えてのことかはわかりようがないが……）、ナ・ボンマンはまったく心配も、疑いも、悩みもしていなかったのだ（ナ・ボンマンはスポーツ刈りに何度か「あのう、課長さんは出張でもされてるんですか？」と訊ねたが、スポーツ刈りは、不愛想な出前持ちのように無言で食器を片付けるばかりだった）。ただ少し退屈だったのと、やたらと眠いのと、いやにトイレが近いなと思ったぐらいか……。それも、これまでだいぶ心労が重なったからなあ、そのせいかな、などと気楽に考えていた。

もしもそのときナ・ボンマンが……その八日の間、やさしいチョン課長がどんな計画を練り、またどんな調査を密かに進めていたのか知ったなら……、彼はそんなふうには過ごせなかったろう。午前いっぱい鏡の前でストレッチングやその場うさぎ跳びをしていたり、軍用ベッドにぐたりと横たわってキム・スニのことを思い、秋頃に教会で結婚式を挙げられたらな、などと夢を描くこともまた、おそらく難しかったろう。その前に、彼女にまず自分の秘密を打ち明けて、そしたら聖書を広げて一つひとつ文字を教わろう。そのハングルの勉強を寝床でやって……、それから……うん、それから自然に……などと考えて勃起することもまた……不可能だったに違いない……。だから、そう……ことによると、ナ・ボンマンのためを思えば、知らなかったのは、かえって幸運だったのかも……。知っていたからといって、事前に防ぐ手立てもなかったし、これといった備えもできなかったろうから……。襲ってくる不幸をナ・ボンマンが前もって知っていたら、その八日の間に彼の髪の毛は真っ白になり、歯は全部抜けてしまったかもしれない。鉄の机の前に呆然と座ってカタカタカタカタ貧乏揺すりをしていたかと思ったら、だしぬけに浴槽壁面の青いタイルに頭をゴンゴン叩きつけ、ああ、いっそ、いっそ……などと考えたかもしれない。だから……、いっそ知らなくてよかったのだ。ただひたすら暇を持て余し、ひっきりなしにあくびをし、尿意も感じていないのに小便をし、希望を抱き、意味もなく櫓を漕ぎ、夢を描き、暇つぶしにストレッチングをし、秘密を打ち明ける想像をし、勃起なぞしていたとしても……、ナ・ボンマンにとってはその方がはるかに幸せだった。そう思おう。それが、それだけが、この物語がナ・ボンマンにしてやれる配慮、……まったくもって役に立たない、申し訳ないことこのうえない、ちっぽけな思いやりなのかもしれないから……。たとえクソの役にも立たなかったとしても……。

やさしいチョン課長が再び〈3〉番部屋に入ってきたのは、八日目の午後六時頃のことだった。

＊

さあ諸君、ここからは、憤怒の表情で聞いてくれたまえ。

我らがノワール主人公のための「中央情報部法改正法律案」が国務会議で成立してから、この地では、多くの事件が新たに企画され、創作され、発表された。うち代表的な作品をいくつかご紹介しよう。

まず「宋《ソン》氏一家スパイ団事件＊」。安企部の清州《チョンジュ》分室によって生み出されたこの作品は、まずスケールや創作期間、組織といった面でほかの作品を圧倒している。何と百十六日間にわたって無辜の民を安企部地下取調室に閉じ込め、電気拷問に水拷問、棍棒での殴打などの暴行を加えつつ、違法に監禁したことでも名高いが、何といっても二十八人の一族郎党を一挙に被疑者に仕立て上げたという点において、国家保安法捜査の新たな幕を開けたと評価されている（なぜかって？

訊くまでもなかろう。家族同士でも互いに信じず、通報すべしという規範を誕生させたのだから）。問題は、この事件が最高裁で無罪となり、高裁に差し戻されたことだった（つまり、結末部分がやや大雑把と判断された次第……、まあ確かに、証拠というのがたかだか日本製ラジオ一台だったのだから……）。安企部要員たちは、自分らの作品がたかが最高裁の裁判官なんぞに酷評と叱咤を受けたことにいたくプライドを傷つけられ、何度か裁判官たちのもとへわざわざ足を運んで脅迫し（机をバンバン叩きながら「こんなことじゃ、スパイ捜査なんかできませんよ！」と声を張り上げる）、それでも言うことを聞かないとみるや、あっさりと裁判官を自分たちの息のかかった者にすげ替えてしまった。それで結局、有罪。ラストが多少強引だったとはいえ、ともかく作品は無事に世に出たというわけだ。それによって家族は離散し、全財産が消え、拷問の後遺症で世を去る者あり、未来に向かってすくすくと伸びてゆくはずだった青春が鉄格子の中で虚しく萎《しお》れていったのだが……、それらはみな、いわば作品の運命。作品とは、常に生き物のように勝手に増殖するものだから。だから、安企部要員たちは、そんなことなど屁とも思わず、みな一階級ずつ昇進した。

それと前後して発表された作品としては、「アラム会事件*」と「五松会《オソンフェ》事件*」がある。このふたつの作品は、まず「作品名」からして、安企部要員のこれまた思いのほか可愛げがあるセンスが発揮されている。まず「アラム会事件」だが、初めは「ウリ会」という名称のスパイ団事件として企画された。ところが、タイトルがどこか古臭くてダサいという意見が台頭し、急遽「アラム会」に変更されたケース。教師や現役軍人、検察庁職員らが国の内乱を謀る反国家団体を結成したと、安企部は作品説明会で発表したが、実のところ事件に巻き込まれた人たちは、みな同じ高校の出身ということで親しくしていたにすぎなかった。彼らの共通点といえば、事件に関わったとされる人々のうちのひとり「キム・ナンス」氏の娘「キム・アラム」嬢の百日のお祝いに出席したということ、それだけだった。まあそれで、作品名が「アラム会」となったわけだが（娘の名前が「ジョンジャ」だの「マルニョン」とかいうクラシカルな名前でなかったのがまあ幸いとも言えるが……）。こちらも事件の当事者たちは、自分たちの「団体名」すら知らぬまま拷問、投獄、出来合いの供述の強要という段階を踏まされたわけだが……、うん、全国民に新たな戒め（要するに、親睦目的の頼母子講《たのもしこう》だの知人の子どもの百日のお祝いなぞにも気軽に参加するべからず）を示すことができたということで、結果オーライ。

次の「五松会《オソンフェ》」だが、これも最初は「五星会《オソンフェ》」として企画された作品だった。全羅北道《チョルラプクト》は群山《クンサン》の高校教師たちが学校の裏山でマッコリを飲みながら時局がらみの議論をしたのにかこつけて、安企部が創作・脚色を施したこの作品は、事件の関係者全員が全羅北道の裡里《イリ》にある「南星《ナムソン》高校」出身だと思われていたため「五星会」と命名されたのだったが、なんたることよ、ひとりだけ別の高校出身者だった。それが後になってわかり、慌てて改称することになったのだ。暴力革命を企てていた左傾の教育関係者らのスパイ団事件としてシノプシス《あらすじ》はすでに作成済み。あとは新しい「作品名」だが、うーむ……と頭を突き合わせて悩んでいたとき、ある要員が才気あふれる提案をした。そうだ、あの学校の裏山に行くと、松の木が五本あるんですよ。松の木が五本だから……、五松……。五松会ってのはどうですか？　こうして作品は、つつがなく世に送り出される運びとなった（この作品について報告を受けた我らがノワール主人公は、おお、こりゃいい、と膝を叩いて喜んだと伝えられる）。

「北朝鮮拉致漁夫事件」は一種の海洋アドベンチャーアクションスリラーとして企画された作品だが、この作品のやや特異な点は、我らがノワール主人公の前に独裁体制を敷いていた朴正熙《パクチョンヒ》将軍時代、すでに一度同じ疑いで逮捕されたことのある人たちを、八〇年代に入ってまたもや捕まえたということで、「リバイバル」の性格を色濃く帯びているというところにあった（間諜の魂百まで、ということか）。その漁夫たちは、六〇年代に北朝鮮海域で風浪に遭って遭難し、かの地で苛酷な取り調べを受けた後に南に帰還した。帰還はしたけれど、したらしたで、朴正熙将軍配下のこの地の中央情報部が放っておくわけがない。彼らは中央情報部による拷問を受けるとともに虚偽の自白を強要され、結局それぞれ二年から三年の懲役を言い渡された。思いもかけず前科者となってしまったわけだった。その後十年余り。結婚して子どももでき、アンコウ網漁船に乗り組んで漁をしつつ静かに暮らしていた彼らはしかし、我らがノワール主人公の登場により、「敵に包摂され、国家機密を探知せよという指令を受けて帰還したのち、各種国家施設を探索した」という疑いで再び逮捕され、拘束されてしまった（どうだろう、『オデュッセイア』*っぽくないか？）。この作品は、人々によく知られ、なじみが深いという点、地政学的な背景が堅固だという点、歴史学的根拠が確実だという点などから、安企部と保安隊捜査チームが先を争って創作、発表に至ったもので、その後、「珍島《チンド》家族間諜団事件」「テヨン号事件」「カン・デグァン事件」「チョン・サムグン事件」「ソ・チョンドク事件」「イム・ボンテク事件」「ペク・ナムク事件」「チョンヨン事件」などが世に出るきっかけを作ったとして評価されている。

そして……我らがやさしいチョン課長もやはり、一週間ほぼ徹夜でそれと肩を並べる作品を準備していたのだ。「作品名」まで決めて……。

作品名……それは、何を隠そう「兄弟会」だった。

＊

ここからは、一切の表情を消して、聞いてくれたまえ。

その日、〈3〉番の部屋に入ってきたチョン課長の手には、分厚い書類ファイルがあった。黒のサングラスをかけて黒のネクタイを締めたスポーツ刈りも一緒だった。机の前に座ったチョン課長の傍らにヌッと立ったスポーツ刈りは、電信柱を連想させた。

「お待たせしてしまいましたね。調べものがどうにも多くって」

チョン課長は例の笑みを浮かべていた。ナ・ボンマンは、椅子を机に心持ち引きつけて座った。

気の毒なことに、彼はとにかく嬉しかったのだ。チョン課長が来てくれて。生き別れになっていた血縁者に再会したら、こんな感じなんだろうなあ、と彼は思った。よかった、これでもう大丈夫だ、とも。

ところが、そんなナ・ボンマンの思いなど知ったことではないやさしいチョン課長は、ワイシャツの袖をまくり上げていた。

「さあ、ではそろそろ本格的に始めますか」

ナ・ボンマンは、ぽかんとチョン課長を眺めた。スポーツ刈りの無表情な顔にも一度目をやった。そんな彼にはお構いなしに、親切なチョン課長は書類ファイルを広げながら言った。

「じゃあ、まず……お父上に再会したのはいつですか？」

＊

誰かから受けた教えを思い浮かべながら聞いてくれたまえ。

チョン・ナムンが中央情報部の国内情報班に配属されてすぐの一九七五年冬、彼の直属の上官にあたる先輩要員のひとりが肝臓がんで入院した。情報部に長く忠誠を尽くし、公務員として上級の五級までのし上がったその先輩のがんは、すでに四期まで進行していた。一緒に働くようになってわずか三か月とはいえ、その間、ともに要視察人物を尾行し、ともに資料を捏造し、ともに夜を徹して報告書を作成した間柄だった。そんなこともあって、チョン・ナムンは複雑な心境で病院にその先輩を見舞った。彼とはそれが最後になるということなど予想もできず、書店で買った『デミアン』と、ハンドメイドシューズ専門店で買ったブラウンの高級靴を携えて。そしてそこで思いもかけず、生涯忘れられない大切な「教え」を授けられたのだった。

六〇年代末の三選改憲*から維新憲法*が制定された七〇年代初頭にかけて、朴正熙《パクチョンヒ》将軍に忠誠を捧げ、誰よりも敏速かつ献身的に人々を監禁、暴行してきたこの先輩要員は、そんな経歴も手伝ってか、自らの運命を察するのも人並み外れて早く、すでに自暴自棄の段階に入っていた。

彼は病室に入ってきたチョン・ナムンを見ても、フッと笑みを見せただけで、何も言わなかった。手首は痩せ細り、木の枝のようだった。チョン・ナムンはベッド脇のテーブルに『デミアン』を置き、靴を袋から取り出して見せた。甲の部分に紐《ひも》の付いた、茶系統の靴。先輩要員はそれを見てもう一度かすかな笑みを浮かべ、ようやく口を開いた。

「……靴か……、靴……ありがとうな」

チョン・ナムンは、ベッド下のスリッパの横に、きちんと揃えて靴を置いた。

「先輩に早く良くなってほしくて。サイズは合ってるはずですけど、気に入っていただけるかどうか……」

そう言われて、ようやく先輩要員は身を起こした。チョン・ナムンは先輩要員の一方の腕を支えた。先輩要員は、裸足の足を靴に入れた。靴は少し大きく見え、そのせいかどうかはわからないが、体もひと回り小さくなったように見えた。

「病気になると、足も縮むんだな……」

先輩要員はそう言って、再びベッドに身を横たえた。ちょっと起き上がってまた横になっただけなのに、彼は荒い息を吐いていて、息づかいはなかなか元に戻らなかった。目を閉じて呼吸を整えていた彼が、唐突にこんな問いを投げかけてきた。

「お前、ずっと勤めるつもりか、あそこに？」

先輩要員のやつれきった顔を見下ろしていたチョン・ナムンは、黙ってうなずいた。

「お前は、うむ……難しいんじゃないか。大学のときの前歴もあるし……、性格的にもあんまり……合わなさそうだし」

「だから、先輩が面倒見てくださらなきゃ。私はいまさらよそに移るわけにもいかないんですよ。とにかくこっちの方面でやっていくしか……」

少し沈んだ声になって言うと、先輩要員は頭を枕に深くうずめた。

「面倒見てやりたいのはやまやまだが……、どうかな」

彼はしばらくの間、天井の方向に目をやり、一滴、また一滴と落ちる点滴の瓶を眺めていた。チョン・ナムンは目をそらし、病室の窓の外に視線を向けた。どこからか、鳥がしきりと鳴き立てる声が騒々しく聞こえてくる。

「本気で長くいるつもりなら……、それなら、これは……これだけは……、よく心得ておけ」

チョン・ナムンは先輩の方に視線を戻し、ベッドのすぐ脇に椅子を引きつけて座った。背広の内ポケットから手帳とボールペンを取り出す。

「いいか、孤児を……みなしごの連中を、よく観察するんだ……」

チョン・ナムンは手帳に「孤児」と書きかけて手を止め、ぽかんと先輩要員の顔を見つめた。

「え、それは、どういう……」

先輩要員はニヤリと、ひょっとするとこの世で最後になるかもしれない笑みを浮かべて見せた。

「そいつらがな、お前のカモになってくれるってことだ」

「孤児たちが、ですか?」

先輩要員は、クックッと声を出して笑い、激しく咳き込んだ。

「あの……何のことなのか、私には皆目……」


よく考えてみろ。朝鮮戦争で孤児になった連中の多くが、いまはもう成人になってるはずだ……。奴らの親は、死んでることも多いだろうが、あっち側に、つまり北に行った連中も数えきれんほどいる。そこそこ高い地位に就いているかもしれない。そんな連中はな、南に残してきた我が子に会いたがるもんなんだ……。だから、よく考えてみろ。中央情報部は何をすべきなのか……。孤児として育った奴らがまともな教育を受けてると思うか……? それから、またこうも考えられる。そいつらを捕まえたからって、誰が気にする? よーく考えてみるんだ。頭をしぼって。父親の顔も知らない奴らが、父親を拒めるわけがないだろう。だから、肝に銘じておけ。弁護士の選任も難しく、完成品を作り上げるためのこれといった付加材料も必要ないのが……孤児なんだよ。

先輩要員の言葉を几帳面に手帳に書き留めていたチョン・ナムンはふと首をひねった。

「ですけど先輩……。人が孤児なのかどうか、どうやって見分けるんです？　それがわからないと調査もできないし、シナリオも描けないでしょう……？」

それを聞いた先輩要員は、またもやククと笑った。そうしてチョン・ナムンに合図し、顔を枕のあたりまで近づけさせてから言った。

「あいつらはな……、あいつらは……横目で盗み見るんだ、何かっていうと。無意識なんだろうがな」

＊

諸君、ご両親とはよく連絡をしておられるのかな？　そうでないなら一度電話でもかけて、それから聞いてくれたまえ。

ナ・ボンマンはその瞬間、自分が何か聞き違いをしたのではないかと思った。それで彼は、すぐさま問い返した。

「だ、誰ですって……？」

やさしいチョン課長は書類ファイルに目を落として言った。

「お父上ですよ。ナ・ボンマンさんのお父さん。ナ・ソングクさんのことです」

ナ・ボンマンはそのとき、父親の名前を生まれて初めてまともに聞いた。でも彼としては、それが本当に父親の名前なのかどうかわからないので、とくに感じるところもなく、胸が震えるようなこともなかった。書類に間違いがあるか、または何か誤解があるんだろう、と思っただけだった。

「父には……会ったことがないんですけど」

「よーく考えてごらんなさい、そんなことないでしょう?」

やさしいチョン課長は、書類ファイルを叩きながら言った。

「でも、僕は孤児ですから……」

「一九七七年八月に会われましたよね?」

「え、いつ……ですって?　え?　会ってませんけど……」

「ですから、あの借家に訪ねてきて、長いこと話もして、お金も貰ったでしょう?」

「お、お金ですって……?　そ、そんなこと……」

「またまた。そのお金で自動車教習所に通って、タクシー運転手にもなったんじゃないですか」

「えっ、えっ……ほんとに違うんですけど……。それは僕が、鶏の丸揚げ屋で働いて稼いだお金で……」

やさしいチョン課長は少し体をそらせた。

「おやおや、こりゃどうも甘やかしすぎたかな」

やさしいチョン課長がそう言うやいなや、スポーツ刈りがナ・ボンマンの所へずかずかと大股でやって来た。彼はまったくためらうこともなく、兆しも動揺も一切ない滑らかなひと続きの動作でナ・ボンマンの後頭部をつかみ、床に転がした。そうして容赦なく足蹴にし始めた。

やさしいチョン課長はその様子を見ながらちらりと腕時計を見た。こりゃダメだな。家に電話して、子どもたちと夕飯を先に食べているよう言わないと……。

*

誰かの簡略な歴史に思いを馳せて、しばし聞いてくれたまえ。

チョン・ナムンが探し出したナ・ボンマンの父親は、ナ・ソングク（羅星国）という人物だった。一九二二年に京畿道《キョンギド》加平郡《カピョングン》上面《サンミョン》連下里《ヨナリ》でナ・チェヨン（羅採営）の三男として生まれている。一九四一年に中東《チュンドン》高等普通学校を卒業して渡日、日本大学芸術学科に一年通った後、上智大学文学部に入学、三年を終えて一九四五年九月に帰国。しばらくの間は母校の国語教師として在職していた。一九四八年五月、京畿道加平郡下面《ハミョン》懸里《ヒョンリ》出生のホ・ミョンジャ（許明子）と結婚したが、その年の六月、つまり結婚から半月も経たないうちに単身で三十八度線を越え、平安南道《ピョンアンナムド》江東郡《カンドングン》勝湖面《スンホミョン》にある「江東《カンドン》政治学院」に入学、朝鮮戦争には京畿道人民委員会文化部の部長として参戦している。金日成《キムイルソン》大学文学部の大学院に在学していた一九五五年に国費留学生に選ばれてモスクワ国立大学戯曲科で学ぶが、一九五七年にソ連に亡命……。以後の足取りはつかめていない。

亡命以降の消息はつかめなかったが、チョン・ナムンにとってはとくに差し支えはなかった。そこからは、どのみち自分の役割だったからだ。彼にとって重要なのは、ナ・ボンマンの父親が現在、この国に戻ってくることのできない立場だということ、我が子が誰なのかさえも知らないということ、理念的に明らかに反対側に立っているということ、それだけだった。それだけで充分だったのだ。

彼は、「そこから」の創作作業に入った。注意深く、慎重に。

*

幼い頃に姿を消し、三十年ぶりに現れた父親を想像しながら聞いてくれたまえ。

ナ・ボンマンはいわば、このとき初めて父親に会ったと言えよう。ほぼ三十年の月日が経ったいま、忘れていた、否、会ったこともなければ想像したこともなかった父親が、目の前に、忽然と、突然に、出し抜けに、俺がお前の父親だ、とばかりに現れたというわけだ。

やさしいチョン課長の説明によると、自分の父親だというナ・ソングクは、ソ連で留学生活を送ったということだった。その後、一九六九年に労働党連絡部により南に侵入する工作員に選ばれ、七年間、金日成軍事政治大学、順安《スナン》歩哨所などで密封教育*を受け、さらに一九七六年三月からは、侵入、要員暗殺、対テロ訓練などの教育を、元山《ウォンサン》連絡所五十三方向長を務めるハ・ジュンスから受けたという。その後、一九七七年六月、工作母船を利用し独島《ドクト》〔日本名竹島〕の中間海上を通過、対馬の北東十マイルの海上に侵攻、再びレーダーに捕らえられない半潜水艇とイタリア製一人乗りスクーターを利用し済州島《チェジュド》の西帰浦《ソギポ》付近の海辺に上陸、漢拏山《ハルラサン》*に二十日ほど潜んで地形や地物に慣れ、無線信号システムをテスト稼働させ、その年の七月に京畿道加平に立ち寄った後、江原道原州《カンウォンドウォンジュ》に潜入、自分を訪ねてきた、ということだ。

　自分の顔を見た父親は、涙を流しながら自分をずっと抱きしめていた後、お前がいまこんな貧しい暮らしをしているのは、みな悪鬼のようなファッショ資本主義、帝国主義者どもとそれに雷同する悪党どものせいだと説いた。そして、政権を打倒してアメリカの帝国主義者どもをこの地から追い出し、真の社会主義体制に変革することだけが、わが民族がともに暮らすための唯一の方法であると洗脳した。その後、父親は自分に『金日成思想選集』『共産党宣言』『中国革命史』といった本を渡し、読んで内容をまとめてみるよう指示、それから三か月間、ナ・ボンマンの部屋に泊まり込んで意識化教育を行ったという。またその教育期間中、自分と自分の父親は、北から計三十四回、二千三百四十秒の無線指令を受け、原州市台庄洞《テジャンドン》付近の米軍部隊「キャンプ・ロング」および「第一野戦軍司令部」の地形と警戒勤務の状況を探知、横城《フェンソン》、洪川《ホンチョン》などの地に設置された六つの無人ポスト*を利用し、二十四回におよぶ報告を行ったそうだ。

意識化教育をつつがなく終えてからは、父親の指示に従って地下細胞組織の構築に着手した。そのためにまず、目的の遂行に役立ちそうな「兄弟の家」出身の孤児たちに接触し、工作資金と日本製のソニーのラジオなどを贈って歓心を買ったうえで洗脳工作を実施、「兄弟会」という利敵団体*を結成した。一九七八年からは、これも父親の指示で自動車教習所に登録、タクシー会社に偽装就職し、同僚のパク・ビョンチョルも包摂、ともに原州市付近の動員基盤部隊の編制や兵力、対スパイ作戦の状況などを把握して報告した。

一九八一年以降は、父親の指示に従って天主教《カトリック》原州教区の教育院に潜入し、合宿中だった若者や大学生らと接触して具体的な革命戦略や闘争指針を議論、若者および大学生らは釜山方面、自らを筆頭とした「兄弟会」メンバーたちは原州を担当することにし、教育院のチェ・ギシク神父と丹邱《タング》国民学校の教師キム・サンフン、園洞《ウォンドン》聖堂の主教補佐神父などと緊密に連絡、最終的な挙行日時を調整し、天主教信者らを中心とした地下細胞組織構築のため、連絡係の役割を務めた。

一方、ナ・ボンマン自身は一九八〇年九月、父親とともに北に入り、平安道《ピョンアンド》の牡丹峰《モランボン》歩哨所で十五日間の間諜密封教育を受けた。そして朝鮮労働党入党願を作成、南に対する工作の総責任者であるチェ・サンリンから国家勲章と金《きん》で出来たオメガの腕時計、米貨五百ドルを下賜《かし》された後、再び三千浦《サムチョンポ》*港を通じて潜入……。

「ぼ、僕がですか……？」

そこまで聞いたところでナ・ボンマンは、やさしいチョン課長をまじまじと見て言った。やさしいチョン課長はうなずいた。

「ここにそう出てるんです。書類に書かれているのをそのまま読み上げたんですよ」

「え……あの、僕は、そんなこと……。僕……僕は、海にだっていっぺんも行ったことないんですけど……」

ナ・ボンマンは首を横に振りながら言った。

「ああ、まったく。だからね、いま言ったとおりなんですよ。よく思い出してごらんなさい」

「ほんとにそんなことないんですけど……。ほんとに違うんですよ」

「あっはは、あなたって人はまったく……。事を面倒にしてくれますねえ」

やさしいチョン課長がそう言うや、スポーツ刈りがまたもやずんずんと近づいてきて、手にした角材をナ・ボンマンの内腿《うちもも》に容赦なく振り下ろし始めた。スポーツ刈りは声も立てずにその作業に没頭していった。

*

では諸君、ここからは下半身にぐっと力を込めて、聞いてくれたまえ。たとえ聞きたくなくなったとしても、何とかこらえてくれることを。

ナ・ボンマンは結局……そのすべてを……、チョン・ナムンによって新たに創り出された自らのスペクタクルな運命を……、自分のものとしてそっくり受け入れることになった。スポーツ刈りと、その翌日から新たに加わった、図体《ガタイ》がよくて手の甲にびっしりと毛の生えた要員の手を借りて。彼らはまず、パンツだけ残してナ・ボンマンの服をすべて脱がせた。それからまずは、容赦なく角材を振るった。いかなる問いかけも、哀願も、訴えも聞き入れてもらえない日々の幕開けだった。ナ・ボンマンは〈3〉番部屋の中をあちこち這いずり回りながら、両腕で頭を抱え込んだり、何かの幼虫のように体を丸めて殴打を受けた。ひざまずいて手を合わせ、彼らが聞いたところでちんぷんかんぷんの許しを乞いもしたけれど、角材は宙を舞い続けた。スランプに陥って二軍に追いやられた八番バッターのように、彼らは黙々と白熱電球のもとで角材を振るい、ナ・ボンマンが気を失うと、ようやく長く息を吐いて水を飲んだ。そうして、空中で何度か片腕をひゅん、ひゅんと回してから再び角材を手にする。ナ・ボンマンはひっきりなしに気を失って倒れた。

三日目からは、椅子と椅子の間に渡された長い鉄の棒の真ん中に逆さ吊りにされ、暗記力テストを受けさせられた。答えを間違えると、水に浸《ひた》した黄色のロータリークラブ創立総会記念タオルを顔にかぶせられるか、または角材を内腿に振り下ろされる。それで否応なしに、捏造された記憶を思い起こさせられるのだ。

例えば、こんなふうに。

「親父と一緒に勉強した本はなんていう本だ？」

「え、えーと、金日成宣言と、きょ、共産党か、革命史と……」

「ダメだ、もう一度！」

やかんいっぱいの水を顔にバシャッとぶっかけられる。

拷問者らは暗記に効果があるのはやはり反復学習だということを悟り、試みた。こんなふうに。

「兄弟会のメンバーがキム・ドゥクチョル、イ・サング、チョン・チルソン、キム・ボクチン、カン・ダリョン、そうだな？」

「はい……はい、そうです」

「そこにパク・ビョンチョルが新しく入ってきたんだな？」

「はい……はい、そのとおりです」

「誰と誰だって？」

「えーと、だから、だから……速すぎて覚えられ……」

「もう一度！」

彼らはナ・ボンマンが気絶すると鉄棒から下ろし、椅子に座らせた。そして自分たちの方は、チャジャン麺《ミョン》の出前を取ったりコーヒーを飲んだりラジオを聴いたりした。ラジオの周波数は主にMBC－FMに合わされていて、それは暗記力テストが再開されてからもつけっぱなしにされていた。それでナ・ボンマンは、〈FM家庭音楽室〉を聴きながら、自分が計何回にわたって無線指令を受けたのか、〈正午のリクエスト曲〉を聴きながら、自分が台庄洞《テジャンドン》付近の米軍部隊の前で何をしたのか、〈キム・ギドクです〉を聴きながら、「兄弟会」を結成したのが正確にいつなのか、〈イム・グクヒのパレード〉を聴きながら、自分が初めてチェ・ギシク神父と秘かに接触した場所がどこなのか、〈パク・ウォヌンと一緒に〉を聴きながら、どんなルートで父親と連れ立って三十八度線を越えたのか、牡丹峰《モランボン》歩哨所で自分に勲章を下賜した人物は誰なのか、工作資金はどれくらい貰ったのか……、そういったことを、ひたすら丸覚えすることになった。が、ラジオから流れてくる音楽のせいか、「昨日は父の五十五回目の誕生日でした。父はいまでも私のことを子どもだとばかり思っています。でも、この頃は何か、父の方が子どものように感じられて。で、昨日は、朝からふたりで昌慶苑《チャンギョンウォン》に行きました。父は子どもみたいに楽しそうにしていましたが、うれしい一方で、なぜか胸が締めつけられるような感じがしました。……鍾路区弘智洞《チョンノグホンジドン》にお住まいのパク・チャンスクさんからのお便りでした」といった、DJが読み上げるリスナーからの心温まるお手紙のせいか、丸暗記ははかどらなかった。それで彼はまたもや逆さになって、脛《すね》と腿《もも》を殴打されたり水を飲み続けたりするしかなかった……。

五日目になると、隣室からもラジオの音が聞こえ始めた。サイモン&ガーファンクルの歌声が流れてきたかと思ったら……、そこに悲鳴が混じり……今度は天気予報が流れ……ザアアアというシャワーの音……、「昨日は軍隊に行っている彼の所へ面会に行きました」で始まる京畿道平《ピョン》沢《テク》市に住むチェ・スヨン嬢のお便りが背景音楽とともに流れ……、往復ビンタの音が鳴り響き……チョ・ヨンピルの心震わす歌声が流れてきたと思ったら……、その合間合間に「そうなんだろう？　え！」という恫喝が木霊《こだま》のように長く尾を引き……カーペンターズが流れ……、それに拍子を合わせているかのように、ベースの音にも似た角材がたてる音がずんずんと響き……カン・ビョンチョルとサムテギのメドレーが聞こえ……、隣の部屋からも向かいの部屋からも、左の部屋からも斜め向かいの部屋からも……何人もの泣きわめく声が輪唱のように響いてくる……、と思っていたら……突然、停電でパッと電気が消えるときのように一斉に静寂が降りた。そして……人が入ってき始めた。ナ・ボンマンが逆さ吊りにされている部屋に、ひとりずつ、ひとりずつ順番に、ほかの誰かに伴われて。

入ってきたのは、何年ぶりかに再会する「兄弟の家」の兄貴たちだった。一番上の兄貴を筆頭に、三番目の兄貴、髪をあまり洗わない兄貴に前歯が抜けた兄貴、そして頭を撫でてくれとねだってきた兄貴。いずれもワイシャツ姿のふたり組に脇を抱えられ、〈3〉番部屋に入ってきた。裸足にパンツ一丁の兄貴たちは、みな頭がびしょ濡れで、踵《かかと》の皮が剝《は》がれていた。彼らはドアの前に立ち、鉄棒の下に逆さ吊りになっているナ・ボンマンを横目遣いで見た。ほんのわずかの間だが、目が合うこともあった。

「どうだ、あいつだろう？」

脇を抱えた男に訊かれ、兄貴たちはまたも横目でナ・ボンマンを見る。その瞳は恨みと不安と飢えと恐怖の間をせわしなく行き来し……、頭を何度かこくこくと動かすと、閉じられた。そうしてまた、それぞれの部屋に戻っていった。彼らを見ても、ナ・ボンマンは申し訳なさも罪の意識も胸の痛みも一切感じなかった。なぜなら、兄貴たちの姿が幻なのか実物なのか、本当なのか嘘なのか、まともに判断できなかったのだ。ただ、ひっきりなしに瞼《まぶた》が下がってきて、息が切れ、喉からゲッ、ゲッという音が出てくるばかり、それ以外は何も感じられなかったからだ。

そんなことが十日近く続いた。ナ・ボンマンはその間、黄色いロータリークラブ創立総会記念タオルを顔にかぶせられた状態で……キム・スニに会い、母に会い、パク・ビョンチョルに会い、管理常務に会い、父に会った。

キム・スニは長い髪を振り乱し、いまにも泣き出しそうな顔で彼を睨み続けていた。何か言おうとしかけてやめた彼女は、その場に座り込んで膝の間に顔をうずめ、声を上げて泣き出した。そんな彼女の背後には白木蓮《ハクモクレン》が咲き乱れており、その花びらが一枚、二枚と足もとに落ちる。花びらというより鳥のヒナか何かのように、ぽとんぽとんと。そんな白木蓮の花びらに隠され、いつしか彼女の姿は見えなくなっていた。どこからか賛美歌がかすかに聞こえてくるような気がしたけれど、雨音に混じってじきに聞こえなくなった。雨音なのか、シャワーヘッドから噴き出す水の音なのか、彼にはわからなかったが。いまにも胸が破裂し、息が止まってしまうかと思った数えきれない瞬間に、現れては消えていった映像……。

母親は、いつも後ろ姿だった。大きな桃色の風呂敷包みを片手に提げ、彼に向かって手招きを続ける。早くおいで……。それを見た彼は、息を切らして駆けた。なのに、母親との距離は縮まらず、手招きは続く。どれほど駆けたろうか。走っているうちに、母親の手の動きの本当の意味を彼はふいに悟る。「早くおいで」ではなくて「早く行きなさい」なのか……。彼はその場に立ち尽くしてしまう。そのときになってようやく、母親の手もゆっくりと動きを止めてゆく。周りを見回すと、冬山と薄氷の張った田んぼが見える。そんな風景のなか、母親は点のように、点のように小さくなっていった。そして、また雨音……再び暗転。

管理常務とパク・ビョンチョルは、出し抜けに、何の脈絡もなく現れた。スライド映写機に誤って入り込んだ写真のようにパッパッと断続的に。パク・ビョンチョルは、前歯を剝《む》き出して笑っていたり、眉間に思いきり皺《しわ》を寄せて煙草を吸ったりしていた。管理常務の方は金を数えていたり、拳でガンガン机を叩いていたりした。何を言っているのかは聞き取れなかったが、彼に向かって怒鳴っていることもあった。でなければ、タクシーをどこに置いた？　早く白状しろと、耳もとでささやいたりする。彼は答えようとするけれど、喉が嗄《か》れてしまっていてなかなか声が出せない。もう出てきてもいいぞ、という管理常務の声、ナ・ボンマンのタクシーを運転しているパク・ビョンチョル……、タクシーの屋根を打つ雨の音……。

そして父親……。父親が現れた。ナ・ボンマンの狭苦しい部屋で本を読んでいる父親、本を差し出して読んでみろと勧める父親、お前がこんなふうに貧しい暮らしをしているのは、アメリカ帝国主義者どものせいだと言う父親……。父親は短波ラジオを聴きながら、手帳に何やらひっきりなしに書き込み、彼を連れて山に登ったりもした。一度も行ったことのなかった山に。ふたりして泳いで古びた漁船に乗り込んだり、一緒に勲章を授かったりもした。父親の姿は比較的鮮明で、彼はそれが自分の実際の過去であり、記憶であると、だんだんに信じ込み始めた。たとえ父親の顔は見えなかったとはいえ……、彼が見ようとするたびにさっと顔をそむけたり、うつむいたりして……、それ以外のことはみな、まるでたったいま通ってきたばかりの街の風景のように、昨日会ったばかりの人のように、鮮やかで具体的だったから。それで彼は、まったく疑うことなく受け入れたのだ。父親とともに米軍部隊の正門付近を探り回っていたり、濡れた髪の兄貴たちと円座を組んで座り、顔を火照《ほて》らせて何かを話していたりする自分の姿を。日付や時間まで、正確に。

けれど……、それでも……彼はある瞬間、それらがみな捏造された記憶、実際に経験したわけではない、誰かの口から吹き込まれた物語にすぎないということに気づいた。それでまた本来の彼、安全タクシーの新米運転手ナ・ボンマンに戻ったわけだが、それは図体《ガタイ》のいい、手の甲の毛深い要員のひとことのおかげだった。ナ・ボンマンを机の前に座らせ、紙とボールペンを差し出して言ったひとこと。

「さて、そろそろよかろう……。じゃあ書け」

3

世界地図を広げて聞いてくれたまえ。

一九八二年十一月中旬頃、ウズベキスタンのタシケント市に住むエブセイ・ナガイは、勤務先の「極星《ククソン》」コルホーズ人民劇場事務室で、初対面の訪問者を迎えた（どうだね、諸君。何となくスケールがグローバルになってきたとは思わないか?:）。ひとりは長身、もうひとりはずんぐりむっくりのふたり組の訪問者は、モスクワから来た情報機関の職員だと名乗り（彼らはどちらも黒のスーツに黒いネクタイを締めていた。サングラスはかけていなかった）、ちょっと話があるので時間を作ってほしいと言ってきた。情報員らの言葉を聞くやいなや、エブセイ・ナガイは、ついに来るべきものが来たか、と思い、力なく背中を丸めて事務室のソファに沈み込んだ。事務室の同僚で、劇団員でもあるペトロヴナは、三人分のお茶を出した後、ちらちらと様子をうかがっていたが、やがて出て行った。情報員たちはお茶になど手をつける気もないようだった。彼らはソファに座るやいなや、内ポケットから手帳を出してエブセイ・ナガイに視線を据えた。そうして、トントンとソファの前に置かれたテーブルを指で叩き始めた。

エブセイ・ナガイは昨秋、自作の戯曲作品「灰皿」をクズロルダ州の高麗《コリョ》劇場で一週間上演し、その作品の台本を朝鮮語新聞『レーニン旗幟《キチ》』の文芸欄に全文掲載していた。この作品の完成に彼は二年もの歳月を費やしていた。エブセイ・ナガイの七作目の戯曲作品で、おそらく最後の作品になるだろうと本人も公に表明していた戯曲「灰皿」のストーリーは、大まかにまとめると、次のようなものだった。

ウズベキスタンはホラズム州の集団農場で支配人を務めるパク・マンホが仕事に行っている間、彼の同郷の友人を名乗るクォンという人物が家に訪ねてくる。マンホに会いに来たというクォンに、マンホの妻のエゴールカは、不愛想に接する。夫は仕事に行っていて、帰りは遅いですよ……。クォンは、自分がマンホの同郷の友人だと重ねて言って、彼に電話を一本入れてもらえないかと頼む。エゴールカはいやいや夫に連絡する。夫はすぐに戻るということだったので、エゴールカはクォンを応接室に通す。靴の泥はちゃんと落としてくれないと困りますよ、とつけつけと言って。

エゴールカは椅子にかけて本を読み、クォンはじっとソファに座り、窓の外を見ている。しばらくしてクォンは、煙草を一服しても構わないかとエゴールカに訊ねる。煙草の煙は苦手なんですよ、隣の人が吸ってるだけで頭痛がひどくなるんですけどね、……そう言いながらも、エゴールカは灰皿を出してやる。クォンは、取り出しかけた煙草を元どおりにしまい、子どもがいるのかと問う。エゴールカは答える。自分には子どもはいない。マンホの子どもは彼の前妻が育てている。

マンホが戻ってくると、クォンは懐かしそうに挨拶をするが、マンホの方はクォンのことがなかなか思い出せない。クォンから故郷での話を聞いて、ようやく思い出すが、その表情はすぐれない。こいつ、もしかして仕事が欲しくて訪ねてきたんじゃないか、と勘ぐっていたのだ。面倒なことになったな……。マンホは渋い顔で、ふむ……で、泊まる所は決めてあるのか、と訊く。まだ宿は取っていないが、用事があってすぐに帰らなければならない、だから心配はいらない、とクォンは告げる。そりゃそうだ、他人の家に泊まるよりは、よそに宿を取った方が気楽だろう。マンホはようやく表情をやわらげ、着たままだった上着を脱いでお茶を飲む。

少しして、外から車のエンジン音が聞こえ、誰か急ぎ足でマンホの家に入ってくる者がいる。マンホもよく知っている、ニコライという集団農場の監理を担当する州当局の責任者だった。マンホは驚いて、「おや、ここまでお運びとは、いかがいたしました?」と問うが、ニコライはマンホにはろくに目もくれずにクォンに挨拶し、遅れて申し訳ない、途中で車が故障してしまって、と丁重に謝罪する。クォンは、気にしないように、久々に同郷の友人に会ってあれこれ話ができてうれしかった、と言う。そしてマンホに、次はゆっくり話をしようと言い、挨拶をして外に出る。

クォンの後について出て行こうとしたニコライを呼び止めてマンホは訊く。「責任者同志がそんなに丁重に……、いったい彼は何者なんです?」　するとニコライが、「クォンは中央から来た情報員だ。州当局内のさまざまな機関を検閲しに来たのだから、マンホ、君もしっかり準備しておくように」と言う。マンホとエゴールカはそれを聞いて真っ青になり、顔を見合わせる。彼らはニコライが出て行った後、黙ってリビングの中を歩き回る。マンホが煙草をくわえてきょろきょろと灰皿を探すと、エゴールカがさっと差し出す。マンホは煙草を吸い続ける。煙で白くなったリビング。

それから少しして、電話のベルが鳴る。マンホは震える声で、早く電話を取れとエゴールカを促すが、彼女はどうして私が、とうろたえているばかり。やむなくマンホが電話を取る。「え?　いまですか?　事務室に?　はい、はい、すぐ行きます」。電話を切ったマンホはエゴールカに、クォンが自分を呼んでいると告げる。もうおしまいだ、とも。

マンホはエゴールカに、うまい料理と酒を用意しておくようにと言う。何とかして彼を家に連れてくる。どんな手を使ってでも事を無事に収めなければならないと。マンホは出て行き、エゴールカは灰皿を雑巾できれいに拭う。そこで幕が下りる。

作品が発表された次の号の『レーニン旗幟』文芸欄ページに、カザフスタン作家同盟内の朝鮮人作家団体セクションの副委員長をしているキム・ドンヒョクによる長文の評論が掲載された。内容を要約すると、だいたい次のようになる。

……ソヴィエト連邦人民の革命的、戦闘的および労力的伝統などがこれからも朝鮮文学の発展の基本方向を規定することになるというのは周知の事実だ。とくに現在、我々朝鮮人作家団体内にソ連作家同盟の同盟員は五名しかいないことから、制限期間内に新たに中央作家同盟に入会させねばならない。そういった目標のもと、我々朝鮮文人たちはソ連人民とともに、ソ連共産党にさらなる忠誠を尽くし、献身的に服務することで、レーニン主義の勝利、共産主義の勝利のために自らの精力、知力、才能を惜しみなく捧げねばならない。そうした重大な時期に、我らが朝鮮文人内の中堅作家であるエブセイ・ナガイの戯曲作品「灰皿」が発表されたことには戸惑う一方で、複雑な思いを禁じ得ない。ソ連の公民としての義務を誠実に果たす先進的なソ連人民たちの誇らしい姿がさまざまな面からきちんと描写されていないのはもちろん、彼の戯曲に登場するほとんどの人物は反動的かつ無思想的で、世界観が不明確な輩だ。彼の望ましからぬ階級的評価が果たしてどこに起因するものなのか、我ら朝鮮人作家団体セクションの委員は懸念を禁じ得ない……。彼が発表した作品が、我らがソヴィエトの現実を損なうものであったことは言を俟《ま》たない。それによる辛辣な党的批判もまた避けられないだろう……。

そんなキム・ドンヒョクの評論を読んでも、エブセイ・ナガイはこれといった反応を示さなかった。あたかも自分とは関わりのない遠い国のニュースに接したかのようにさっと一度目を通し、後は、常日頃と変わらない様子で事務室の鉢植えに水をやり、茶を飲みながら、人民劇場宛てに投稿された何篇かの戯曲作品を検討したりしていた。ペトロヴナが注意深く「大丈夫ですか?」と訊ねると、彼はかすかな笑みさえ浮かべて見せ、「文芸作品なんてものはね、見る者によって評価が変わるものだよ」と何でもなさそうに答えた。「でも、あれはあんまりですよ」ペトロヴナは顔を曇らせていたが、エブセイ・ナガイの表情は変わらなかった。「若い評論家はあれぐらい覇気がなければね」と言いながら、ゆったりした動作で煙草をくわえて火をつける。「灰皿」で〈エゴールカ〉役を演じたペトロヴナは、弁当を食べるときも、戯曲作品の原稿を整理するときも、エブセイ・ナガイの顔色をうかがい続けた。エブセイ・ナガイは、何とも読み取れない表情を浮かべていた。あたかも彼の作品の中に登場する〈クォン〉のように。ただ彼女ばかりが劇中の〈エゴールカ〉に戻ったかのように、不安と焦燥感に駆られ続けた。彼女は思った。まだ役から抜け出せていないのかしら……。

もちろん、傍から見てそうだっただけで……、キム・ドンヒョクの評論を読んでからというもの、エブセイ・ナガイの心中は、たとえれば陽の当たらないヒマラヤの氷壁のようだったとでも言おうか……。とにかくささくれ立って刺々《とげとげ》しくなり、そこへ些細な考えや感情が、氷壁に細かな霜《しも》が絶えず現れたり消失したりするように、ひっきりなしに浮かび上がっては消えてゆくのだった。トイレに座っているとき、自転車に乗って家に帰るとき、家の前の公園をひとりで散策するとき等々、彼は独りごとを言い続けた。クソ野郎。貴様ごときに俺の作品の何がわかる？文学とは何なのか、芸術とは何なのかもわからん無教養な輩が……。何？ 誤った階級的評価？カフカとベケットの区別もろくについとらんような貴様ごときが、制度とは、人間とは、罪とは……など論じるなんて、片腹痛いわ……。

エブセイ・ナガイは無表情のまま、休むことなくつぶやき続けた。それでも腹がおさまらず、彼はペトロヴナに内緒で家に持ち帰った『レーニン旗幟』を何十回も読み直し、文芸欄のページをハサミで切り刻んだ。ゆっくりゆっくり、ズタズタになるまで（彼はとくに、キム・ドンヒョクの写真と名前の部分を集中攻撃した。両目など、ぐりぐりっとボールペンを押しつけて穴をあけてしまった）。そんなことをしているうちに、彼の内面はどうにか平穏を取り戻すかと思われたのだが……。

そんな彼の事情など一切お構いなしに、事ははるかに望ましからぬ方向へと流れていた。キム・ドンヒョクの評論が発表されてから、朝鮮人作家団体セクションの若手会員たちを中心に「灰皿」に対する批判的な評論が続けざまに発表され、セクション全体会議を招集しようという意見から、「極星」コルホーズ人民劇場総責任者の地位を彼から剝奪すべきだという主張に至るまで、エブセイ・ナガイを氷壁のきわに追いつめんとする声があちこちであがり始めていたのだ。

エブセイ・ナガイにそういった情報を逐一伝えてくるのは、彼のモスクワ大学の後輩で、いまはアルマ・アタにあるカザフ国営文学芸術出版社に責任者として在職しているチョン・サンジンだった。チョン・サンジンは、毎日のようにエブセイ・ナガイに電話をかけてきた。

「ナガイさん、やっぱりどんな形であれ、立場を表明した方が……」

「何を言う！　作家というものはな、作品で語るのが……」

「えい……言わなくてもいいですよ、私にまでそんなこと」

チョン・サンジンにばっさり切り捨てられ、エブセイ・ナガイはしばし沈黙した。それから声を少し低めて言った。

「じゃ、どうすればいいんだ?」

「わかってらっしゃるでしょうに。『レーニン旗幟』に寄稿するとか……」

「弁明をしろってことか?　それも公に?」

「それが何なら……キム・ドンヒョクに電話をかけてみたらどうです、直接……?」

それを聞いたエブセイ・ナガイは声を荒《あら》らげた。

「あんな奴にへいこらしろってのか?　俺に?　このエブセイ・ナガイに?」

「先輩……」

「そんな話なら、もう切るぞ。何だって俺が、あんな教養の欠片《かけら》もない奴に……」

とは言ったが……、本当に電話を切る気はなかった。受話器の向こうからは、チョン・サンジンの長いため息と煙草に火をつける音が聞こえてきた。荒い息を吐き続けていたエブセイ・ナガイは、やがて目を閉じて、首をぐっと後ろにそらした。頭痛とともにめまいが押し寄せてくる。

「先輩……、先輩だってもう、大変な思いはしたくないんじゃないですか。家族も親戚もいないでしょう、先輩には。じきに年金生活になることだし……。ほんの少し堪えるだけでいいんですよ。ここは腹をくくって……」

チョン・サンジンは、エブセイ・ナガイが四年前に発表した「母の花」という作品の話を持ち出した。それは、丹精して育てた花を毎日レーニン像の前に捧げ続けるパク・スンネという老女を主人公にした戯曲作品だった。パルチザンの妻で、タシケント師範大学朝鮮語科の教員を務めるキム・チョルジンの母親でもある彼女は、世の中をこんなに良くしてくれたレーニンに心から感謝し、モスクワにあるレーニン廟にその手で花を捧げることを生涯の願いとしている。戯曲は、そんなパク・スンネが千辛万苦《せんしんばんく》の末にレーニン廟にたどり着き、花を捧げて息絶える場面で大団円の幕を下ろす。エブセイ・ナガイは、その作品を発表してからいくらも待たずに朝鮮人民劇団の責任作家から「極星」コルホーズ人民劇場総責任者となったのだった。

「ともかくですね、あれだって私の言ったとおりだったでしょう。歯を食いしばって書き直したら、うまくいったじゃありませんか。あのときよりは今度の方がいくらか……ええ、マシかもしれませんよ」

返す言葉がなかった。エブセイ・ナガイの戯曲「母の花」の初稿には、実はレーニン像など出てこなかった。朝鮮戦争のときに行方不明になってそれっきりの夫を恋しがる母親、南向きの窓にいつも花を置く母親、故郷である南朝鮮《ナムチョソン》の春川《チュンチョン》に帰りたがっている母親が出てくるだけだった。それをレーニン像とレーニン廟に置きかえたのだった。チョン・サンジンのアドバイスに従って。

「これ以上、事を荒立てるのはよしましょうよ、先輩。あとは私がどうにかしますから……」

そんなふうに通話は終わった。

しかしエブセイ・ナガイは、まだキム・ドンヒョクに電話をかけていなかった。何度か心の準備をし、受話器を取りはしたけれど、ダイヤルを回すことがどうしてもできなかったのだ。チョン・サンジンからは毎日電話がかかってきて、電話をしたかと訊かれたが、彼はそのうち、ひたすら沈黙を返すようになった。朝鮮人作家団体セクション内で新たな決意書が準備されているだの、国営文学芸術出版社で話が進んでいた戯曲集の出版をとりあえず保留せざるを得なくなっただの、誰かがこっそりタシケント州当局に内偵を依頼しただの、さまざまな話を伝え聞いたが、エブセイ・ナガイは、すっかり気が抜けてしまったかのように何ら対応をしなかった。それは、エブセイ・ナガイ本人としても若干、意外な心境ではあった。初めのうち彼は、それが何らかの衝動のようなもの（つまり、本当に行きたくはないのに、自分がなぜ行くのかもわからないのに、にもかかわらずそのまま行く所まで行ってみよう、という気持ちのようなもの）だと思っていた。それが、時が経つにつれ、ことによるとそれは、チョン・サンジンのためではないかという疑いが頭をもたげてきた。なにか、彼によって自分の人生が操縦され、軌道修正され続けているかのような、彼なしではただの一歩も踏み出せないような、そんな状況をチョン・サンジンが作り出し、無意識のうちに楽しんでいるんじゃないか……。そんな勘ぐりは、彼と話をすればするほど膨らんでゆき、ついにエブセイ・ナガイは、チョン・サンジンからの電話を取らなくなってしまった。その頃から彼はイライラすることがめっきり増え（ペトロヴナにも隠せないほどに）、ひっきりなしに独りごとを言い、何者をも、作家らによって投稿された戯曲作品さえも、まったく信じられなくなってしまったのだった。

そんな最中に……、モスクワから情報員がやって来たのだ。

彼らを見たとき、エブセイ・ナガイの頭に浮かんだのは誰あろう、チョン・サンジンの顔だった。彼にとても会いたくなり、また彼がいますぐにでもこの場に駆けつけてくれたら、と切実に思った。しばし抱いていた疑いと衝動はすっかり消え失せ、かつての自分に戻った瞬間だった。

そんなこともあり、エブセイ・ナガイは情報員らと向き合ってからも、机の上に置かれた電話の方に目が行って仕方なく、結局こう言った。

「あの……お話の前に、電話を一本かけてもよろしいでしょうか？」

情報員たちは無表情な顔を見合わせた。

「電話ですか？　こちらは、長くなるような話でもないんですが」

「それでも……私よりは、後輩の方がもっとうまくご説明できるかと思うのですが……」

「何をです？」

「私の戯曲です。そこに含まれる両義的な意味と……。ですから、どのような社会主義的思想を表しているのか……」

ふたりの情報員は、背中をソファの背にゆったりと預けた。ずんぐりむっくりなどは、クッと笑った。

「我々は、戯曲なんかには関心がありません」

エブセイ・ナガイは、身を乗り出して訊ねた。

「じゃあ、どういったご用件で……?」

ずんぐりむっくりが手帳を覗き込みながら訊ねた。

「エブセイ・ナガイさん……。朝鮮名ではナ・ソングクさんですよね?」

*

寝つかれずに寝返りばかり打っていた夜、そんな夜を思い出しながら、聞いてくれたまえ。

情報員たちがやって来て去っていった夜、エブセイ・ナガイは、否、ナ・ソングクは、長いこと寝つかれず、ベッドでしきりと寝返りを打っていた。ベッドの脇のラジエーターから時折ごぼごぼと水の流れる音が聞こえ、どこかでゴムを燃やすような嫌なにおいがしていた。窓の外では砂嵐が吹き荒れており、古びたアパートの各棟の間に植えられているギンナラシの枝が、幼い少女の泣き声のような甲高い音を立てて絶え間なく揺れていた。タシケントの長い長い、砂漠にも似た冬の夜は、深まっていった。

これはもうミステリーとしか言いようがない。モスクワからやって来た情報員たちは彼に、いもしない息子についてしきりと訊いてきた。

「息子ですか？　いえ……。私には子どもはおりませんが？」

ナ・ソングクは手を振って否定した。大柄な情報員が手帳を見ながら重ねて訊いてくる。

「ナ・ボンマンといって……南朝鮮《ナムチョソン》にいるということですが、ご存じありませんでしたか？」

「何かの間違いでしょう。私にはとうてい何のことか……」

「一九二二年、南朝鮮京畿道加平《カピョン》のお生まれですよね？」

「それはそのとおりですが……。私には、南朝鮮であれ朝鮮《チョソン》であれ、息子などおりません」

ナ・ソングクの言葉を聞いた情報員は、手帳に何やら書き込んだ。それから、三か月前に朝鮮の平壌《ピョンヤン》で検挙されたある男の話を始めた。

「この八月、金日成《キムイルソン》大学ロシア文学部に在職していた教員がひとり、アメリカ帝国と南朝鮮の間諜であるとの疑いで、朝鮮当局によって逮捕されたのですが……、そのとき、その者の所持品の中からナ・ソングクさんに関する書類が出てきたようです。おそらくこっそりあちらの機関で調査を進めていたようなのですが……、その書類の下の方にナ・ソングクさんの息子さんの名前も出ていたんですよ」

情報員がそう言うと、ナ・ソングクはうーんと首を傾げたが、じきに首を横に振った。

「ご存じかどうかわかりませんが……、私は朝鮮の地を二度と踏むことのできない身です。ずっと前に亡命をしたので……」

「ああ、そのことなら、私どももすでに知っています。ただ、朝鮮当局から正式に要請がきまして、確認の意味で……」

情報員たちはそう言ってから、きょろきょろと事務室を見渡した。「母の花」のポスターをじっと見つめたりもした。

「さほどご心配には及びません。我々も調べるべきことは調べてから来ましたので。ただ……」

ずんぐりむっくりが、ナ・ソングクを見つめて言った。

「今後、息子さんの方から何か連絡してきたり、接触してきたりしたら、私どもに必ず通報してください。よろしいですね？　我々が常に見守っていることをお忘れなきよう」

情報員たちは、そう言い残して帰って行った。

ナ・ソングクは、ベッドの上で身を起こし、壁にもたれて座った。風の音はさらに大きくなり、床に敷かれたカーペットには月の影が長く差している。彼はゴホゴホと咳をした後で、枕元を手さぐりして煙草を一本抜き出し、口にくわえた。それから暗い窓をぼんやりと眺めた。何かの間違いだと思いながらも、彼はいくつかの可能性を検討してみた。ナ・ソングクが真っ先に思い浮かべた人物は、日本大学で一緒だったホン・セヨンだ。彼の初恋の相手であり、彼をして、両親を捨てて北に、「江東《カンドン》政治学院」に入らしめた女。骨の髄までマルクス主義者で、正式および非公認で計三回結婚した女、そしてついに自分を受け入れることのなかった女……。すでに四十年近く経っている過去……にもかかわらず、しばしばその中に身を委ねた思い出の数々を、彼は改めて思い返した。初めて出会ったときすでに既婚者だったホン・セヨン、解放政局期*に朝鮮共産党再建委員会傘下の『解放日報』の記者として自分を訪ねてきたホン・セヨン、「精版社《チョンパンサ》偽札事件*」で手配され、彼が借りていた部屋に身を隠したホン・セヨン、そのときから彼女が警察の捜査網を避けて再び北に行くまでの六か月強、彼らは生活をともにした。そのときが、ナ・ソングクの人生で唯一、異性と一緒に暮らした時期でもあった。先に行って待っているというホン・セヨンの言葉を信じ、一年後に彼が「江東政治学院」に訪ねていったとき、彼女はすでに別の男の妻となっていた。絶望した彼は、彼女への未練を捨てきれないまま朝鮮戦争に参戦し、……休戦後、彼女の後についてソ連に留学して……その後、先に帰国した彼女が粛清されたという知らせを聞き、もうどうしたらよいのかわからなくなって、結局亡命を選んでしまった……。ナ・ソングクは、続けざまにもう二本煙草を吸い、その間、ホン・セヨンのことを繰り返し考えた。ひとつ確かな事実がある。ホン・セヨンはただの一度も子どもを産んだことがない。子どもを産み育てるには彼女は忙しすぎた。常に追われていたし、それでなくともひと所に留まることのできない性格だったのだ。そして、自分もまた、ホン・セヨン以外の別の女に恋情を抱いたり愛情を感じたりすることはなかった。もちろん結婚もまた、一度もしたことがなく……。

いや、違う……。一度だけ、結婚したことがあるにはあった……。

ナ・ソングクは、きれいさっぱり忘れていたことを、いま初めて思い出した。いまとなってはかすかに輪郭が浮かぶばかりのある場面……。北に行く前、父親の意に沿ってやむなく、親を安心させるためだけに結婚したことがあったのだ。あの女、名前は何だったたっけ……。懸里《ヒョンリ》に住んでいると言ってたが……。でもまあ、形ばかりの婚姻で、ひとつ布団に入って眠ったこともないんだし。さすがにあれはしたら悪いと思ったしな……。ナ・ソングクは小さく空咳《からせき》をしながらいつしか独りごとを言っていた。

夜はだんだん深まっていったが、眠りはなかなか訪れなかった。どこからか、猫の鳴き声が聞こえ、窓枠がガタ、ガタと風に揺れていた。

いや、違う、違う……。一度だけ、夜をともにしたことがあったっけ……。

あれはおそらく、戦争が終わりかけている時分だった……。智異山《チリサン》*の南労党《ナムノダン》*側と密かに接触しようとして失敗し、北に戻る途中で、一日だけ家に泊まったことがあったんだった……。とはいえ、何事もなかったから……。あのときは、あんまり疲れていて、横になるやいなや眠ってしまったから……。隣に女がいたかいなかったか、それさえ気づかぬほどだったから……。それはともかく、あの女は再婚したのだろうか。馬鹿みたいにずっとひとりでいたってことは、まさかないだろうな……？

ナ・ソングクは夜明け頃までそんなことを考えながら、ずっと座っていた。そして一睡もできないまま出勤の支度を始めたのだが……、トイレの便器に腰を下ろしてげっそりしながら鏡を見ているうちに、自分がいますぐ解決すべきことを思いつき、過去なぞは、息子の存在なんぞは、きれいさっぱり忘れ果ててしまった。そうだ、電話をかけなければ……。事をこれ以上荒立てないよう、チョン・サンジンに言われたとおり、出勤したらまずキム・ドンヒョクに電話をしなければ……。家族がいるわけでもなし、親戚がいるわけでもなし……。この先、頼れるのは年金しかないのだから……。

ナ・ソングクは、急いでトイレの水を流した。

4

貴君の内面に潜む得体の知れぬ怪物の姿を想像しつつ、ここは腰を据えて聞いてくれたまえ。

時として、ひたすら平穏に見えた日常がビリリと音を立てて破れ、その隙間から正体不明の手がヌッと出てくることがある。どうかすると、その瞬間こそが、意識的にであれ、無意識のうちであれ、我々が隠そうと努めていた唯一の真実が目の前に現れる、辛いけれどそうそうない好機とも言える。が、多くはそこから何とかして目をそむけようとする。我々の真実というものがまた、あまりにも平然として醜悪で、背筋がゾッとするような様子をしているからだろう。問題は、その目のそむけ方だ。その手があたかも他人のもののように、自らの手ではないかのように、隙間の中にむりやり押し戻し、何重にもセメントで塗り固めてしまう。そのセメントを塗るために、我々は、我々の中のまた別の怪物を呼び出す（実のところ、その見知らぬ手はその怪物の手なのだ）。そうやって呼び出した怪物が、我々の意思とは無関係に勝手に動き回り、勝手に我々を導いていているというのに、我々は自ら怪物をコントロールしていると勘違いする。ともかく、怪物のおかげで我々は、今度も無事に真実から目をそむけることができたから。ありがたい怪物だから……。人が自分というものを見失う際の、基本公式。

何が言いたいかと言うと……、もしかしたらそのとき……安企部原州《ウォンジュ》支部の地下取調室〈3〉番部屋にいた要員たちもまた、そうして自らを失い始めていたのかも、ということだ。自分が怪物を呼び出したことにも気づかぬまま、いま目の前に真実が現れたのも認識できぬまま……、最善を尽くし……。最善を尽くして、という言葉の中にはすでにある怪物が宿っているということも知らぬまま、……彼らは最善に最善を尽くしていたのだった。

最初、ナ・ボンマンがボールペンを握って長いこと黄ばんだ藁半紙を見下ろしていたとき。その後で静かにそれを机の上に戻し、がっくりとうつむいたとき。そのときまではまだ、要員たちは事態を軽視していた。よくあることだから。供述書を書くというのは、口でしゃべるのとは大違いだから。でもこれまでは、いくらも経たないうちにみんな書き始めたし……。

手の甲が毛深い要員は、クッと笑った。

「どうした？　書かないのか？」

水道の蛇口にホースをつなげ、取調室のあちこちを掃除していたスポーツ刈りが、ちらりとナ・ボンマンに目を向けた。

「いえ、あの……そうじゃなくてですね……」

ナ・ボンマンは、さらに何かを言いかけたが、結局口をつぐんでしまった。

「お前が早く書かないと、俺らも帰れねえんだよ。お前、それを書き終わったらな、手紙も一通書くんだぞ」

手の甲が毛深い要員は、まくっていた袖を元どおりにしながら言った。しかしナ・ボンマンは、ボールペンを手に取ろうとしない。スポーツ刈りがホースを放り出してやって来て、ナ・ボンマンの頰に力任せのビンタを食らわせた。それでも彼は、石になったようにうつむいて座っているばかりだった。

「貴様、そんなことじゃ、初めからまたやり直しだぞ。わかるか？　俺たちはな、何もお前が憎くてこんなことしてるんじゃない。ここの決まりなんだ。お前らみたいなのが法廷で妙なこと言ったりしたら……、そんなことになったら、俺らが困ったことになるんだよ、とーってもな！」

手の甲が毛深い要員は、黄ばんだ藁半紙をナ・ボンマンの方へさらに押しやり、ふわあと一度あくびをした。

「それでもいいのか？　また初めからやり直しでも？」

ナ・ボンマンはそのときから、ポタポタと涙を落とし始めた。彼は肩をひく、ひくと震わせながら、時折、腕で鼻水を拭いながら、それでいてボールペンは握らずに、止めどなく涙を流し続けた。パンツ一丁で。

「だから、書けって。書けば、全部終わるんだよ」

手の甲が毛深い要員がイラついた声で言った。ナ・ボンマンの泣き声は大きくなってゆく。

「ダメだな、こいつ……。おい、また吊るすか？」

スポーツ刈りが、ナ・ボンマンの座っていた椅子を蹴飛ばした。椅子ごと床に転がったナ・ボンマンは、しかし哀願もせず、許しも一切乞おうとしないまま、さらに大きな声で泣いた。身をすくめ、ただただ体を震わせながら。


すぐに終わるかとばかり思われた、つまりほんの一時ぶら下げておきさえすれば、自ら罪を認め、おとなしく供述書を書くものとばかり思われたナ・ボンマンは、……しかし、要員たちの予想を裏切って、なんと十日も粘った。その二日目にあたる日からだった、要員たちがおかしくなり始めたのは。言うなれば、そのときからスポーツ刈りと手の甲が毛深い要員は、ナ・ボンマンではなくて自分自身と闘い始めたのだ。

誤解を避けるために言っておくと、我らが要員たちは、そのときそのときの気分によってシャワーの水圧を調節し、その日の天気によって角材のスイングの強さが変わるような、そんなアマチュアでは断じてなかった。どの部位から角材を当てるべきなのか、何秒単位で黄色いロータリークラブ創立総会記念タオルに水をたらし、また止めるべきなのか、縄の結び目はどの程度緩めにしておけば、より効果的に肉に食い込むのか、彼らはよく承知していた。どの程度の空腹が水拷問の効果を倍増させるのか、ラジオのボリュームをどの程度にしておけば、被疑者を心理的な限界に追いつめられるのか、三番と四番の頸椎《けいつい》の間とはどのあたりで、そこに下手に手を出したらどんなことになるのか、よく知っていた。言うなれば、彼らは熟練した冷蔵庫の修理工のごとく、マニュアルどおりに動くプロだった（この地の悠久の独裁の歴史によって、彼らのマニュアルはより科学的かつ具体的にレベルアップしていた。冷蔵庫の取扱説明書なんか比べものにならないほど分厚く）。レベル1で終わればよし、ダメなら2に上げること、フロンガスに問題がないなら電圧バルブを調整すること。レベル2でも落ちなければ、あれ、粘るな。おやおや、こりゃまた変わった奴だな。先天的に肺活量が多いのか？　などと言いながらレベル3に上げること。笑いながらテンションヒューズを付け替えること。それが、職場における彼らのパトス《感情》のすべてだった。

ところが、彼らが熟知していたマニュアルとパトスは、ナ・ボンマンによって滅茶苦茶にされてしまった。レベル1で終わったと確信したのに、レベル2にアップしても、はたまたレベル3に引き上げても、何ら効果がないのだ。泣きながら、ぜいぜいと荒い息を吐きながら、助けてくれと哀願しながら、供述書を書く段になると、断じて拒否する被疑者……。

時が経つにつれ、要員たちは徐々に平常心を失っていった。

ほかの部屋の要員たちはみな易々《やすやす》と供述書を書かせて帰宅したり、宿直室で睡眠不足を解消したりしていた。碁を打ちながら彼らを待つ同僚たちもいたし、杏子《あんず》の木の根元につながれた老犬の首をつかみ、「お前、きょうだいはいるのか?」などと訊ねているわけのわからない要員もいた。〈3－1〉番の部屋に入り、ガラスを通じて〈3〉番の様子をじっと見ている者もいた。手の甲が毛深い要員とスポーツ刈りは、それを直感で察した。ことによると、それが彼らをますます興奮させてしまったのかもしれない。彼らは「最善を尽くして」シャワーの水圧を上げ、ナ・ボンマンの顔から黄色のロータリークラブ創立総会記念タオルが落ちないよう、真剣に押さえた。頸椎だろうが脊椎《せきつい》だろうが、肋骨《ろっこつ》だろうが脛《すね》だろうが、委細構わず角材を振るいまくったのに、それでも供述書を書かせることができず……、彼らは結局二階に上がり、社長室のキャビネットからある装備を持ち出してきた。

彼らは初めのうちは、教育を受けたそのまま、ナ・ボンマンの両目にXの形に絆創膏を貼りつけ、足の甲からくるぶしまで、ぴっちりと包帯を巻いた。それからナ・ボンマンの全身に水を一度ぶっかけておいて、電極をバッテリーにつなげた。本来は、電極を被疑者の足の小指と薬指の間に固定してから、ゆっくりと電圧を上げてゆくのが一般的なやり方だったが、もはやそんなのは知ったことではなかった。彼らは電極をナ・ボンマンの股間に当て(ナ・ボンマンはもはやパンツまで脱がされていた)、電圧を一気にぐっと上げてしまった(彼らがどれほど興奮状態だったのかと言うと……、手の甲の毛深い要員が電極からまだ手を離しもしないうちにスポーツ刈りがレバーを上げたので、手の甲の毛がすっかり燃えてしまった。彼らはしばし、互いの胸ぐらをつかんで睨み合った）。ナ・ボンマンはうめき声ひとつ上げられずに丸太のように全身を突っ張らせ、そのまま悶絶してしまった。けれど要員たちは、そんなナ・ボンマンを見ても、まだまだ気が済まなかった。もう一度水をかけ、レバーを上げ、頰を張り、電極の位置を変える。彼らはもはや、自分たちが何をしているのかわからなくなっていた。自分がどうしたいのかわかっていない子どものように。それでだろうか、彼らは言葉も交わさなかった。

それで……それで……、どんなことが起きたとお思いか？　その次に起こったことを、お聞きになりたいか？　その次のストーリーを早くお聞きになりたい？　それについて明かすのは簡単だ（ナ・ボンマンは最後まで供述書を書かず、自らの秘密についても吐かなかった、以上）。けれど、聞いてくれたまえ。ストーリーが重要だったのは、その日のそのとき、親指と人さし指で軽くレバーをつまんでいたスポーツ刈りと手の甲の毛が全焼した要員とてご同様。彼らにとって重要だったのは因果関係であり、プロット〔物語の枠組み〕であり、なぜ、という問いに対する答え。よって彼らにとって、ナ・ボンマンの苦痛もまた、次の段階へと駒を進めるための、ひとつのストーリーにすぎなかった。苦痛は単にひとつのツール。苦痛は単にひとつの過程……。それで彼らは、留まるところを知らず突っ走ったのだ（ところで諸君、諸君らはいかがかな？　いまこの部分をどんなふうに読んでいるのかな？）。だが、聞いてくれたまえ。実際に話したり書いたりするのが難しいのは、苦痛そのものだ。ストーリーをストップさせ、プロットを停止させるような、そんな苦痛が消失した物語とは、そんな苦痛を鑑賞する物語とは、サファリバスから眺める夕映えの草原と何ら変わるところがないではないか！ 諸君らは、安楽な椅子に座り、分厚いガラス窓越しに草原を眺めたいと思われるか？ 安全でいたいと思われるのか？ ならば、次の段落は飛ばされたし。そうしたからと言って、ストーリーを追うのには何ら差し支えはないはずだから……。だからといって、裏切り者！ などと叫んだりしないし、読んでおけばよかったと後悔されるほどのシーンもないから……、そうされたらよかろう。それこそが、貴君なりの怪物の起動のさせ方だろうから。

踵《かかと》……。うむ、だから……こんな馬鹿がどこにいる、と思わずにいられない……、ナ・ボンマンの踵、その話を聞いてもらわずして、次には絶対進めない。供述書のせいで、さらに十日以上、スポーツ刈りと手の甲の毛が全焼した要員に責め立てられたナ・ボンマンの踵は、包帯を巻かれていた彼の踵は、電気が流されるたびに鉄製の椅子の脚に触れて椅子をガタガタと揺らし、電圧が上がれば上がるほど、さらに強く椅子の脚をこすり、そんなふうにして、いくらも経たないうちに包帯が血ですっかり真っ赤になってしまった（椅子の脚との摩擦、それだけによって）。けれど彼は、踵の痛みなどまったく感じなかった。そこから血が出ているのにも、椅子の脚まで赤黒く染まってしまっているのにも気づいていなかった。三日ほど経った頃からは、内腿《うちもも》と腰に巻かれていた縄が緩んだせいで、踵の位置がもう少し下がることになり、結果、レバーが上げ下げされるたびに〈3〉番の部屋のコンクリートの床には、赤黒い色をした直線と斜線が入り乱れて描かれることになった。地震を観測した波形データのような線……。これが、我々が思いめぐらすことができる、文章で記録できる、ナ・ボンマンの苦痛だ。痛みなくして生じた傷、直線と斜線で描かれた血痕。淡々とした表情でそれを水で流すスポーツ刈り……。後に、すべてが終わった後に、踵の傷がある程度癒えるや、ナ・ボンマンはそのかさぶたを自分の手で剝《は》がした。左足、右足、それぞれ横二・一センチ、縦一・一センチほどの大きさのかさぶただった（彼はそのふたつのかさぶたを剝がしながら、拷問されていたときよりもっと大きな声で泣いた）。彼はそのかさぶたを紙に包み、財布に入れて持ち歩いた。それで生涯、その苦痛を忘れることなく記憶していた。それがナ・ボンマンなりの意志だったのだ。

*

では皆の者、各自、内面の声に耳を傾けつつ聞いてくれたまえ。

バッテリーがほとんど切れるまで……、バッテリーの中の電解液が一滴残らずなくなってからも……、望むところの供述書を書かせることができなかった要員たちの心中を覗き込んでみると（ナ・ボンマンはたった一度だけ正気に戻ったとき、手をぶるぶると震わせながら、黄色い藁半紙の上に文字を書いた。……何と書いたかと、訊ねられる方はまさかおられなかろう。「鶏の丸揚げ」「鶏肉」「若鶏」「オットゥギ天ぷら油」「ビヤホール」「京郷《キョンヒャン》新聞」「毎日経済新聞」、それから「安全タクシー」。それを見たスポーツ刈りと手の甲の毛が全焼した要員はしばし沈黙した。それからやにわに机を蹴り上げ、彼を足蹴にし始めたのだが、それも無理のないことだった。彼らには、わからなかったのだから。それがナ・ボンマンの供述書だということが。ナ・ボンマンは例の秘密を最後まで口にしなかったから……)、次第に興奮は引いてゆき、そこにある種の恐怖が広がり始めていた。七人きょうだいの長男で、すぐ下のふたりを大学に通わせるために学費を稼いでいたスポーツ刈りは(言うなれば、彼は〝生計確立型〟要員だった。弟妹と両親にとって、彼は寡黙で情愛深いことこのうえない長男だった)、時間外手当と超過勤務手当などを几帳面に計算して地下取調室に入ることがしばしばあったのだが、ナ・ボンマンの場合はすでに、定められた手当の上限を超えてしまっていた。それが彼を不安にさせるひとつの要因となっていた。いかなる場合であれ職場を失うわけにいかないという強迫観念が彼にはあったからだ。そのため人が嫌がる当直や宿直を引き受けることもよくあったし、同窓会にも行かず、絶対に外食はせず、酒も飲まなかった(もちろんその歳まで恋愛ひとつしたことがなかった)。彼の唯一の楽しみは、仕事の合間の休憩時間に、弟妹の学費の領収証(彼はそれを常に財布に入れて持ち歩いていた)を取り出して眺め、その金額を全部足し合わせてみることだったのだが、そのたびに彼は、あたかも羽根枕をぎゅっと抱きしめたかのような、何か熱いものが胸いっぱいにこみ上げてくるかのような気分に包まれたものだった。そしてそのあふれんばかりの思いを抱いて、彼は再び角材を手にした……。が、ナ・ボンマンの取り調べをやり直していた十日間、彼はただの一度も領収証を眺めることができなかった。それは、超過手当を超過してから、またほかの要員たちが〈3－1〉番の部屋から自分たちを見守っているということに感づいてから、自分がしていることが実感され始めたから……、例えば自分が手にしている角材とレバーがようやく角材とレバーそのものとして目に映り始めたからだった。角材とレバーから手当を差し引いてしまうと、……なんてことだ、いま俺は何をしているんだ、俺は何だってこんなことをしているんだ、という問いがひっきりなしに彼の脳裏に浮かんでくるようになった。それで彼は、時折ぼんやりした表情で蛇口につないだホースをつかみ、同じ場所に水を撒き続けていたりした。あれ、これは何だ？　何だってこんなことに？　と考えながら……。

とはいえ、それでスポーツ刈りが、自らに強制された問いを忘れることなく、突然目の前に現れた自らの実在をじっと直視したかといえば……、そういうことは、なかった。先ほども言ったとおり、彼には六人の幼い弟妹と、トンカツうどんセットみたいに糖尿と高血圧を同時に患っている年老いた両親がいた。実のところ、彼に唐突に降って湧いた問いは、そういったあらゆる個人的な環境や過去までをも含めたものだったが、しかし彼は、それらを別々に分けて考えてしまった（我々が真実から目をそむける基本公式その二、家族のせいにする！）。それで彼は、目前に現れた自らの実在から辛くも目をそむけることができた。あわせて、一週間ほど過ぎてからは（ここがポイントなのだが）、ナ・ボンマンが本当に問題のある人物であると、本当に間諜かもしれないという声が、心の奥底でわんわんと鳴り響き始めた（彼はまったくわかっていなかったけれど、それは実は、スポーツ刈り自身が作り出した声だった）。それは、シナリオ上にのみ存在していた人物が足音を立てて現実に歩み出てきたのとも似ていて、初めのうちはその声を聞くまいとしていたスポーツ刈りも、いつしかそれに耳を傾けるようになり、しまいにはその声の言っていることを受け入れてしまった。そして、そのときになって初めて、自分がしているすべてのことに、手当なしで握った角材とレバーに納得がいった。ああ、そうだったんだ、本当に問題のある奴だったんだ……。本当に間諜だったんだな……。スポーツ刈りは最後まで、後にもっと大きな事件が起きたときも、耳を塞ぐことなくその声にしがみついていた。最善に最善を尽くして……。

手の甲の毛が全焼した要員もまた、内面から聞こえてくる声を聞きはした。けれど彼の場合は、スポーツ刈りとは少し違ったものだった。幼い頃、母親から深刻な虐待を受けながら（彼の母親は境界性パーソナリティ障害を患っていたのだが、問題は、誰も彼女が病気だと思っていなかったところにあった）成長した彼は、人にはただの一度も言ったことはないが、病理学の研究分野に含まれるような性的嗜好を多分に持った人物だった（彼の母親は時として何の理由もなく、幼い息子に対してとんでもない難癖をつけて鞭《むち》を振るった。例えば、お前が毛深いのは、いつもいけないことばかり考えているせいだ、など。それでいて叩いた後は、息子の身体にアンティプラミン軟膏〔韓国版メンソレータム〕を丁寧に塗り、性器をさすってやりながら眠った）。そんな成長過程もあってか、彼は暴行を受けている人間に性的欲望を感じるようになってしまっていたのだが、問題は仕事柄、拷問を受けている人間が周囲にあふれているということだった。被疑者が悲鳴を上げるたびに、彼の足もとにひざまずき、手を合わせて哀願するたびに、地下取調室の床を犬のように這い回りながら泣き叫ぶたびに、彼の下腹部はずしりと重くなり、耳の後ろが赤く火照ってくると同時に痺《しび》れるような感覚にとらわれた。その気分を味わいたくて、進んで地下取調室に入ったこともある。彼の興奮が最高潮に達するのは、拷問被害者が完全に自暴自棄になって供述書を書くときだった。そのときの、射精の瞬間にも似て全身の血が一か所に集まるような快感といったら……（それでしばしば彼は、拷問被害者が書いた供述書を手に、全力疾走でトイレに駆け込んで自慰をしたりもした。うーむ……、こんなことまで言っていいものやらわからないが、供述書に彼の精液が飛んでシミになるような事態も何度か発生したのだけれど……、彼の上司や検事、裁判官はみな、とくに気にも留めなかった。汗かな？　ずいぶんと頑張ったんだな、と思うぐらいで……）。

つまり、本当のことを言ってしまえば……、手の甲の毛が全焼した要員は、ナ・ボンマンを取り調べている間じゅう興奮状態だったというわけだ。それは確かな事実。ただ、興奮はしても射精はできないでいたので（言うなれば、十日も愛撫ばかりされているシチュエーション）、下腹部は突っ張り、ガスをたっぷり注入されていまにもポン！　と弾《はじ》けそうな、けれど弾けられない風船にでもなったかのような状態がずうっと続いていたというわけだ。早く、早く供述書を持ってトイレに駆け込みたい……のに、それができないのだから仕方がない。手の甲の毛が全焼した要員は、片手で下腹部をしきりとさすりながら角材を握り、レバーを上げた。そんななか、彼もまたスポーツ刈りと同様、内面からわんわんと響いてくるある声を聞いた。とはいえ彼の場合は、ナ・ボンマンとは縁もゆかりもない、仕事ともまったく関係のない、母親の声だった。自分をなじる母親の声と、自分を慰める母親の声、毛が全部燃えちゃったじゃないの、そんなに人をいじめるからよ、もう、と咎《とが》める母親の声……。手の甲の毛が全焼した要員は、その声を聞きたくなかった。消し去ってしまいたかった。それで彼は、ナ・ボンマンに対して最善を尽くした。ナ・ボンマンの口から母親の声が流れ出てきているかのように、ナ・ボンマンが母親に成り代わったかのように、情け容赦なく角材を振るい、あちこちに電極を貼りつけたのだ。そう……そういうことだったのだ。

*

内面の声なんぞは押し殺し、根気よく最後まで聞いてくれたまえ。

ふたりのうち、先に爆発したのは手の甲の毛が全焼した要員の方だった。ナ・ボンマンが供述書を書くまいと抗《あらが》い始めて十日目にあたる日の午後あたり、手の甲の毛が全焼した要員は、手にしていた角材を放り出し、椅子に縛りつけておいたナ・ボンマンの腿《もも》の上に座り（姿勢はちょっと……何だったが）、首を絞め始めた。

「書け！　書くんだよ、この野郎が！　何でもいいからとにかく書け！」

彼は両手でナ・ボンマンの首をつかみ、前後に揺すり始めた。そのせいで椅子が後ろに倒れ、手の甲の毛が全焼した要員もまたナ・ボンマンともつれ合って床に転がる羽目になったが、彼は、それでも両手に込めた力を緩めなかった。

「なぜだ、なぜ書かない！　なぜだ、なぜだ、なぜなんだ！　てめえごときが！　え！」

そのとき、やさしいチョン課長が〈3〉番部屋に入ってきて、手の甲の毛が全焼した要員の手をつかまなかったら、彼の背を叩いて落ち着かせなかったら、どんなことになっていたかわからない。手の甲の毛が全焼した要員は押しとどめるチョン課長の胸ぐらを思わずつかみ、ひとしきり彼の顔を睨みつけていたが、やがて力が抜けたように手を下ろすと、急いで〈3〉番部屋を出てどこかへ駆けて行った（おそらくトイレだったろう）。スポーツ刈りは、やさしいチョン課長が入ってくるのを見るやいなや、部屋の隅に置かれていたゴミ箱をひっくり返し、ナ・ボンマンが書いた唯一の供述書（皆さんよくご存じの、「鶏の丸揚げ」「鶏肉」「若鶏」「オットゥギ天ぷら油」「ビヤホール」「京郷新聞」「毎日経済新聞」、そして「安全タクシー」と書いたやつ）をあたふたと探し出そうとした。見つからなかったが……。

そしてナ・ボンマンは……、まったくこんな馬鹿がどこにいる、としか思えないナ・ボンマンは……、何度かゴホゴホと咳き込んだかと思うと、その後は両目を閉じ、ただ床に横たわっていた。彼はもはや、涙を流しもせず、肩を震わせもしなかった。あらゆる感覚がすべて失われてしまったかのような、床から体がすっと浮き上がるかのような感じがした。けれど、ナ・ボンマンにはわかった。何かが終わったということが。ある時間が過ぎ去ったということが。十日……丸十日という時間が流れたいま……。

そんなナ・ボンマンをただただ見下ろしていたやさしいチョン課長は……、ちょいちょいと、靴のつま先で、彼の腿をつついてみた。

＊

にわかには信じられないかもしれないが、まあ聞いてくれたまえ。

ナ・ボンマンはなぜ、彼らに自分の秘密を白状しなかったのか。どのみち彼は、やさしいチョン課長にすっかり打ち明けることになる。だったら……、スポーツ刈りや手の甲の毛が全焼した要員にさっさと言ってしまえばよかったものを、なぜ、何ゆえに十日間も、無駄に辛い思いをするという愚を犯したのだろうか。もう少し早く打ち明けていたら、少しは状況が変わったかもしれないのに。もしかしたら、電気も、踵の傷も、角材も、水責めもない、別世界のような待遇が、彼を待っていたかもしれなかったのに。

なのに、彼はそうしなかった。

ことによると……うむ、彼はその十日間、あるひとつの希望を胸に抱き続けていたのかもしれない。それが叶わないのではないか、などとはただの一瞬も疑うことなく。父親など会ったこともなく、教育や指令を受けたこともまったくなかったのだから、それらすべてが間違いなく巨大な誤解にすぎないのだから、その誤解が解けさえすれば、また以前の自分に、安全タクシーの新米運転手に戻れる……。そう信じることで彼は、奇跡としか言いようのないパワーを、勇気を、打たれ強さを発揮し得たのかもしれない。またハンドルを握り、会社に納入金を払い、白木蓮《ハクモクレン》の枝が眺められる部屋に戻りたい。そのためには何としてでもあの秘密だけは守り抜かねばと、それが、彼が唯一犯した罪なのだから、何が何でも隠さなければと思い込んでいたのかも……。ともかく彼にとっては、国家保安法より道路交通法の方が重要だったのだから……。それでこそ、我らがナ・ボンマンなのだから……。まあその希望も、やさしいチョン課長の手によってガラガラと音を立てて崩れてしまったけれど……。結局は、何をどうやったところで同じことだったのだけれども……。それでもナ・ボンマンは、嗚呼、我らがナ・ボンマンは、守り抜けるはず、との一心で、その時間を、不眠と空腹と角材と水とバッテリーの時間を、耐え抜いたのかもしれない。我々には見当もつかない、何らかの意志をもって。

＊

友との久々の再会を想像し、浮き立つような気持ちで聞いてくれたまえ。

ナ・ボンマンが安企部原州支部の地下取調室で、プラス極とマイナス極をその身をもってつなげていた頃、原州警察署情報課長のクァク・ヨンピル警正とチェ刑事は、一日に数回ずつ資材倉庫の中で落ち合い、したところで仕方のない話を、そこまでやらなくてもと思われるぐらい周囲をうかがいながら、しかも耳打ちで交わしていた（彼らは資材倉庫の外で足音がすると、示し合わせたかのように戦闘警察の盾の後ろや交通表示板の後ろに身を隠した。時として、「汽車ポッポ」遊びをしているかのような格好になる……、つまり、ひとりがひとりの腰をつかみ、息を殺してずうっとしゃがんでいることもあった。人声が遠ざかってゆくと、おほんおほん、と照れ隠しの咳払いを何度かしてから、やおら耳打ちを再開するのだった）。

例えばクァク・ヨンピル警正は、毎朝出勤するたびに、原州警察署の駐車場にとめられているナ・ボンマンのタクシーの周囲をひと回りした後（時として運転席の窓に額をつけてタクシー内部をうかがってから）、事務室に向かっていたのだが、そのためかはわからないが、一日じゅう仕事に集中できなかった（慢性の痔は……うむ……、とうてい文章では描写しかねるほどに複雑かつ深層的に悪化していた）。机の上の電話が鳴るたびに、平凡な内野フライを取り損ねた遊撃手のごとくうろたえ、誰かが所長室に入って行くのを見たりしたら最後、そわそわとその前を行ったり来たりせずにはいられない。誰だ？　何をしに入って行った？　安企部の方からまた新しいのが来たのか？　にしても何だって、こんなに長いこと出てこないんだ？　そんな独りごとをしきりとつぶやきながら。そして、外回りに出ていたチェ刑事が戻ると、待ちかねたかのようにトントンと肩を指で叩き、先に立って資材倉庫に向かうのだ。彼の望みは、事件が人知れずひっそりと立ち消えになることだったが、嗚呼……不幸なことに、チェ刑事から伝えられる情報は、期待外れのものばかりだった。クァク・ヨンピル警正の不安は、イーストがたっぷり入ったパンのように、日増しに膨れ上がっていった。正体不明の何やら大きな影のようなものが、じわじわ、じわじわと自分の方へと伸びてきているような感じとでも言おうか。

「あの先公、まだ居場所つかめてないんだろう？」

クァク・ヨンピル警正はチェ刑事の顔を見るたびに、まずその問いから投げかけた。すべての出発点はキム・サンフン、すなわち丹邱《タング》国民学校五年三組の担任、かつ妻の愛人に違いないというのが、彼の考えだった（その頃、彼が想像していた事件の輪郭というのは、大まかにこんな感じだった。諜報員であり、不純左翼勢力であるキム・サンフンは、何らかの情報を探り出すため、意図的に息子のビョンヒを二年連続で受け持ち、あわせて妻にまで接近し、包摂に成功した。その後、「釜山アメリカ大使館放火事件」が起こるや身の危険を感じ、つながりのある末端工作員であるタクシー運転手のナ・ボンマンを大胆にも情報課に出向かせて、妻のことで自分を脅迫し、何らかの取引を行おうとした。ところが、それに感づいた安企部要員が先手を打ち、すべてが水の泡となった……。時間が経つにつれ、彼はほとんどそう確信するに至っていた。とはいえ、まったく……ここだけの話だけれど……、彼はいったい自分を何様だと……、何を根拠にそんな想像をしたものか……。諜報員が、地方警察署の平凡な一課長から情報を引き出すために、二年もの間、周囲をうろついていたという発想からしてまず理解に苦しむところだが、だいたいクァク・ヨンピル警正というのは、家に帰っても会話というものをまったくしない人物だった。ただ下着を着替え、座浴をし、眠り、黙々と朝食を食べ、出勤する。それが、彼の家庭生活のすべてだったのだ。そんな彼の妻が諜報員に流すことのできる情報なんて、どだいあるのか？　座浴にかける時間？　パンツのサイズ？　でなければ、おかずは煮干しとスルメのどちらが好きかとか？　まさに荒唐無稽な妄想と言わざるを得ない。もちろんクァク・ヨンピル警正とて、少し冷静になって考えてみれば、そんな自分の想像が外れていることぐらいすぐにわかったろうが、突如露呈した妻の浮気とそれに伴う自己憐憫、そこへ相対的に膨らみ続けていった自己確信が相まって、彼は事態をまともに把握できなくなっていたのだ。……単純に言えば、自分が見たいこと、信じたいことしか目に入らない状態だったということ）。

「ええ……もう、まったく尻尾《しっぽ》を出しゃしません。やっぱり、あちら側でまず身柄を確保したのに間違いないかと。でなきゃ、こんなに……」

チェ刑事は当時、園《ウォン》洞《ドン》聖堂の主教補佐神父の密着監視はおろそかにしたまま、主に安全タクシーと丹邱国民学校、そして盤谷洞《パンゴクドン》にある安企部原州支部の正門前を一日に五、六回ずつうろつき回っていたのだが、そうやって新たにつかんだ事実も多々あった。ナ・ボンマンが警察署を訪ねる前に、彼の職場の同僚であるパク・ビョンチョルとキム・サンフンがすでに姿を消していたということ、キム・サンフンはこれまでにも、生徒の母親との関係が表沙汰になったことが幾度もあったということ（丹邱国民学校の教頭がご親切にも耳打ちしてくれた）、キム・サンフンが病気の母親の面倒を見ながら苦学したということなどだった。それらの事実をよく考え合わせ、組み合わせてみると、これはまあ、単純な不倫、単純な金銭問題にすぎぬ、情報課ではなく刑事課が担当すべき事件であることは明らかだったけれど……、その事件に安企部が割り込んできたことで、単純な不倫は国家の安寧を左右する不倫問題に、単純な金銭問題は国家を脅かす金銭問題にすり変わってしまったというわけだ。どんなに悩みに悩んでも、チェ刑事には、とうてい事件の因果関係を解くことができなかった。安企部さえ間に入ってこなかったなら、あっさりと解決する問題だったのに、こうなってしまっては、もう……。そのうえ彼は事件のいわば滑り出しの地点で、ナ・ボンマンの名を誤ってリストに加えたというミスをしでかしていたため（彼はその問題については最後まで口をつぐんでいた。すべてが終わった後も、未来永劫ずっと）、事件が複雑になればなるほどじわじわと広がってゆく不安感に苦しんでいた（言うなれば、壊れたラジオを何時間もかけて苦労して修理したら、なんてこった！　ネジがひとつ、ぽつんと残っている！　さっきは確かに見当たらなかったのに、どうしていまになって、といった気分。にもかかわらず、気づかぬふりをしてラジオの電源を入れる心境）。ことによると、それで彼は、ますます〝最善を尽くし〟て事件にしがみついたのかもしれない。もちろんクァク・ヨンピル警正の目には、明らかに並外れた同僚愛と映ったことだろうが……。

「それから、ええと……、あちら側で『兄弟の家』出身の連中も何人か引っ張ったみたいです。簡単に終わりそうには、どうにも……」

「何だって、そいつらを？」

「うーん、まあ同じような疑いじゃないでしょうか？　この事件……、思ってたよりずいぶんとデカいヤマなんですかね」

「万一、課長までとばっちりを食ったりしたら……」

「うーん……」

クァク・ヨンピル警正は、妻の浮気を知って以来、ただの一度も彼女を問いただしたり非難したりしなかったのだが、それは、これまで仕事仕事と突っ走ってきたことへの心からの反省であるとか、すべてを最初からやり直したいという無欲の、出発点に立ち返った状態だったからではない。離婚裁判で出てきうるある種の陳述に備えようとしていたからだった。彼は、今回の事件がらみで自分に火の粉が降りかかってきそうになったら、すぐさま離婚するつもりでいた。もちろんそれは、年末にある定期人事までも視野に入れた布石だ。離婚するとしても、できるだけスマートに、家庭の不和に関しては自分には落ち度がないという方向で、慰謝料や養育権については妻の側からはただのひとことも言い出せないよう、彼は前もって、入念に準備を進めていた。それでクァク・ヨンピル警正は、ナ・ボンマンに会った翌日から必ず定時に帰宅し、妻が作った夕食を食べ、普段はやらない息子の日記のチェックをするなど、家長としての役割に忠実であろうと努めた（彼は確かにじかに問いつめたり責めたりはしなかった。とはいえ、あれは実に……うーん……、これもまたオフレコでお願いしたいのだが……、その嫌味な態度たるや、筆舌に尽くしがたいものがあった。日頃は興味も示さなかった妻の着衣にふいに目を留め、「見覚えのないワンピースを着てるじゃないか。買ったのか？　誰か見せたい奴でもできたんじゃないか？」と皮肉を言うわ、座浴中に妻がタオルを渡しに来ると、「なんでこっちを見ない？　やましいことでもあるんだろう」などと言いがかりはつけるわ、……ともかくそんなふうに、一日も欠かすことなくネチネチと苛《さいな》み続けた。月日は経って一九八六年の秋、クァク・ヨンピル警正ではなく、妻のキム・ギョンアが離婚に必要な書類を裁判所に提出した。その事由欄には「非人間的な扱い」「配偶者を貶《おとし》める物言い」といった事項が記入されていた)。

クァク・ヨンピル警正は両目を閉じて頭を後ろにそらし、その姿勢のままで何事か考えに沈んでいるようだったが、しばらくして静かな声で言った。

「あのタクシー運転手が付き合ってる女だが」

「郵便局で働いてる女ですか?」

「ああ。その女もあちら側ですでに処置したのか?」

「いいえ。その女にはまだ、まったく手をつけてませんよ」

「そうか。泳がせてるってわけか」

クァク・ヨンピル警正は後ろで手を組み、資材倉庫の中を何周か回った。チェ刑事はその場に突っ立って、そんなクァク・ヨンピル警正をただぼんやりと眺めていた。煙草が吸いたい。彼は切実に思った。

「なら……その女、俺らが先に確保するか?」

「我々が、ですか?」

「単なる保険だ。俺たちだって、ただ指をくわえて見てたわけじゃないってこと、証明できなきゃマズいだろう?」

「でも、何か容疑がないと、どうにも名分が……」

チェ刑事は頭の後ろを掻きながら言った。そんなチェ刑事にクァク・ヨンピル警正がすっと顔を寄せる。

「内偵だよ、内偵者容疑……。事が終わるまで、ただ押さえておこう」

「記者連中が気づきませんかね？」

「さしあたって、地下取調室に閉じ込めておくだけでいい。連中には国家保安法がらみの被疑者だとか、適当に言って」

チェ刑事は、無意識のうちに煙草を取り出して口にくわえていた。彼は普段、クァク・ヨンピル警正の前では煙草を吸わない。で、自分の口が煙草をくわえているのに気づいても火をつけるわけにもいかず、ただ手の中の煙草の箱に目を落としていた。すると、クァク・ヨンピル警正が気づいて火をつけてくれた。

「チェ刑事、お前にも子どもがいるだろ。いま一歳だったか？　このまんま手をこまねいてて、俺らが全部ひっかぶることになったらどうするんだ」

クァク・ヨンピル警正は、チェ刑事の肩をなだめるように叩いた。チェ刑事は肺の奥深くまで煙を吸い込み、クァク・ヨンピル警正から顔をそむけて吐き出した。煙草の煙は資材倉庫の小さな窓の間から差し込む陽ざしのなか、蔦《つた》のように広がりながらゆらゆらと昇っていった。

チェ刑事が観雪洞《クァンソルドン》郵便局を目指して車を走らせたのは、その日の午後五時頃のことだった。

5

読者諸君、そろそろクライマックスに近づきつつある。心を研ぎ澄まして聞いてくれたまえ。

その日、我らがやさしいチョン課長は、横たわっているナ・ボンマンの腿《もも》をちょいちょいと靴の先でつつきながら、いったいどんなことを考えていたのだろう。

万一そのとき、我らがやさしいチョン課長が、チョン・ナムンが……、考えも悩みもクソもすべて放り出して自ら角材を振るい、レバーを上げ、首を絞めていたら、そしてそれでも気が済まず、もっと多数の要員や、さらに高い電圧、より強い水圧に、はるかに太い角材などを総動員して休む間もなく責め立てていたら、そうしていたら、ナ・ボンマンの運命は、果たしてどうなっていたのだろう（取り調べが暗礁に乗り上げると、ふつうはそういうやり方が駆使されていた）。断言はできない。できないが、彼の運命は、おそらくそこまでだったろう。あわせてこの物語もまた、ナ・ボンマンの運命とともにジ・エンドとなったはず……。まあ、事後処理には多少の手間をかける必要があったろうが（例えば、山のてっぺんからコロコロと転がして滑落死を装うとか、タクシーの運転席に座らせておいてギアをニュートラルにし、大関嶺《テグアルリョン》*のカーブを曲がり損ねて転落したふうに見せかけるとか、その辺りの山の松の枝に吊るし、足もとに適当にでっち上げた遺書を置いておくとか、どれも面倒だ、えーい埋めちまえ。孤児だし、どうせ探す者もいないだろうから……とか）、だからと言って、チョン・ナムンの運命が変わるとか、まずい立場に立たされるようなことはなかったはずだ。予想される彼の上官たちの反応は、おそらく次のふたつにひとつ。一、顔をしかめて「まったく何をやっとるんだ」とぶつぶつ言う。二、「気にするな。そんなこともあるさ」と肩を叩く。では、ほかの要員たちは？　スポーツ刈りや手の甲の毛が全焼した要員は？　宿直室でぐっすり眠るなり、弟妹の授業料の領収証を取り出して満足げに眺めるなり、急いでトイレに駆け込むなりしていたことだろう。いつもどおりに……。

でも、我らがやさしいチョン課長は、そんなやり方はしなかった。

チョン・ナムンがひと頃、小説の執筆に取り組んでいて、ヘルマン・ヘッセの『デミアン』を百回以上読んだ人物だという点を、我々は忘れてはならない（実のところ、チョン・ナムンは倒れているナ・ボンマンの腿を靴の先でツンツンとつつきながら、『デミアン』に出てくるあるフレーズを繰り返し思い浮かべていた。「きみがぼくを呼んでも、ぼくはもうそう無造作に馬や汽車で駆けつけはしない。そんなときはね、きみ自身の心に耳を傾けなければいけない」という所で、デミアンからシンクレールへの最後の言葉だ）。それはつまり、彼は人々の「内面」を理解する、非常にレアな要員だったということを意味する（「理解」するだけだったとはいえ、まあともかく）。人の心の中には善と悪が共存しているということを、時に人は神と悪魔を同時に崇拝するという秘められた事実を、彼はよく知っていた。人の心というものは、片隅に幼い子どもが膝を抱えているかと思えば、別のひと隅には皺《しわ》だらけの老人がうずくまっており、あちらに俗物的な欲望が息づいているかと思えば、こちらには純真無垢な衝動がしゃがみ込んでいる……。そういったものであることを、彼はヘルマン・ヘッセを耽読しながら悟ったのだった。また、そのしゃがみ込んでいた衝動が何かのはずみでむっくりと頭をもたげると戦争が起こり、殺人事件が起こったりするが、それでも、世のあらゆるものに終末が訪れたとしても、こつこつと我が道を行く、それこそが人間だということも、チョン・ナムンは長い要員生活を通じてよく承知していた。

何だって？　そんなによく物事をわきまえた人間が、いったいどうして人をあんなに角材で打ち据え、電気で痺《しび》れさせ、水をぶっかけたのか（もちろん指示しただけだったとはいえ）と問うなら、嗚呼、あなたもまた、純粋で清々しいヒヤシンスのような人だと言わざるを……。それは言うなれば、精神科の医師が、患者の錯乱の裏に何かさらに深いわけがあることを充分に予見しながらも、もう少し時間をかければ、より根本的な治療法を見つけ出すことができるということをよく承知していながらも、まずは取り急ぎ、プロザックやレクサプロといった強い抗鬱剤を多量に処方する、そういった行為と何ら変わることのないものだ。即効性があり、時間も節約でき、悩むこともなく、看護師も喜び、製薬会社もありがたがり、薬剤師の顔にも喜色《きしょく》があふれ、まさに世のため人のためではないか、という……。そんなことをしているうちに、患者だけでなく医師までも抗鬱剤に依存するようになって不都合が生じたら、そのときは、別の方法を考える（たいがいの医者はそんなとき、プロザックやレクサプロの用量を二倍に増やす。角材が倍に増え、電圧が倍に上がるのと同じ理屈だ）。チョン・ナムンの場合もそれと変わるところがなかった（いやいや、チョン・ナムンの場合は違うだろう。状況自体を彼が企画・制作したんじゃないか。……そう重ねて問われれば、ううむ……、この物語の筋にいままでちゃんとついてきていたのかと、もしや隠れて何か別の小説でもぱらぱらめくっていたのではないかと、怒りに震えざるを得ない。なら、鬱病の患者たちの症状は患者自らが作り出したものだというのか？　本当に、このすべてのことが百パーセント、チョン・ナムンのせいだと思われるのか？）。角材と電圧と水圧が通じないということは、何かもっと根本的な理由があるに違いないこと、彼の内面に宿っていたある種の衝動が頭をもたげたのだということ。チョン・ナムンはそれに感づいた。その〝センス〟こそが、ほかの要員には及びもつかない、『デミアン』を百回以上も読んだチョン・ナムンならではの能力だった。まあそこには、彼の「裏切りのアブラクサス」のトラウマも、当然のごとく影響を及ぼしていたけれど……。ともかく、ナ・ボンマンにとっては、それでもいくらかは幸運だったと言えるだろう。

いったい何なのだ。何のために、こんな半死半生の体になっても抗《あらが》うんだ？　チョン・ナムンはナ・ボンマンの脇にしゃがみ込み、考えに沈んだ。体のあちこちに青黒い痣《あざ》ができ、上瞼《うわまぶた》はちょうどムール貝の形にぽっこりと膨れ上がっている。手首と腰のあたりには、定規を当てて線を引いたような縄の跡が太く残っており、股間から腿《もも》のあたりには、電極の痕跡が鮮明に残っていた。それは、煤《すす》が付いているようにも、適当にくっつけられた黒い色紙のようにも見えた。鎖骨と両膝にも、いったいいつできたのやら、分厚く血が固まってできたかさぶたが色あせた姿を晒していた。それでも、生きていることは生きていた。息をするたびに肋《あばら》がかすかに上下している。左のふくらはぎが、ぶるっ、ぶるっと不規則に痙攣する。どこからか鉄のにおいが、雨にぐっしょりと濡れた屑鉄のにおいがしているようでもあった。

こいつは、ちょっと時間がかかりそうだな。チョン・ナムンは独りごとのようにつぶやいた。あたかも小説の中のデミアンのように「いくらか目をほそめ」てナ・ボンマンを見ながら。ペッ。彼はナ・ボンマンの腿のあたりに軽く唾を吐きかけてから、立ち上がった。面倒なことになったな。チョン・ナムンはポケットからハンカチを出して額と首を拭った。それから、ラジエーターの上に残っていた十枚ほどのロータリークラブ創立総会記念タオルを持ってきて、一枚一枚、ナ・ボンマンの体の上に放り始めた。

*

　誰かが意識を取り戻すのを願う心情で、落ち着いて聞いてくれたまえ。

　ナ・ボンマンは二日間、何も食べられなかった。意識もなく、ほとんど死んだようにひたすら眠っていた。時折、アッと悲鳴を上げながら虚空に向かって腕を振り回したり、急にぶるるっと手足を振るわせたかと思うと、またぐったりと伸びたりしたけれど、だいたいのところ、何事もなかったかのように、何日か残業させられた後のように、すうすうと息の音をさせて深く眠っていた。

　三日目からナ・ボンマンは眠ったり起きたりを繰り返すようになった。彼は目を開けると、ベッドの脇に吊るされた透明な点滴の瓶と、自分の体を覆っている赤いフェイクファー〔合成繊維の模造毛皮〕の布団、手首から肘《ひじ》までぐるぐると巻かれた白い包帯をぼんやりと眺め、それからまた眠りに落ちた。誰かが何度か重湯を口に入れてくれたような気がするけれど、それが夢なのか現実なのかわからなかった。眠っている間に、実にさまざまな夢を見ていたからだ。それらは目覚めとともにパアッと散ってしまい、ぼんやりとおぼろげな記憶しか残らなかったけれど、ただひとつ例外があった。キム・スニの夢……。彼女はいつものように「きよくなりたいかといわれたときー、きよくなりたいかといわれたとき―」と賛美歌を口ずさみながらナ・ボンマンのタクシーを洗っていた。水道の蛇口につなげたホースでじゃばじゃばと車体に水をかけていた彼女だったが、突如真っ青になって彼を振り返る。それで、ナ・ボンマンは見てしまう。タクシーのドアに書かれた「安全タクシー」の文字が水に流されて消えてゆくのを。彼は大慌てで駆けつけ、流れてゆく文字をつかまえようとする。けれどそのときには文字はもうひとつも残っていない。どうしよう。どうしたらいいんだろう。ナ・ボンマンはキム・スニを見つめてつぶやく。すると今度はそのキム・スニの姿がぐにゃぐにゃに歪んで消えてゆくではないか。そうして彼と社名が消えたタクシー、そのふたつだけが取り残された。どうしよう。どうしたらいいんだろう。ナ・ボンマンは、おろおろと周りを見回しながら、さっきよりずっと大きな声で言った。その声は、わんわんと響きながら広がってゆき、彼のもとへとまた戻ってくる。そこで彼は、ハッと夢から醒める。彼は目が覚めてからも、何度か小さな声でつぶやいた。どうしよう。どうしたらいいんだろう……。

*

読者諸君は前髪を八対二に分けたナイチンゲールというものを見たことまたは聞いたことがあるか？　あるわけないだろうが、まあ、そういうものが存在するとして、その姿を想像しながら聞いてくれたまえ。

ナ・ボンマンがすっかり正気を取り戻したとき、彼の目の前には胡麻塩《ごましお》頭の年配の医者が立っていた。そしてその隣には、我らがやさしいチョン課長が後ろ手を組んで、心配そうに立っていた。周囲を見回すと、そこは〈3〉番部屋だった。浴槽、鉄の机、棚の上のラジオ、みなそのまだ。ラジエーターの上に置かれたタオルも、青いタイルも、便器も……。違っているのはただひとつ、軍用ベッドがあった所に病院のベッドが運び込まれていることだけだ。産婦人科のマークがついた白いシーツが敷かれたそのベッドは、古びてあちこち錆が浮いている。ナ・ボンマンはそのベッドに寝かされていた。シーツと同じく白い枕に頭をのせて。

胡麻塩頭の医者は、老眼鏡をかけてナ・ボンマンの目と舌を調べ、黒い往診カバンから注射器を取り出した。

「三、四日、よく食べて、よく眠れば回復しますよ」

胡麻塩の医者は、無愛想な口調でチョン課長に向かって言った。彼はナ・ボンマンの尻をパンパンと叩いて注射を打った。*

「どこかほかに、異常などはないですね?」

チョン・ナムンは、ナ・ボンマンの体を覆っている赤いフェイクファーの掛布団をさりげなくめくってみた。

「うーん、脊椎《せきつい》もちょっとあれで、肋骨《ろっこつ》も少し痛めてるかな、あと脚も少し……。でもまあ、大丈夫でしょう」

「ああ、まったく、なんてひどい奴らだ……」

チョン・ナムンは親指と人さし指で眉間を揉みながら言った。

「重湯を食べさせて、とにかく排尿はさせてください。無理にでも。水薬もきちんと飲ませて」

胡麻塩の医者はその言葉を最後に、往診カバンを持って〈3〉番部屋を出て行った（この物語にほんの一瞬登場したこの胡麻塩頭の医者は、実は原州《ウォンジュ》市鶴城洞《ハクソンドン》所在のある産婦人科医院の院長だった。遺憾ながら彼は、モルヒネを打たないと眠れない、十年来の向精神薬中毒患者でもあった。中毒になり始めたのは七〇年代初頭だったのだが、その頃から彼は中央情報部、またその後を継いだ安企部に協力していた。それで、大手を振ってモルヒネの入った注射器の針を自分の腕に刺すことができたというわけだ。ただ、そのためだろうか、時折、頭がくらくらし、気が遠くなるようなこともあった。彼は、新しい医学研究書やセミナーなどは頭から無視し、ひたすらモルヒネでもって自らの医術の欠落部分を補った。それで一時、彼の病院は「子どもを産むときに痛くない病院」と言われて評判になったりもした。彼の時代が不本意な形で終わりを告げたのは、八〇年代後半。ガーゼを産婦の腹の中に置き忘れて縫合するという重大な医療ミスを起こしたことがきっかけとなった。彼は抗議する産婦の夫に、「小便を無理にでも出させなさい。そうすれば出てきます」などという頓珍漢《とんちんかん》なことを言った。そんなこんなのうちに、彼の長期にわたるモルヒネ中毒も芋づる式にバレてしまい、結局、刑務所と精神病院を行き来しながら生涯を送る羽目になった。彼はしばしば、刑務官や精神科の医者に向かって「わしがこの地の民主化にどれだけ貢献したか知らんのか！」と怒鳴った。もちろん誰も耳を貸しはしなかった）。

胡麻塩の医師が帰って行った後も、チョン・ナムンはその場に残った。彼は深いため息を吐いたりハンカチを取り出して大きな音を立てて鼻をかんだりしていたが、ふとその両手を赤いフェイクファーの布団の中に差し入れ、ナ・ボンマンの右手を握った（その瞬間、ナ・ボンマンは〝ビクッ〟とした）。チョン・ナムンは上体をかがめてナ・ボンマンの顔に顔を近づけ、小さな声で言った。

「ああ、まったく……。こんなことになってしまうなんてもう、申し訳なくて、どうにも申し訳なくて……。ただすこーし脅かすだけだって言うから、私はもう、そういうものだとばかり……。ああ、ほんとに……腹が立って、どうにも……」

ナ・ボンマンはその間、眠ったふりをしてずっと目を閉じていた。けれど、彼のふくらはぎはその意に反し、フェイクファーの布団の下でまたもやふるっ、ふるっと震え始めた。チョン・ナムンはそんなナ・ボンマンのふくらはぎをじっと見つめたが、しかし、握った手は離そうとしなかった。

翌日から、我らがやさしいチョン課長は甲斐甲斐しく立ち働き始めた。ワイシャツの袖を肘《ひじ》までまくり上げた彼は、タオルを濡らして絞り、ナ・ボンマンの額にのせてくれたり（ただ、そのタオルが、我々にとってもそうだが、ナ・ボンマンにはそれこそおなじみの、例の黄色いロータリークラブ創立総会記念タオルだったところが残念至極。ナ・ボンマンはそのタオルを見るや、無意識にふうっと息を深く吸い込んだ。いまはもう水を垂らされるわけでもないのに、習慣的に……)、ふくらはぎから腿までまんべんなくアンティプラミン軟膏を塗ってくれたりした(このときも彼はミスを犯した。薬を塗るのに情熱を傾けすぎて手が滑り、股のあたりまで塗ってしまうという……。おかげでナ・ボンマンは、また電極を付けられたのかと勘違いして、少量ながら失禁してしまった。これまた残念至極)。チョン・ナムンはもつれたナ・ボンマンの髪の毛を手ぐしで整えてやり、綿百パーセントの「白羊《ペギャン》*」製パンツを買ってきて履き替えさせてもくれた。「もう何の心配もありませんよ。何も言わなくていいですし、何も書かなくてもいい……。しばらくは、ゆっくり休んで体を回復させましょう。あの連中には私がお灸を据えておきましたから、もう二度とあんなことは起こりませんよ」

チョン・ナムンは、〈3〉番部屋にソルロンタンを手に入ってきたスポーツ刈りに向かって、「貴様、何しに来た! 早く出て行け!」と怒鳴り、それを証明して見せた。何が起こったのやらわけのわからぬスポーツ刈りは(そう、チョン・ナムンは、自分の考えを前もって誰かに説明するようなことは絶対にしないタイプだった)、ベッドにじっと横になっているナ・ボンマンに一度視線を投げ、無言で〈3〉番部屋から出て行った。そしてまたもや財布から弟妹たちの大学の授業料の領収証を取り出し、金額を全部足してみた。でも、不安はなかなかおさまらなかった。チョン・ナムンはナ・ボンマンの上半身を起こしてやり(左手で彼の腰を抱えて)、ソルロンタンのスープをすくって口に運んでやった。が、ナ・ボンマンは、何匙《さじ》かどうにか飲みくだすと、また倒れるように横たわってしまった。それでもチョン課長はタオルを顎《あご》の下あたりに当て、もうひと匙、ふた匙、流し込んでやった。

「元気を出さないと。そうしないと、おしっこも出ないし、水薬も飲めませんよ。運命もね、克服するものなんですよ……」
チョン・ナムンはナ・ボンマンの耳に口を近づけてささやいた。

胡麻塩頭の医者の診察を受けて四日ほど過ぎた頃から、ナ・ボンマンは目に見えて回復していった（胡麻塩の医者がナ・ボンマンの尻にモルヒネを打ったのか、抗生剤を打ったのか、はてさて、それは不明だが）。鼻と唇の腫れは引き、瞼《まぶた》のムール貝も小さくなって、色も薄い紫色になっていた。内腿の火傷の跡からはじくじくと膿が出始め、左膝にあった大きなかさぶたは寝ているうちに剝がれて、何かの抜け殻のようにシーツの足もとのあたりに落ちていた。彼は一日に三回、ベッドから起き上がって小便もし（チョン・ナムンは何度か下着を着替えさせてくれたが、三日目からは布のおむつを作ってきて、それでナ・ボンマンの股間を覆ってくれた。布おむつに黄色いゴム紐《ひも》。ナ・ボンマンは小便のたびに自分の腹の上で結ばれている黄色いゴム紐を見つめていた）、ベッドに腰かけて盆を腿の上にのせ、自分でソルロンタンのスープをすくって飲めるようにもなった。ナ・ボンマンはひとりでいるときは、ベッドの上にぼんやりと座って机を眺めたり、ラジエーターの上のカーテンを見つめたりしていた。全身鏡と、棚の上のラジオと、白分が入って意味もなく櫓《ろ》を漕ぐ真似をした浴槽も、じいっと、時にはぼんやりと眺めた。彼は正気を取り戻してからは、口がきけなくなったように、声帯手術を施された子犬のように、ただのひとことも発しなかった（ことによると、すでにその頃から、彼の変化は少しずつゆっくり始まっていたのかもしれない）。彼の体から剝がれ落ちたのは、かさぶただけではなかった。それは確かだったが、剝がれ落ちたもの、それが何なのか、彼にはよくわからなかった（でも……、それは考えるまでもなかろう。彼が十日の間、睡眠不足と空腹と角材と水とバッテリーの攻撃を浴びながらも守り抜いたもの、我々には想像もつかない彼なりの信念をもって守り抜いたもの。そう、彼の希望……。その希望が「放棄」と「絶望」に、その言葉の親戚筋にあたる「諦念」と「断念」に変わる過程に、彼はいたのだ。なぜそう思うのかって？　わかりきったことを訊くものじゃない。そこが〈3〉番部屋だったからだ。温かなソルロンタンが出され、安心して眠れる環境が整えられているとはいえ、ともかくそこは〈3〉番部屋に違いなかったのだから。何かわからないが、とにかく何かが完了しなければ絶対に出られないということを、ナ・ボンマンもまた徐々に悟っていったはずだからだ）。それで彼は沈黙し、ただただ〈3〉番部屋のあちこちをぼんやり眺めながら横たわっていたのだ。

そして、我らがやさしいチョン課長はというと……、ベッドの近くに椅子を引き寄せて座り、よく通る声で一行一行、『デミアン』を読み聞かせ始めた。

＊

ヘルマン・ヘッセに多少申し訳ない気持ちを抱きつつ、引き続き聞いてくれたまえ。

チョン・ナムンは毎日、昼食をとるとすぐに〈3〉番部屋の椅子に腰かけ、ナ・ボンマンに『デミアン』を読んでやった。「ここときたら、テレビもないし、ひとりでいると寂しいんじゃないかと思って……」チョン・ナムンはそう言って、ナ・ボンマンの意向など訊ねもせずに、「私の物語を述べるためには、私はずっと前の方から始めなければならない」で始まる『デミアン』の最初の一文を朗読した（それはナ・ボンマンをして、何かがまた始まるのではないかとしばし緊張させた）。彼は初日には三十ページまで、二日目にはシンクレールが肖像画を描く場面が出てくる百六ページまで読み進めた。すでに百回以上『デミアン』を読んでいるチョン・ナムンは、つかえることもなく、ページをめくるときに間があくこともなく、台詞のところは声色を変えながら（例えばシンクレールは柔らかめに、デミアンは落ち着いた感じで、クローマーはやや野卑なトーンで）、目いっぱい感情を込めて朗読した。

ナ・ボンマンは一日目は横になって聞いたが、二日目からはベッドヘッドにもたれて座り（我らがやさしいチョン課長が、そういうふうに姿勢を整えてくれた）、ヘルマン・ヘッセのソフトな文章を聞かされた。ナ・ボンマンは、チョン・ナムンが『デミアン』を読んでいる間じゅう目を伏せ、赤いフェイクファーの布団に刺繍された松の木の模様を眺めたり、右腕に巻かれた包帯をもう片方の手でそっとさすったりしていた。チョン・ナムンは本を読む合間合間にナ・ボンマンを横目でちらちらとうかがっていたが、じきに『デミアン』に溺れ込み、「わかるよ。きみは人に話し尽くせないほど、いろいろ考えているんだね」だとか、「なんと言ったって、世の中には実際現実に、禁じられた、醜いことがいろいろあるじゃないか。きみだって、まさかそうでないとは言えないだろう」といった台詞の数々を、時に「いやいや、まったく」というふうな合いの手を入れながら、朗々とした声で夢中になって読み進めた。ナ・ボンマンは、引き続き無言だった。

読み聞かせを終えると、チョン・ナムンはナ・ボンマンを元どおりベッドに寝かせ、布団をきちんと掛けてやった。そして、やさしげな声で、いつも同じことを訊ねてくる。

「そうだ、何か欲しいものはないですか?」

ナ・ボンマンは、チョン・ナムンから顔をそむけたまま、短く首を横に振る。

「ふうん、とくに食べたいものも?」

その問いにもナ・ボンマンは答えなかった。

「早く元気にならないと。そうすれば、ここのことをちゃっちゃと終えて、またハンドルだって握れるんですよ」

チョン・ナムンはそう言いながら、ナ・ボンマンの肩をポンポンと二回叩いた。ナ・ボンマンは相変わらず無反応だった。

*

愛する者によって与えられた痛みを思い起こしながら、聞いてくれたまえ。

チョン・ナムンが〈3〉番部屋で、ナ・ボンマンを相手に情熱的に『デミアン』の読み聞かせをしている頃、キム・スニは原州警察署の地下取調室にいた。連れてこられてから、すでに一週間が過ぎていた。そこの鉄製の椅子に座らされ、居眠りをしては目覚め、うつらうつらしては目覚め、という状態で、ツィン、ツィン、ツィンという響きをどうすることもできずに聞き続けていた。実はその音は、原州警察署の地下取調室から四階のトイレまでつながっている古い上水道管から出ているもので、水撃作用《ウォーターハンマー》の一種だった。水の圧力が配管を振動させることで生じるその音は、キム・スニにとっては単なる物音ではなかった。音自体が指示棒となり、拳となり、髪をつかんで揺さぶるかのような、背筋がゾッとするような未知の現象のように感じられてならなかったのだ。実際に彼女は、ツィン、ツィン、ツィンという音が響いてくるたびに、殴りつけられているような気がして、音より半拍遅れで首を、肩を、腰をビクッ、ビクッとすくませていた。そんななか、彼女は考えた。いったい何がどうしてこんなことになったのか。彼女は懸命になって『マタイによる福音書』の二十六章を思い浮かべようと努めた。『コリントの信徒への手紙』の十三章の中の、「たとえ、私に預言をする力があり、あらゆる神秘とあらゆる知識に通じていようとも、また、山を動かすだけの完全な信仰を持っていようとも、愛がなければ私は何者でもない」という使徒パウロの言葉を無意識のうちにつぶやいていたりもした。でも、そうしたからといって、何事も好転しなかった。彼女を真に苦しめていたのは、誰に何を言われたわけでもないのにすでにもう、自分のナ・ボンマンに対する認識が変わってきている……そう、そのことだった。二日に一度、地下取調室に下りてくるチェ刑事は、これといった質問をしなかった。指示棒で彼女の胸をつついたり、頬を打ったりしたことは、何度かあった。でも、そのとき以外はだいたいいつも、片手にボールペンを握り、黙って座っていた。隣の部屋から聞こえてくる誰かの悲鳴などまったく気にも留めぬ様子で、あくびなぞしていたかと思ったら、じきにまた出て行く。彼は、すべてを知っているかのようにも見えたし、これといった目的もなく、ただ時間を潰しているだけのようにも見えた。それが彼女をますます苦しめた。キム・スニは危うく何度も口に出すところだった。取調室から出て行こうとするチェ刑事にすがりついて、「私はあの人とは何の関係もありません」と……。けれどそのたびに、使徒パウロが彼女を救ってくれた。愛がなければ私は何者でもない、愛がなければ私は何者でもない……。彼女はツィン、ツィン、ツィンという音に合わせてその言葉を呪文のように繰り返し、さらに繰り返したが……、一週間が過ぎたところで悟った。自分は何者でもない、と。何者でもない、何者でもない、何者でもない……。以来、彼女はぼんやりと地下取調室の天井を眺め、口を半分がた開いた状態で日々を送るようになった。ダラダラとよだれを流して。

*

ヘルマン・ヘッセに許しを乞う気持ちで、もう少し聞いてくれたまえ。

短いな、『デミアン』は……。わずか五日も経たないうちに、チョン・ナムンは小説の最後の一文である「そうすれば、自分自身の姿が――いまはまったく彼に、私の友であり導き手である彼に似ている自分自身の姿が、見えるのである」まで読み終えてしまった。朗読を終えたチョン・ナムンは本を両手でしっかりと抱え、目まで閉じて、しばらく黙って座っていた。

「素晴らしいでしょう?」

チョン・ナムンは目を開けて言った。ナ・ボンマンはその頃、もう点滴を受けなくてもいいぐらいまでに回復していた。依然としてひとりでベッドから降りるたびに腰のあたりに痛みが感じられ、両腕を肩の高さ以上に上げることもできなかったけれど、それでも何日か前に比べれば、何もかもが楽になっていた。食事も三食、抜かずにとった。なのに、彼の顔は日増しにやつれていく。チョン・ナムンはもちろん、それに気づいていた。

「ああ、私たちもデミアンみたいな人に会えたらいいのに……。そうすれば、殻を破って空を舞うこともできるでしょうに」

チョン・ナムンはそう言って、短く笑った。彼はお定まりの質問――必要なものや食べたいものはないか、というあれをしてから、腰を上げた。

〈3〉番部屋のドアを開けて出て行こうとしていたチョン・ナムンを、ナ・ボンマンが呼び止めた。

「あのう……」

ナ・ボンマンはうつむいたまま、小さな声で言った。チョン・ナムンはその場に立ち止まってナ・ボンマンを見ていたが、やがてゆっくりとベッドの脇へ戻ってきた。チョン・ナムンはそのとき直感で察した。ナ・ボンマンがついに殻を破って出てこようとしている……。あり得ることだ。いまやナ・ボンマンも『デミアン』を読んだわけだから……。

「どうしました？　何か欲しいものでも思いつきましたか？」

チョン・ナムンは例のやさしげな声で訊いた。

「いえ、そうじゃなくて……」

ナ・ボンマンはちらっと横目でチョン・ナムンを見た。そうして右手の人さし指を赤いフェイクファーの布団の上でもぞもぞと動かし、何やら読めない文字を書いた。

「あの、だから……、それも全部……それもみんな覚えるんですか？」

「覚える？　何を覚えるんです？」

チョン・ナムンは、ベッドの方へわずかに椅子を引き寄せて座った。そして、気づいた。ナ・ボンマンの視線がラジエーターの上に置かれた『デミアン』に向かっていることに。

「これですか？　何をまた……。違いますよ」

チョン・ナムンは左手で『デミアン』を掲げた。

「ナ・ボンマンさんが、何のためにこれを覚えるんです？　これは、ただの小説ですよ……。私はただ、ナ・ボンマンさんが退屈するかと思って、それで読んだだけです。小説は覚えるものじゃあない。ただ読んで、感じるものです」

それを聞いて、ナ・ボンマンはさらに少しうつむいた。彼は、誰かがツンとつついただけでもポタポタと涙をこぼしそうな、そんな表情を浮かべていた。

「それが気になってたんですか？　ほかにはとくに何もない？」

チョン・ナムンはナ・ボンマンと目を合わせようと努めた。

「あの……僕は、いつまでここにいないといけないのか……」

ナ・ボンマンは、震える声で訊いた。

「ああ、それは、その……」

チョン・ナムンは、ベッドの下の床を見下ろしながらため息を吐いた。彼はジャケットの内ポケットに入っていた煙草を一本取り出した。

「息が詰まるでしょう？　私もそうなんですよ。でもね、これがまた、思いのほか面倒でしてね」

チョン・ナムンはナ・ボンマンにも煙草を勧めたが、彼は受け取らなかった。

「今回のことはね、ナ・ボンマンさんが供述書を書かないと終わらないんですよ。ここがもともとそうなんです。ここの人たちはみんな、それでお給料を貰ってるんですよ。ナ・ボンマンさんに申し訳ないことになったのも、みんなそのためなんです。彼らだって、ナ・ボンマンさんの供述書を取れなければ、クビを切られる立場なので……」

話しながら、チョン・ナムンはナ・ボンマンの顔をうかがい続けた。彼は煙草に火をつけるのも忘れ、ただくわえていた。

「ナ・ボンマンさんがどんな事情があって拒まれてるのか、話してくださらなきゃどうしてあげることもできませんよ。でないと、ここからも出られないし、またハンドルも握れないし……。ああ、まあ、だからって、催促してるわけじゃなくてね。ゆっくり、ゆっくり、話したくなったときに話してくだされば」

チョン・ナムンはナ・ボンマンの左の手の甲をトントンと叩いてから、立ち上がった。

「それから、これは……」

チョン・ナムンは手にしていた『デミアン』をナ・ボンマンの枕の脇に置いた。

「明日からまた読むことにしましょう。これはね、一度読んだだけじゃ良さがわからない小説なんですよ。明日からは、ナ・ボンマンさんが朗読してもいいですし。まあ、時間はたっぷりありますから……」

チョン・ナムンはナ・ボンマンに向かってにっこりと笑って見せた。そうしながら彼は、心の中で考えた。完成も近いかな。卵の殻にひびが入りだした……。

そして……現実に、チョン・ナムンの予想よりも早く、殻は「パリッ」と音を立てて割れたのだった。

身をひるがえしてドアの方へ向かいかけていたチョン・ナムンを、ナ・ボンマンがまたもや呼び止めた。

「あのう……」

ナ・ボンマンの肩は、そのときからすでに一定のリズムでわななき始めていた。彼は、枕元に置かれた『デミアン』を手に取って、チョン・ナムンに差し出した。

「これ……、いりません……」

チョン・ナムンは、ナ・ボンマンと『デミアン』を代わる代わる見つめた。『デミアン』は、ナ・ボンマンの手の上でぶるぶると震えていた。

「いりませんから……、こんなもの……」

バサッ。『デミアン』がナ・ボンマンの手を離れ、ベッドの下へと落ちた。

「僕は、……字を読むことも……書くことも、できないんです……」

ナ・ボンマンは、包帯が巻かれた腕で涙を一度拭い、また鼻も一度拭いながら、途切れ途切れに言った。

「僕は、文字を、読むことも……書くことも、できないんですよ……。だから、これ……これ、いらないって言ってるんです……」

ナ・ボンマンはついに大声で泣き出した。

ああナ・ボンマン、君って奴はほんとに……。

トイレのドアに貼りつけてあるような古今東西の格言を思い浮かべつつ、聞いてくれたまえ。

人の秘密を聞いたとき、みだりに嗤《わら》ってはならぬ。たとえそれが、何ともバカバカしくどうでもよいことで、聞いた途端に脱力するようなものであったとしても、だ。

＊

まあ、聞いてくれたまえ。

＊

その日、ナ・ボンマンの告白を聞いたチョン・ナムンは、内心ひどく当惑したけれど（それはそうだろう。彼は初め、ナ・ボンマンが何を言っているのか、その意味も把握できなかった。視力が悪いのか？　それとも指が痛くて鉛筆を握れないとか？　……一体全体、何のことだ……？　混乱しているときに、ふと……〈3〉番部屋の床に落ちた『デミアン』が目に入り、それでようやく彼の言わんとしたことを理解したのだ）……、何とか顔に出すまいと努めた。とはいえ彼は、しばし口をぽかんと開けて何も言えずにいたのだが……、じきに我に返って例のやさしげな表情を取り戻し、ナ・ボンマンの肩をトンと叩いた。そしてこう言ってしまったのだ。思わず、はずみで。

「なあんだ、それで拒んでたんですか？　あんなに頑なに？　たかだかそんなことで？　なあんだ、なら最初から言ってくれればよかったのに。そうすれば、あんな苦労しなくて済んだんですよ……。ああ、まったく、あなたって人は……」

後にチョン・ナムンは、そのひとこと（そう、「たかだかそんなこと」という）を口に出したことが、致命的な失策だったと気づく。が、そのときは、まだわかっていなかった。それで、ベッドシーツに顔をうずめてさめざめと泣いていたナ・ボンマンが顔を上げ、穴のあくほど自分を見つめているわけを、それからその顔がゆっくりとこわばっていったわけを、その心情を、その内面を、慮《おもんぱか》ることができなかったのだ。彼だって戸惑っていたから。動揺していたのだから。それは言うなれば……、デミアンがシンクレールに「実は私は文盲なんだ」と告白したようなものだったのだから。

しかし、戸惑ってしまったからといって……、また動揺してしまったからといって……、その後、我らがやさしいチョン課長がすべてを断念し、事件をスタート地点に巻き戻したかというと……、そんなことはしなかった。南に侵入した父親から『金日成選集』と『共産党宣言』と『中国革命史』を教えられた人物が、原州市付近の軍部隊の編制と兵力、対間諜作戦の状況を把握し、報告した人物が、嗚呼なんたることよ、字を読めないからといって……、横城《フェンソン》や洪川《ホンチョン》などの地に設置された無人ポストを利用して二十四回も報告を行った人物が、オーマイガッ、文字を書くこともできないからといって……、平壌《ピョンヤン》の牡丹峰《モランボン》監視所に赴いて労働党への入党願を作成した人物が〝描ける〟単語と言えば、「鶏の丸揚げ」「鶏肉」「若鶏」「オットゥギ天ぷら油」「ビヤホール」「京郷《キョンヒャン》新聞」「毎日経済新聞」、それから「安全タクシー」だけだからといって……、シナリオが変わることは、プロットが修正されることは、ついになかった。チョン・ナムンは、頭をしぼってシナリオを修正したり、腹立ちまぎれにナ・ボンマンのことを道路交通法違反に公務執行妨害まで追加して処理したりもしなかった。一日、二日と過ぎてゆくうちに、彼は困惑からも狼狽《ろうばい》からも抜け出し、平常心を取り戻して自らの業務に専念し始めた。いやはや、こんなこともあるんだな……。彼の感想は、以上のとおりだった。彼にとってはその程度のことだったのだ。チョン・ナムンが作成したシナリオは、ナ・ボンマンがナ・ソングクの指令を受けて作成した手紙を一通、主教補佐神父に渡すことで、その大団円の幕を下ろすことになっていた。それが当初からの計画だった。チョン・ナムンは前もって作成しておいたその手紙をもう一度取り出して読みながら、こんなことを考えたりもした。まあこれだって、どうせみんな書き写さなきゃならないんだから……、字なんぞ知らない方がいっそマシかもしれんな……。

　彼はうんうんとうなずいた。ナ・ボンマンの告白がらみの事態は、それで完全に幕引きとなった。そうだ、それはそうと、文字も読めないのに運転免許はまたどうやって取ったんだ？　嗚呼、なんてこった。こんなことじゃ、安心してタクシーにも乗れやしない。にしても、何にも知らない部下どもばかりが無駄な苦労をする羽目になったな……。チョン・ナムンはくすりと笑った。

6

我らがノワール主人公がその昔、レーガン大統領に送った幾通もの手紙を頭に描きつつ、丹念に読んでくれたまえ。

補佐神父様
先日、父と一緒にお会いして以来ですね。お元気でいらっしゃいましたか。
あのとき主教様と補佐神父様が施してくださいましたご厚意と真心、忘れることなくこの胸に刻んでおります。父もおふたりの勇気と決断に非常に感服致しており、おふたりにどうかよろしく伝えてほしいと申しております。

補佐神父様
多方面における厳しい状況と現実が、私たちの前に横たわっております。
ことによると、いまよりはるかに苛酷な寒さと試練が私たちを待っているのかもしれません。

ですが、補佐神父様
私はそんなときはいつも、以前、補佐神父様と議論を交わした「カインとアベル」兄弟*の話を思い起こします。
補佐神父様はあのとき、いまの時代においても依然、「カインとアベル」の物語は有効であるとおっしゃいました。私たちはみな兄弟であり、この世は恐ろしいひとりの兄と、その兄に怯えるたくさんの舎弟たちから成っているのだと。また、それこそが神の意思であるとおっしゃいました。より大きな問題は、私たち舎弟自らが兄を恐れるあまり、崇拝までするようになっている状況、神より兄を信じるようになってしまった現実を、慨嘆されたりもしていましたね。

ですが、補佐神父様
慨嘆ばかりしているには、私たち民族をとりまく昨今の状況は、いよいよ厳しさを増しています。
分断された祖国を仲たがいさせようとする、あの悪鬼のような「カイン」の謀略と横暴は、我ら朝鮮民族に自ら「カインとアベル」の惨劇を再現させるべく、ますます煽っております。

奴らの意図は明らかです。惨劇の中で恐怖を体験させること、恐怖の中で屈従の仕方を学ばせること。

補佐神父様

こんなときであるほど、良識のある人たちの実践や行動がさらに求められるのではと思われます。

早晩、父がまた補佐神父様にお目にかかりたいと申しております。

補佐神父様の英雄的かつ闘争的な活動を、心より期待しております。

「カインの日」は、もう目前です。

一九八二年六月

ナ・ボンマン 拝

チョン・ナムンはそれらの手紙に目を通しながら、何かほかに引用できそうな所でもあるかと『デミアン』を広げていた。ページをめくりながら、彼はつぶやいた。

「ふん、まあ、とくに間違ったことは言ってないな」

*

もうラストも近づいてきた。あと少しの我慢だと思って、聞いてくれたまえ。

ナ・ボンマンはその手紙を書き写しながら、何を考えていたのだろう。傍から見れば、以前と、つまり初めて〈3〉番部屋に引きずってこられたときと、とくに変わったところはなかった。彼は丸一週間かけて、チョン・ナムンに渡された供述書と手紙を机に向かって丸写しした。一日に五、六時間はその作業に費やし、それ以外の時間はひたすらじっとベッドに体を丸めて横たわっていた。彼によって生み出された書き損じ便箋は、数えきれないほどだった。彼の手が描き出す文字が、例えば子音、つまり上または左の部分が大きすぎてアンバランスだったり、または全体的にひどく左下がりになっていたりしたからだ。そんな文字で書かれた手紙を読まされたら、首だけでなく心まで左に四十五度ばかり傾いてしまいそうな。チョン・ナムンは、彼が書き写した供述書と手紙を毎回チェックし、うんうん、昨日よりはずいぶん良くなってますよ、じゃあもう一度書いてみましょうか、などと言いながら、肩を叩いた。そのたびにナ・ボンマンは無表情にボールペンを握り直し、言われるままに書き直しの作業に取りかかった。

四日目には、女がひとり、〈3〉番部屋にやって来た。「宮殿茶房《クンジョンタバン》」という文字が染め抜かれた風呂敷包みを提げていた（そう、「レジオンニ」が呼ばれてきたのだ。「宮殿茶房」という店の）。これはまあ、よく頑張ってくれてることだし、何かお返しがしたくてですね……。チョン課長はそう言いながら「レジオンニ」に椅子を勧めた。「ミス・ミン」と名乗った「宮殿茶房のレジオンニ」は、ナ・ボンマンの好みなど訊ねもせずにコーヒーを淹《い》れ始めたが、その製造法たるや……、インスタントコーヒーの粉末に砂糖四杯、粉末クリーム三杯を加え、お湯で溶くという恐ろしいもので、出来上がったのはコーヒーというよりお湯に溶いた水飴だった。そんなコーヒーもどきを淹れてしまうと、彼女は四分の四拍子のリズムでくちゃくちゃとガムを嚙みながら、机の上に散らばっているナ・ボンマンの供述書にちらちらと目をやり始めた。チョン課長はとくに咎《とが》め立てもせず、するがままにさせていた。大胆にも彼女は書き損じの一枚を手に取り、それをじっと読んでいたが、やがて少し驚いたふうにチョン課長に向かって訊ねた。

「あら、このお兄さんのお兄さんって、名前がカインなの？　在米韓国人？」

その一週間、ナ・ボンマンの書き損じは四百枚近くに及んだ。チョン課長はそのうちの一枚を手に取って、うんうん、いいですね、だいたい。あと少し頑張ってもらえれば、と言ってうなずいてみせた。ナ・ボンマンはやはり何も答えず、便箋をもう一枚取って作業を再開した。いやいや、いいんですよ。今日はもうここまでにして、休みましょう。まだ大事な仕事が残ってるんですよ。体を壊しでもしたら大変ですからね。チョン課長はそう言ってさっさと机の上を片付け始めたが、ナ・ボンマンは手を止めなかった。チョン課長は、そんな彼を満足げな表情で眺めていた。

チョン課長はご満悦だったけれど……、ことによると、そのときすでに、ナ・ボンマンの心の中ではある種の決断がなされていたのかもしれない。我々がわかり得ないある種の変化が彼の指先から始まっていて、いまや両目を閉じるたびに、ゆらゆら揺れる吊り橋が眼間《まなかい》に浮かぶようになっていたのかもしれない。彼はためらい、またためらい、けれどついにはその橋を渡ってしまって、その後は、何もかもを焼き尽くす想像に取り憑かれたのかもしれない。人の心とは計り知れないものだ。けれど、明らかなことがひとつある。ナ・ボンマンはもはや、以前の彼ではないということ。後になされた彼の選択に関し、我々が言えることはひとつだ。戦争が起き、殺人事件が起こり、世界の終焉が訪れたとしても、振り返らずに我が道を歩むこと。誰かがツンと、彼の衝動に触れたのだった。

＊

さて諸君、かなり前に出てきた場面だが、頭を振りしぼって記憶を呼び覚まし、他人同士の通話を盗み聞く気分で聞いてくれたまえ。

キム・スニは最後まで知ることはなかったろうが……、我々は知っている。ある日の夜、酒に酔ったチェ刑事がろれつの回らぬ口調で副牧師に電話をかけたことを。話の内容は週報の裏にメモされ、その後、かまどにくべられた……、だからといって、完全に消えてなくなってしまうものなど、この世にはない。秘密もまた然り。焼き捨てたからといって、それ自体が消えてしまうということはあり得ない。それが、この世の秘密に臨む小説の姿勢だ。

「その、うむ……、いまさらなぜ彼を探すんです？」

あの日のチェ刑事の第一声だった。

副牧師は答えに迷った。我々もよく知ってのとおり、すでにキム・スニに対して信徒以上の思いを抱いていたということもあって。

「それは……、まあ一応、結婚を約束していた相手でもあるし、それに……」

「彼女は知ってるんですかね、あのことを。何か聞いてますか？」

「え？　それは、どういう……」

「彼があんなふうに姿を消したからこそ、あんな程度で済んだんですよ、彼女は」

副牧師の手が止まった。書いておくべきか、彼の手に握られたペンはしばし迷うように宙に浮いていたが、結局、紙の上に降り、さらさらと走り書きした。

「彼女だけじゃない……、ほかにもいますよ、命拾いした連中がね」

「詳しくは聞いていませんが……、何やら悔しい思いをしたってことでしたが」

「悔しい思い？　フッ、そうですね。多いですよ、世の中にゃ。でもね、いま彼を見つけ出したとして、それでどうにかなるってんですか？　彼が戻ってくりゃ、全部解決、大団円、……そんなわけないでしょう！」

チェ刑事は叫ぶように言い、そのあとカーッ、ペッ！　受話器の向こうで唾を吐く音がした。

「じゃあ、彼はそれで姿を消した……？　ほかの人たちを守るために？」

「わかりませんよ、そんな。わざとそうしたのか、たまたまそうなったのか、でなきゃ、単に事故を起こしただけなのか……。わかりゃしませんよ、誰にもね」

副牧師はペンを手にしたまま、ただ黙って聞いていた。

「とはいっても、いまになっても戻ってこないとこを見りゃあ、わかりきったことじゃないですか？」

「いまも……手配中なんですよね？」

「ですからね……」

チェ刑事は何か言おうとしたが、その言葉を呑み込み、短く告げた。

「探すなと、伝えてください」

副牧師はメモを消し始めた。一行一行、線を引いて。

「事件に関与した連中……、いまも涼しい顔して、おんなじ椅子に座ってますよ」

「私もまあ、その、止めてはいるんですが……」

「彼が戻ってきたら……、またおっぱじめようとするかもしれません。……それはね、誰にもわからないことなんです」

副牧師は電話口で、ただうなずいた。

「そこのところをわかってほしいんです。彼だってわかってるから……、それで戻ってこないでいるんだって」

「その、もしかしてほかに何かわかったこと、ありますか？　その後……」

「ありません。私にできるのは、ここまでです。探しちゃいけません。彼が自分から戻ってこないかぎり……」

ふたりの通話は終わった。ひとつのエピソードのエンディング……。

7

さあ諸君、ああ、これで本当におしまいなんだな、と名残惜しい思いで聞いてくれたまえ。

当日の朝、つまり一九八二年六月二十七日午前十時頃、ナ・ボンマンは、ほぼ二か月ぶりに黄色い「安全タクシー」の制服を身に着けた。彼は、きれいに洗われ、アイロンまでかけられた会社の制服のボタンを一つひとつかけながら、片手ですっすっと胸と肩の部分を撫で下ろしてみた。シャカシャカしたナイロン特有の音と手触りが、手のひら、胸、そして脇の下を伝って全身に広がっていく。ナ・ボンマンは一瞬、どこかがつったようにピクッとした。が、すぐに何事もなかったように制服を着終え、〈3〉番部屋の鏡に全身を映してみた。髪は耳をすっかり覆うぐらいに伸び、くすんだ顔色をしている。喉仏は前より小さくなったように見え、唇は血の気がなく荒れていた。そのせいか、黄色い会社の制服がいつもより明るく鮮やかに見える。鏡の中にナ・ボンマンはおらず、身に着けた服の鮮やかな黄色だけが浮かんでいるようだった。そんな自分の姿をぼんやり眺めていたナ・ボンマンは、鼻を一度すすり上げてから鏡に背を向けた。鏡の向こうから何者かが自分を睨んでいるような気がしたからだった。

「おやまあ、これはこれは。別人ですねえ、完全に！」

チョン課長が〈3〉番部屋に入ってきた。銀縁眼鏡をサングラスにかけ替えている。手には書類封筒。ナ・ボンマンはそれが何なのか知っていた。彼が何日もかけて書き写した例の手紙。今日、園洞《ウォンドン》聖堂の主教補佐神父に渡す手はずになっている手紙だ。無言でうつむき、立ち尽くしているナ・ボンマンに、チョン課長が朗《ほが》らかに声をかけた。

「さあさあ、じゃあ出発としましょうかね。何事も最後が肝心ですから、きっちり片をつけましょうよ。わあ、いい天気ですよ、今日は！」

チョン課長の声は、柄にもなく浮かれ気味だった。

確かにその日の空は、飛行機が飛び去った名残、線状の飛行機雲がふたすじくっきりと残っているほかは雲ひとつなく、抜けるような青空が広がっていた。花壇に植えられた百日紅《サルスベリ》の葉は青々と茂り、幹を覆い隠してしまうほどの勢いだ。杏子の木も、前に見たときよりはるかに色濃く大きな影を落としている。季節はいつしか変わっていたのだ。外はもう夏の気配に満ち満ちていた。辺りいっぱいに草の香が立ち込め、気の早いトンボが飛んでいる。建物を出た所でナ・ボンマンはふと足を止め、眩《まぶ》しげに目を細めた。最後に陽ざしを見たのは、風を感じたのは、いったいいつのことだったろう……。軽いめまいを感じながら、彼は額の前に片手をかざして日よけを作り、周囲をあちこち見回しながら立ち尽くしていた。汗が背中を伝う。そして……、そして彼は……見つけた。駐車場の真ん中にとめられた黒ジープの隣にちんまりと駐車している、薄緑のポニーを。原州警察署の駐車場にとめられた「江原《カンウォン》3ナ7989」ナンバーのタクシー……。夢の中で、運転席のドアに記された「安全タクシー」の文字がするすると流れ落ちていった、あの……。ナ・ボンマンは立ち尽くしていた。自分のタクシーを睨みつけて……。彼が必死で守ろうとしたものたちと、ついにはすべてを吐き出してしまった自らの姿が、頭の中をかすめていった。それは遠い過去の記憶のようにおぼろげだった。いまや彼はこれといって感じるところもなく、運転の仕方さえもあやふやに記憶の底に沈んでいた。

そんな彼の肩をポンと叩き、チョン課長が先に立ってタクシーの方へ向かった。彼はナ・ボンマンが運転席に乗り込むまで急《せ》かしたりすることなく待ち、書類封筒をまず助手席に置いてから、自分もタクシーに乗り込んだ。

「メーターは倒して行きましょう。これだって、ある種の仕事ですしね。だったら、営業してるのと同じですから」

チョン課長は、例のあの微笑みを浮かべて言った。

安企部原州支部がある盤谷洞《パンゴクドン》から園洞《ウォンドン》聖堂に向かうタクシーの中で、チョン課長はナ・ボンマンを相手にしゃべり続けた。今回のことをつつがなく終えれば、何年かで出てこられる。多少辛いことはあるかもしれないけれど、新しい職場はきっと紹介してあげるから……。万一、自分が異動になったりしてよそにいても、部下に命じて必ず責任はとるから、とつけ加えるのも忘れず。もしかすると、アメリカに行くことになるかもしれないし……。うちには四歳になる双子がいるのだが、いまからもうハングルとアルファベットを同時に習い始めている。それにしても原州ときたら、いい幼稚園がまったくない……等々、隣でハンドルを握るナ・ボンマンの横顔に時折目をやりつつ、しゃべり通しにしゃべった。それから、まさかとは思うけれど……、いざ園洞聖堂に入ったら気が変わった、なんていうのは困りますよ。もし主教補佐神父がいなかったら、机の上にでも手紙を置いて、すぐに出てきてください。その方がむしろ都合がいいのでね。とにかく誰とも口をきいてはいけませんよ、ひとこともですよ、絶対ですよ……といった、ナ・ボンマンにとっては〈3〉番部屋にいたときから耳にタコができるほど言われていたことを、改めて言い聞かせた。

そうやってあれこれしゃべり立てていたチョン課長が、ふと思いついたように言った。タクシーは、ちょうど原州高校の前に差しかかっていた。

「あの……、ちょっとよろしいですか？　どうにも不思議で仕方がないもので……。あの、字が読めなくても、目的地まで行けるものなんですか？　看板とか、標識なんかも読まないといけないでしょう？」

そう言って、チョン課長はまたも例の笑みを浮かべた。

空は依然として青く、道端のプラタナスの葉はそよ風に吹かれて、移動する魚の群れのように一斉に同じ方向へとそよいでいた。はるか上空から飛行機が飛んでゆく音が聞こえてくる。ぼろぼろの自転車に荷を積み上げて、のろのろと漕いでゆく老人の姿が見える。

「どうなんです?」

チョン課長が重ねて問うた。

ナ・ボンマンはまったく表情を変えず、目の前のフロントガラスを睨んでいた。見慣れた風景が目の前をかすめ過ぎてゆく。タクシーは一定のスピードで走っていた。けれど彼の目には、ゆっくり、ゆっくりと流れていくように映った。音も消えていた。まるで無音のスロービデオを見ているようだった。

タクシーは南部市場ロータリーに差しかかった。そのとき、ナ・ボンマンが小さな声で言った。

「貴様は犬畜生だ……。な、名札を付けてなきゃ、それが誰なのか、わ、わからないと思うのか?」

チョン課長がゆっくりとナ・ボンマンの方に顔を向ける。ナ・ボンマンは正面に視線を戻しながら繰り返した。

「名札を付けてなきゃ、それが誰なのかわからないのかってんだよ、この犬畜生が!」

チョン課長は何か言おうとして口をつぐみ、こわばった顔を前方に向けた。何だ? 何が起きた? 変だ、何かが……、チョン課長は感じた。……が、もはや手遅れだった。

南部市場ロータリーを過ぎた所で、ナ・ボンマンはアクセルを踏みながらハンドルを右に切った。空に向かってそびえる巨大な電信柱……、ひとりで空を支えているかのような……。それが、チョン課長が最後に見たものだった。

＊

ちょっとだけ時間を割いて聞いてくれたまえ。参考までに。一九八二年六月二十八日付の地方新聞の社会面に、こんな短い記事が載っていた。後にキム・スニが見つけ出したものだ。

――タクシーが電柱に激突、運転手は重症の乗客残し逃走

タクシーが歩道の電柱に衝突し、助手席に乗っていた乗客が重傷を負う事故が発生した。運転手は乗客を放置して逃走、警察が捜査に乗り出している。二十七日午前十時半頃、安全タクシー所属のナ（二十九歳、原州市丹邱洞《タングドン》一七二の十二）が運転するタクシー（江原3ナ7989）が、ハンドルを右に切りながら歩道の電柱に突進、そのまま激突した。助手席に乗っていたチョンさん（三十五歳、原州市開運洞《ケウンドン》六五二の八、公務員）は頭や脊椎《せきつい》などに重傷を負い、意識不明の重体。事故現場は原州市開運洞八三二の十二付近で、後続車の運転手（個人タクシー運転手パク・ギボムさん、四十七歳、原州市園仁洞《ウォニンドン》二二二の五）によると、ナは事故直後に運転席から降り、足を引きずって南部市場の路地の方へ向かって行ったという。チョンさんは現在、原州基督《キリスト》病院の集中治療室で治療を受けていると……。

第Ⅲ部

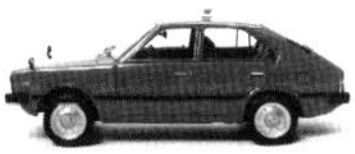

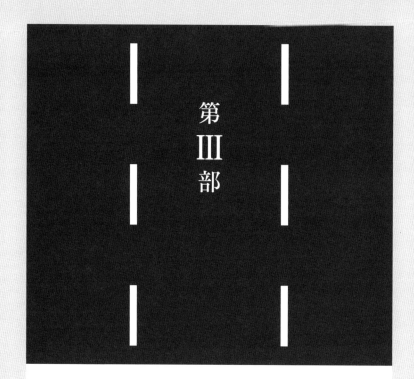

グッバイ、愛しいひと……。そんなセンチメンタルな心情で聞いてくれたまえ。

すべてが終わった。あの事件が、実はこの物語の事実上のラストだったのだ。
あの日、我らがナ・ボンマンはいったいどこへ姿をくらましたのか。足を引きずりながら、どこへ逃げたのだろうか。それからいまに至るまで、どうやって食いつないでいるのか。それらは、我々にはわかり得ないことだ（わかったら、この物語はまだまだ続くはずだ）。我々には、ただいくつかの小さな痕跡が残されているのみ……。

その痕跡の話に入る前に、ほかの登場人物たちの近況を簡略にお伝えすると……。

まず、我らがチョン課長。チョン・ナムンはあの日の事故で、脊椎《せきつい》および肋骨《ろっこつ》骨折、さらに多発性脳出血といった実にさまざまな傷を負った。救急病院に運ばれてきたときにはすでに瞳孔が開き、頭のあちこちに血が溜まった状態だった。意識も当然なく、首から下の感覚は一切ないようだったが、額の部位の傷を縫われたときに眉間に何度か皺《しわ》を寄せていた。それは彼の妻にとって、かすかな希望の火となった。それから十四年間、彼はまったく同じ姿勢のまま生き続けた。職員への待遇が手厚いことで知られる安企部は、治療費はもちろん、手取り年収のおよそ七割を月給の形で欠かさず支給した。彼の妻は、事故から三年経った頃から原州市内の個人経営の塾で英語教師として働き始め、夫の世話は介護人任せとなった。彼の双子の息子たちはなかなか勉強ができたので、ふたりとも母親の願いどおり米ニュージャージー州の大学に進学した。息子たちは中学生の頃から代わる代わる病室を訪ね、眠り続ける父親に『デミアン』を読み聞かせていたのだが、そのとき彼らは何度か目撃した。父親の両目から、つつーっと涙が流れ落ちるのを。彼が息を引き取ったのは一九九六年の十一月中旬だった。みなが寝静まった午前四時頃、彼はひとり静かにその生涯を閉じた。

スポーツ刈り。スポーツ刈りは、事故に遭ったチョン課長のもとへ、誰よりも多く足を運んだ人物だった。突然の事故の後、彼はナ・ボンマンに対する自らの確信（つまり〝本物の間諜〟だという）を人知れず、ますます強めていた。それで、血眼《ちまなこ》になって探してどうにかこうにか見つけ出したナ・ボンマンの最初の供述書（いまさら言うまでもなかろうが、一応……「鶏の丸揚げ」「鶏肉」「若鶏」「オットゥギ天ぷら油」「ビヤホール」「京郷新聞《キョンヒャン》」「毎日経済新聞」、それから「安全タクシー」）をもとに、それらの言葉に隠された意味を解明すべく、机の前に根気よく座っていたりもした（彼がその頃、頭をしぼり尽くして解き明かした「暗号文」をひとつご紹介すると、「酉年《とりどし》の青年とビヤホールで接触？」……とまあ、残念なことに箸にも棒にもかからぬようなバカバカしいものばかりだった）。彼は暗号を解くのに行きづまると必ずチョン課長を見舞い、ベッド脇の椅子に長いこと座っていた。ぼんやりと天井を見上げているチョン課長の耳もとに口を近づけ、「課長は初めから何か知ってらしたんでしょう？　そうでしょう？」と訊ねることも欠かさなかった。そして一九九一年春、彼の四番目の弟が大学生の北朝鮮訪問に関わって逮捕、収監されるという事件が起こった。彼は安企部からの半強制的な求めに応じて鉄道庁に転職したが、その後も弟妹の学費を稼ぎ出すことを生きがいとし、ついには末っ子まで全員を大学に行かせた。彼の方は結婚もせずに少し前に還暦を迎えたが、その歳になってもヘアスタイルは相変わらずスポーツ刈りだ。

手の甲が毛深い要員は一九八八年秋、安企部に辞表を出すと同時に貸金業に進出し、大いに稼ぎまくった。原州中央市場の商人たちと台庄洞《テジャンドン》米軍部隊前の自営業者を相手に日歩《ひぶ》の金を融通してやるのが彼の基本的な事業手法で、帳簿と印鑑を持って歩き回り、利子を取り立てるのを日課としていた。彼の日歩は年利率四百パーセント以上という高金利だったが、やむなく彼を頼ってくる商人は絶えることがなかった。金を借りた者が夜逃げしても、一週間以内に必ず引っ捕らえてくるテクニックの所持者としても、彼は名を馳せた。時には安企部時代の同僚をアルバイトに使ったりもしたが（夜逃げした商人を捕まえた彼がまずしたことは何か。訊くまでもなかろうが、答えは、首を絞める）。彼の事業は順調で、一九九二年には原州市丹渓洞《タンゲドン》、一九九六年には一山洞《イルサンドン》に、いずれも五階建てのビルを所有するまでになったのだが、それでも彼は、利子の取り立てを人に任せることはせず、帳簿と印鑑を手にして中央市場や台庄洞一帯を朝から歩き回った。ちなみに彼は、酒も女もやらなかった。それで、周囲の人たちからは禁欲的なピューリタンのように思われていたのだが、そんな彼の帳簿にはあちこち何やら怪しげな染みがついていた。その正体を知る者も、また取り沙汰する者もいなかったとはいえ。

彼は一九九九年の秋、スンデクッパ食堂の五十代の女店長に包丁で脇腹をメッタ刺しにされ（例によって首を絞めたからだ）、以来、若干認知症の気があるものの存命していた母親の介護を受ける羽目になってしまった。脇腹に残った傷にアンティプラミン軟膏を塗られ、「まったく、お前はいけないことばっかり考えるから……、見なさい、刺されちゃったじゃないの」などと言われて……。

それから安全タクシーの管理常務。彼こそ順風満帆。安全タクシーだけでなく、チャーターバスの会社から旅行会社まで軒並み手中に収め、ついには「会長」という肩書きを手にした。彼は、進んだアメリカ式システムを導入するという大義名分のもと、すべての事業所の社員雇用について、時給制または契約職のみとし、さらに自ら開発した社員の収益創出分析表に基づいて四半期ごとに成績を出し、下位十五パーセント内だった者を片っ端からクビにした。一方、ライバル業者に対しては、あれやこれやと難癖をつけて民事訴訟や損害賠償請求訴訟を起こし、原州という小都市を争乱と猜疑と混沌の渦に巻き込んだ一大功労者となった。突然姿を消したナ・ボンマンに対しても、「財物破損罪」で警察に告訴するとともに、裁判所に損害賠償を求める訴訟を提起した。初めは国家保安法違反の容疑で手配者となったナ・ボンマンだったが、三年後からは道路交通法違反、その公訴時効の五年が過ぎてからは、管理常務による告訴事項だけが残った（国家保安法違反は一九八五年秋、何者かの手によって密かに取り下げられていた）。つまりはナ・ボンマンが依然、警察に追われる身のままなのは、実はただただ管理常務のお陰様というわけだ。

我らが全斗煥《チョンドゥファン》将軍は、読者諸氏もよくご存じと思うが、一九九〇年代中頃に〝反乱を首魁《しゅかい》した罪〟に問われ、ベストフレンドと連れ立ってちょっとばかり刑務所に行ってきた。保釈後はというと、いまなお意気軒昂、ゴルフクラブを振るいながら達者に暮らしている。

キム・スニと副牧師。ふたりは一九八九年五月に質素な結婚式を挙げ、めでたく夫婦となった。男女ひとりずつ子どもを産み育てた彼らは、いまも江原道横城郡《カンウォンドフェンソングン》で教会を運営し、ブドウ栽培を手がけながら暮らしている。チェ刑事と話したことについて、副牧師はいまに至るまで口をつぐんだままで、キム・スニの方も、そういった話にはその後一切触れなかった。

この物語に一瞬登場したリベリアの元首「サミュエル・ドウ」は一九九〇年、反政府組織の反乱に遭い、耳を切り取られるなどのリンチにかけられたうえで、死刑に処された。

わけもわからずに安企部原州支部に引っ張られ、ナ・ボンマンの事件に連座させられた「兄弟の家」出身の兄貴たちは……、半年後にひとり、二年後にもうひとりが精神錯乱を起こして入院、うちひとりは結局自殺してしまった。

ジョージ・ブッシュ大統領父子がどうしているかは……、別に知りたくもない。

そしてナ・ボンマンは……。

我らがナ・ボンマンは……。

一通、また一通と、手紙を送り始めた。

かつての恋人からの夜更けの電話を想像しながら聞いてくれたまえ。

＊

一九八七年八月末、原州市の観雪洞《クアンソルドン》郵便局に、初めて「キム・スニ」宛ての手紙が届いて以来、驚くなかれ、ナ・ボンマンの手紙は季節ごとに必ず送られてきた。封筒には依然、送り主の住所は記されていなかったが、切手の脇の消印の文字はくっきりと見えた。手紙は、あるときは大田《テジョン》、またあるときは昌原《チャンウォン》、全羅南道《チョルラナムド》の羅州《ナジュ》から何年か続けて、それからまた群山《クンサン》、唐津《タンジン》、といったふうに、各地を転々としながら投函されていた。そんなふうに、年に四通ずつ観雪洞郵便局に届いていた手紙はしかし、キム・スニの手に渡ることはなく、手紙を開封して読んだのは、彼女の後輩と所帯を持ったちんちくりんの集配員だった（初めのうちは、えい面倒だな、などと思いながらとりあえず開けてみていたのが、そのうちに癖になってしまったのだ）。二〇〇七年の冬に彼が郵便局を定年退職する日まで、ずっと。

最初、ナ・ボンマンの手紙はとにかく短かった。ミミズがのたくったような字がいくつか、それで終わり。彼は許しを乞うていた。また、会いたい、とも。彼の字は、最初の二年ほどは小学校一年生と二年生の境界線に留まり続けたが、その後はそれなりに、どうにか読めるぐらいまで上達した（まあ、四年生ぐらいか）。そして手紙の方もその頃から、少しずつ、少しずつ長くなってくる。

彼の手紙には、「ゆで卵が食べたい」と唐突に書かれていたり、「きよくなりたいかといわれたときー、きよくなりたいかといわれたときー」などの賛美歌の歌詞を書き写したようなものもあった。でもとにかく、末尾には決まってこう記されていた。

スニさん、お元気ですか。僕は元気にしています。僕はスニさんに、本当に、心から申し訳ないと思っています。

一九九一年からだったか、一九八二年の春に起こったことについて、彼はぽつ、ぽつと伝え始めた。パク・ビョンチョルが姿を消した後、彼の部屋を探ってみたら、ビニール製の洋服ダンスから書類封筒が出てきたことと、それを持って原州警察署に行ったこと。それから、裁判所のキム・サンフンに対する判決文を苦労の末にどうにか手に入れたこと（その日の手紙には、判決文も同封されていた）、安企部原州支部の地下取調室で見た夢、夢、夢……、そのときにできた踵《かかと》の傷のことまで……。

それらについて、彼はわりあい淡々と記していた。これといった恨みつらみも、怒りも、悔恨の念も表さず。雨が降って風が吹いて雪が降って花が咲く。そんな自然現象の一部でもあるかのように、彼は書き綴っていた。でも、事故当日のことが書かれた手紙だけは、少し違っていた。その手紙の末尾に、彼はこう書いている。

何もかもあきらめたら、そしたら、すごく腹が立ちました。道路交通法のほかに、僕が違反するようなことがあるわけがないのに。スニさんには、すみません。でも、僕はただ、少し悔しかったです。スニさんの所にもう戻れないのはともかく……、道路交通法のほかに、僕が引っかかるようなことは何もないのに……。

そして彼は、やはり例のフレーズで手紙を結んでいた。

スニさん、お元気ですか。僕は元気にしています。僕はスニさんに、本当に、心から申し訳ないと思っています。

*

誰かから謝罪を受けていると想定して、聞いてくれたまえ。

ちんちくりんの集配員は、ナ・ボンマンの手紙をラーメンの入っていた段ボール箱に几帳面にしまい、玄関脇の部屋の棚にのせていた。初めは送り主に返すつもりだったのが、あれやこれやで時が経ち……、その手紙は、何者かによって繰り返し、繰り返し読まれることになる。なんと高校生になる彼の息子に。息子は大人になって小説家になった。それが誰なのかは……、言わなくとも読者諸氏には想像がおつきだろう。まあ……そういうことだ。

*

いいか諸君、あとひとつ、これひとつだけ聞いてくれたまえ。そしたら終わる。本当だ。

二〇一一年のある春の日、チェ刑事は妻と連れ立ってソウルの恵化洞《ヘファドン》にあるマロニエ公園の辺りをゆっくりとした足取りで歩いていた。東崇洞《トンスンドン》の聖堂で、つい先ほど終わったばかりの上の息子の司祭叙階式。ふたりはそれに出席し、帰宅するところだった。夫婦の上の息子は、大学に入る前から司祭の道を志しており、チェ刑事にしろ彼の妻にしろ、とくに反対する気もなかった。あの子の人生はあの子のものだし……。ふたりとも、そう考えていたからだ。けれど、いざ司祭叙階式の日取りが決まり、息子がこれからは「ガブリエル神父」になるのだと正式に告げられると、胸がキュッと締めつけられるような、またその一方で、心のどこかにぽっかりと穴があいたような気持ちに襲われた。ふたりはようやく実感したのだった。我が子が聖職者になるという、その意味を。司祭叙階式が一か月ほど先に迫った頃から、チェ刑事は炭火を熾《おこ》しながら、よく頬杖をつくようになり（彼ら夫婦はそのときもまだ「雉岳山炭焼きカルビ《チアクサン》」を続けていた）、そのせいでしょっちゅう口もとに煤をつけていた。何か大切なものを奪われるような気分にとらわれることもしばしばあった。

チェ刑事のそんな気持ちは、司祭叙階式で息子に手ずから祭衣を着せかけているまさにそのとき、ぐっとこみ上げてきた。それで彼は、危うく小声で悪態をつくところだった。天主教《カトリック》の信者になって長いとはいえ、その瞬間ばかりは、すべてをなかったことにしてしまえれば、と願った。それでも彼は、どうにか無事に式を最後まで見守った。妻の手をしっかりと握って。親子三人でせわしない昼食をとってから息子と別れ、マロニエ公園のあたりまで妻とふたりで歩いた。近くに地下鉄の駅がある。それに乗って家に帰ろうと。でも、彼ら夫婦は、駅に続く階段に足を踏み出すことができないでいた。階段を下りて地下鉄に乗ってしまったら、何かが永遠に終わりを告げてしまいそうな、そんな気がしてならなかったから。それでふたりは、マロニエ公園に設《しつら》えられたラウンド形のベンチの周りをぐるぐると回り続けていた。

春とはいえ、街路樹はいまだうら寂しい姿をしていた。だらりとネットが垂れ下がったバスケットのゴールはどこか侘《わび》しげで、アスファルトの上を占領した鳩の群れが、時に、溶けずに残った灰色の雪に見えたりもした。ひゅうっと風が吹くたびに、どこからかコーヒーの香りが漂ってくる。

コートの襟を立てて周囲を見回していたチェ刑事が、妻に顎《あご》で指し示した。

「あれ、やってみるか？」

彼が示した方角は、マロニエ公園の公衆トイレの前あたりだった。そこのレンガ造りのベンチに、肖像画を描く画家たちがいた。何人か、座って描いてもらっている。

「いいってば、いい歳して……、皺《しわ》くちゃの顔なんて、描いてもらったってしょうがないでしょ。お金の無駄遣いよ」

妻は首を横に振ったが、チェ刑事の足はすでにそちらに向かっていた。


チェ刑事は肖像画家のうち、ニット帽をかぶった男の前で立ち止まった。目は帽子に隠れてしまっていて見えなかったが、口の脇に皺が刻まれ、顎髭《あごひげ》や帽子の下から伸びる髪に白髪が交じっていることからみて、少なくともそう若くはなさそうだった。足が長く、痩せ型の男だった。

チェ刑事はまず妻をイーゼルの前に座らせた。

「皺は、実物より少なめに描いてやってもらえますか」

チェ刑事が言い、妻にパシッと手首を叩かれた。肖像画家は、声を出さずにただ軽くうなずいてみせた。チェ刑事は肖像画を描く男と折り畳み椅子に座った妻の間で手持ちぶさたに立っていた。彼は妻と、妻の顔が描かれていく画用紙を代わる代わる見ていたが、そのうち肖像画家の顔にいやに目が行き始めた。

「この仕事は、長いんですか？」

チェ刑事がさりげなく話しかけた。そのとき、ほんの一瞬だったが男とチェ刑事の目が合った。肖像画家は、画用紙の方に視線を戻した。

「まあ、結構になりますかね」

肖像画家は、ゆっくりした口調で答えた。ざらりとした低めの声だった。

「収入はどうです?」

「まあ、そこそこに……食べてはいけるぐらいには」

画用紙には、妻の瞳が描かれているところだった。人々が、ちらちらと画用紙に目をやりながら行き過ぎる。

「あの……、もしかして、どこかでお会いしたこと……なかったでしょうか?」

チェ刑事がその場にしゃがみ込んで訊いた。冷たい風がズボンの裾から入り込んでくる。

「どうでしょうねえ……。こんな所にいると、人にはまあ、たくさん会いますから……」

「そうですよね、ハハハ……。何だか見覚えがあるような気がして……」

「うーん、まあ、歳を取るとみんな同じように見えたりもしますからね」

肖像画家は手を休ませることなく答えた。チェ刑事は口をつぐみ、じっと彼の横顔を見つめた。

妻は顔を少しこわばらせ、正面を凝視して座っている。

「さあて、こんなもんでどうでしょう」

三十分ほど経ったろうか。肖像画家が消しゴムで頭の輪郭を整えながら言った。妻が折り畳み椅子から立ち上がる。ずっとしゃがみ込んでいたチェ刑事も立ち上がり、そちらへ歩み寄った。

夫婦は肖像画を手に持って、長いこと立っていた。妻の顔が、少し、また少しと赤くなっていく。

「いやあ、こりゃあ肖像画っていうよりモンタージュみたいですね」

チェ刑事が笑った。木炭と消しゴムをしまっていた肖像画家はふと手を止め、それとなく自分の描いた絵に目をやった。

「そうですか？　うーん、まあ、そうかもしれませんね」

「あ、気に入らないって言ってるんじゃありませんよ」

チェ刑事は財布から一万ウォン札を一枚出して差し出した。肖像画家は両手で丁重に紙幣を受け取った。

「ご主人は？」

「いえ。私はまた今度にします」

チェ刑事は軽く頭を下げて挨拶した。肖像画家も立ち上がって挨拶した。

チェ刑事は妻と肩を並べ、肖像画を手にして地下鉄駅に向かった。チェ刑事は途中で一度その場に立ち止まり、くるくると丸められた肖像画を広げて見た。そうして、マロニエ公園の肖像画家のいるあたりに視線を投げた。男は何事もなかったかのようにぼんやりと座っている。人間ではなく木のようにも見えた。彼は妻の手をぎゅっと握り直し、また歩き出した。

舎弟たちの世界史。

編註

第Ⅰ部

008　全斗煥《チョンドゥファン》（一九三一―）……第十一、十二代韓国大統領（在任一九八〇―一九八八年）。軍人出身で、一九七九年の朴正煕《パクチョンヒ》大統領暗殺事件の混乱を国軍保安司令官として処理し、実権を掌握、大統領に就任した。退任後、一九八〇年の光州《クァンジュ》民主化運動などに対する軍事弾圧や収賄の罪で逮捕、起訴されたが、後に特別赦免により釈放された。

009　奨忠体育館《チャンチュン》……一九六三年に建てられた韓国初の室内競技場。

010　ノワール映画……暗黒映画。すなわち、人間の悪意や暴力を描き、虚無的、悲観的、退廃的な指向性を持つ犯罪映画のこと。

010　朴正煕《パクチョンヒ》（一九一七―一九七九）……第五―九代韓国大統領（在任一九六三―一九七九年）。軍人出身。クーデターで大統領に就任し、軍事独裁体制を敷く一方で、「漢江《ハンガン》の奇跡」と呼ばれる急速な経済成長を牽引したが、一九七九年、側近に暗殺された。次女は第十八代大統領の朴槿恵《パククネ》。

011　ミニ・ミー……登場人物の八分の一サイズのクローンで身長およそ八十センチ、スキンヘッド。俳優のヴァーン・トロイヤーが演じた。

013　三清教育隊《サムチョンキョユクテ》……一九八〇年に社会浄化策の一環として軍部隊内に置かれた機関。暴力、詐欺、密輸犯などのほか、時局事犯と呼ばれる反体制の人物や無辜の市民などが送り込まれた。過酷な訓練を受けさせられ、死者および精神障害者が多数発生した。丸太を担いで行う訓練なども行われていたという。

014　拘束……日本の勾留にあたる身柄拘束手段。韓国では、日本とは異なり逮捕前置主義はなく、逮捕せずに拘束することも可能。

014　国家安全企画部……一九六一年に朴正煕によるクーデター成功の一か月後に設立された韓国中央情報部（ＫＣＩＡ）の後身組織。全斗煥政権下の一九八一年に国家安全企画部（ＡＮＳＰ）に再編された。国外情報と国内保安情報の収集、国家機密保持、内乱罪など特定犯罪の捜査を担当。本部の所在地名から通称〝南山《ナムサン》〟と呼ばれた。現在は国家情報院。

014　国家保安司令部……国軍機務司令部（二〇一八年に軍事安保支援司令部に再編）の前身。機務司令部は国防関連の機密保安業務に就く国防部直轄機関で、軍事保安の支援、防諜、軍関連諜報などの業務を遂行する。

015　文富軾《ムンブシク》（一九五九―）……一九八二年三月に起きた釜山ア

メリカ文化院放火事件の主犯。釜山生まれで、大学四年生のとき、光州事件を武力弾圧した全斗煥政権の打倒や米軍撤退等を訴えて同事件を起こす。四月に自首し、死刑判決を受けるが、特別赦免により無期懲役に減刑。一九八八年釈放。邦訳著書に『失われた記憶を求めて――狂気の時代を考える』（板垣竜太訳、現代企画室、二〇〇五年）。

015 **予備軍**……有事の際に備えた予備兵力のことで、除隊後八年以内の成人男性による予備役から成る。

016 **告解**……犯した罪について悔い改め、司祭に告白することによって神と教会から与えられる罪の赦し。洗礼を受けたカトリック教徒のみが可能で、現在では「ゆるしの秘跡」と呼ぶ。

017 **国家保安法**……大韓民国樹立直後の一九四八年に制定。反共イデオロギーに基づき、思想、言論、行動を厳しく取り締まり、おびただしい犠牲者を生んだ。

017 **教会法**……主にカトリック教会において、信徒団体の生活を規律するために神と教会から発布された権威的規範の総体として発達した法体系。

017 **情報課**……治安関連の業務を担う部署。

018 **茶房**《タバン》**のレジオンニ**……茶房はかつてのコーヒーショップ。レジオンニは若い女性従業員。インスタントコーヒー、砂糖、粉末クリームなどを風呂敷に包み、注文先を訪れてコーヒーを淹れ、話し相手をしたりもしていた。

018 **ブリーフィング**……報道機関向けの簡単な状況説明。

018 **ジャン・ヴァルジャン**……ヴィクトル・ユーゴー『レ・ミゼラブル』（一八六二年）の主人公。

019 **ポニータクシー**……ヒュンダイ・ポニーは、現代《ヒュンダイ》自動車が一九七五年から八五年まで生産していた小型乗用車で、韓国初の国産モデル。

020 **スポーク**……車輪の軸と輪とを放射状につなぐ部品。

020 **教練服**……軍事訓練で着用する迷彩柄の服。

023 **市外バス**……主に一般道を経由して中小都市などを結ぶ中距離路線バス。

026 **鶴橋**《ハクタリ》……原州市内に架かる橋。欄干に鶴の飾りがあることからそう呼ばれる。

026 **国民学校**……日本の小学校にあたる初等学校の旧称で、一九四一年から九五年まで用いられた。

035 **仏蘭西**《フランス》**式住宅**……一九七〇年代に韓国の都市部で大流行した住宅の形態。西洋風の三角屋根の二階建て家屋をそう呼んだ。

036 **オットゥギ**……一九六九年創業の韓国の代表的な食品会社。

036 **手のひらを叩く**……韓国では子どもを罰する際に、棒のようなもので手のひらを叩くことが多い。

055 **技士食堂**《キサシクタン》……タクシー運転手らを主な顧客とする食堂。

069 **盧泰愚**《ノテウ》(一九三二―)……第十三代韓国大統領(在任一九八八―一九九三年)。同国最後の軍人出身の大統領。一九七九年、全斗煥少将ら陸士の同期生と決起して軍の実権を握り、全政権成立を支えた。一九八〇年、全斗煥の後を受け軍保安司令官に就任し、翌年に政界入り。大統領退任後、全斗煥とともに収賄容疑と内乱罪、反乱罪容疑で法廷に立たされ懲役十七年の判決を受けたが、特赦により釈放。

069 **四つ星将軍**……階級章に星が四つ付いている将軍、つまり大将を指す。

074 **義務警察官**……兵役の義務を警察を補助する任務で果たしている者を指す。

078 **『アベンコ特殊空挺部隊　奇襲大作戦』**……一九八二年に公開されたイム・グォンテク(林權澤)監督による戦争アクション映画。

085 **『火の鳥』**……一九八〇年公開のイ・ギョンテ(李敬泰)監督作メロドラマ。

092 **奨学士**……教育目標、教育内容、学習指導法など、教育全般にわたり現場への指導や助言を行う教育専門職公務員。

094 **コロナ**……新進《シンジン》自動車(現韓国GM)がノックダウン生産していた自動車。

096 **対共要員**……北朝鮮のスパイや親北・容共の思想犯らを取り締まる要員。

098 **池学淳**《チハクスン》(一九二一―一九九三)……カトリック司教として奉職する間に民主化運動を率い、詩人の金芝河《キムジハ》ら多くの若者を支援。韓国民主化の主として多大な影響を及ぼした。没後、彼の意に従う人々が財団法人チ・ハクスン正義平和基金を設立し、チ・ハクスン正義平和賞を制定した。

098 **池学淳主教の投獄**……いわゆる民青学連事件。朴正熙政権下の一九七四年、民主憲政回復を主張する全国民主青年学生総連盟(民青学連)関係者ら百八十名が拘束され、非常軍法会議に起訴された。

099 **天主教**《カトリック》**正義具現司祭団**……反軍事独裁運動、民主化運動を担ったカトリック系の社会運動団体。チ・ハクスン司教の拘束を契機に一九七四年に結成された。

099 **対共分室**……一九七六年にソウルの南営洞《ナミョンドン》に竣工した建物で、民主化を求める若者たちをはじめ、多くの思想犯に過酷な拷問が行われた。一九八七年一月にここで起きたソウル大生の朴鍾哲《パクジョンチョル》拷問致死事件が民主化運動の起爆剤となった。

109 **対南放送**……北朝鮮による対南宣伝工作用の短波ラジオ放送。番組に紛れ込ませる形で乱数の工作員向け暗号指令も流れる。

112 **軍人劇場**……一九五〇年代後半から七〇年代頃にかけて、江原道《カンウォンド》や京畿道《キョンギド》の軍隊駐留地域に存在した軍人相手の映画館。地域住民も観賞できるようになっていた。

123 **拘束令状**……逮捕状を請求せずに被疑者の身柄を確保する令状。

128 **資格停止**……公務員になる資格、選挙権、被選挙権などのすべてまたは一部を一定期間停止とする刑罰。

128 **短期／長期懲役**……少年犯罪の場合は短期と長期の刑が同時に言い渡され、短期の年数を服役した後、受刑者の態度などによっては長期の刑期を満たさずに済む場合もある。

130 **紙型**《しけい》……活版印刷用の鉛版を鋳造するための紙製の鋳型。

131 **秋夕**《チュソク》……旧暦の八月十五日に祖先祭祀や墓参などを行う、一年で最も重要かつ最大の祝日。

135 **大学入学学力考査**……一九九三年以前の大学受験制度。

140 **「ソウルから平壌まで」**……タクシー運転手だったチョ・ジュヒョンが作詞、ユン・ミンソクが作曲し、一九九一年に「労働者歌謡団」が発表した歌。一九九五年にシン・ヒョンウォンが歌詞の「二万ウォン」を「五万ウォン」に変えて歌った。南北統一を願うプロテストソングとして広く歌われた。

150 **戦闘警察**……一九七一年に発足した武装警察部隊。準軍事組織として、北朝鮮工作員を摘発する武装部隊作戦戦闘警察とデモ鎮圧部隊の義務戦闘警察があったが、二〇一三年に廃止された。

第Ⅱ部

163 **開拓教会**……教会のなかった地域に新たに建てられた教会。

170 **ミスッカル**……米、もち米、麦などを炒って粉にした伝統食。お湯や牛乳などに溶いて飲む。

180 **祈禱院**……韓国には大聖堂に個室の祈禱部屋、食堂や宿舎も備えたキリスト教施設が多くあり、泊まり込みで研修等が行われる。

185 **国務会議**……日本の閣議に相当し、大統領、国務総理、国務委員で構成される。

188 **民防衛訓練《ミンバンウィ》**……北朝鮮による攻撃等の非常事態を想定し、年数回、二十分間実施される一般市民を対象とした有事訓練。

188 **セマウル運動**……朴正熙大統領の提唱で一九七〇年代に展開された「新しい村（セマウル）づくり」の地域社会開発運動。

188 **セマウル金庫**……地域密着型の小規模金融機関で、住民の経済面での向上や相互扶助を通じて地域を繁栄させることを目的とする協同組合。

188 **九老《クロ》工業団地**……主要輸出品の生産工場が集中するソウル市内の工業団地。

188 **都市産業宣教会**……労働運動を主導したプロテスタント系団体。

190 **『デミアン』**……ヘルマン・ヘッセ（一八七七―一九六二）が一九一九年に発表した作品。原題は『デミアン――エーミール・シンクレールの少年時代の物語』。以下、本書における『デミアン』からの引用は、実吉捷郎訳（岩波文庫）ならびに高橋健二訳（新潮文庫）を参照した。

190 **夜学**……労働者らを集めて、学生運動をしている大学生たちが講師となり、夜間に行われた私設教育。

191 **偽装就職**……学生運動に関わった大学生、中退者らが、労働者の意識変革や労働運動の組織化等を目的として、工場などの労働現場に履歴を隠して就職した。

191 **満月《ボルムタル》パン**……七〇年代後半から販売されている丸形の菓子パン。廉価で味も良く、庶民の間で人気を博した。

191 **アブラクサス**……選ばれし者を天国に連れて行く神霊。

202 **宋《ソン》氏一家スパイ団事件**……一九八二年、中学校の美術教師ソン・ギボク氏とその親族の二十八名が、北朝鮮に渡った父親と連絡をとってスパイ活動をしていたとされ、検挙された事件。

203 **アラム会事件**……一九八一年、とある親睦会の参加者らが、前年に起きた光州事件などの時局を語り合ったとして、反国家団体を結成した容疑にかけられた事件。

203 **五松会《オソンフェ》事件**……一九八二年に高校教師らが集い、一九六〇年四月の李承晩《イスンマン》政権に対する民衆蜂起のことや光州事件などの時局を語り合ったため、利敵団体にでっち上げられた事件。

205 **オデュッセイア**……ホメロスの作と伝えられる、前八世紀頃に成立した古代ギリシアの長編叙事詩。

208 **三選改憲**……一九六九年に行われた大韓民国憲法の第六次改憲の別称。朴正熙大統領の三選を可能にするための憲法改正だったことからそう呼ばれるようになった。

208 **維新憲法**……独裁の基盤強化を狙った朴正熙政権は、一九七二年十月に非常戒厳令を発令し、国会を解散させると同時に政党・政治活動を禁じた。これは十月維新革命と呼ばれ、その際に作られた大統領の権限を大幅に強化した改正憲法が維新憲法である。

215 **密封教育**……外部と接触を断って秘密裏に行われる教育。北朝鮮ではとくに南に送る間諜の育成時に行われる。

215 **漢拏山**《ハルラサン》……済州島にある、韓国最高峰を誇る標高一九五〇メートルの山。

216 **無人ポスト**……秘密工作を行うにあたり、じかに接触せずに文書や物品などを受け渡しするため隠匿しておく場所や施設を指す。公衆トイレ、電話ボックス、自動車、船舶などが代表的。

216 **利敵団体**……国家の存立や基本秩序を脅かす反国家団体、その構成員、その指令を受けた者の活動について同調、称揚、宣伝を行ったり騒乱を扇動する団体を指す。

216 **三千浦**《サムチョンポ》……慶尚南道の南部、釜山と光州のほぼ中間に位置する。

239 **解放政局期**……日本の敗戦に伴い、朝鮮植民地統治が終結（＝解放）した後の時期。

239 **精版社**《チョンパンサ》**偽札事件**……一九四五年十月から翌年二月にかけて、朝鮮精版社《チョソンチョンパンサ》の社長ら朝鮮共産党員が偽造紙幣を発行したとされる事件。

240 **智異山**《チリサン》……韓国南部の全羅南道、全羅北道、慶尚南道にまたがる、小白《ソベク》山脈の南端に位置する山並みの総称。

240 **南労党**《ナムノダン》……正式名は南朝鮮労働党。一九四六年に朝鮮共産党、南朝鮮新民党、朝鮮人民党の三党が合併して結成された共産主義政党。

267 **大関嶺**《テグァルリョン》……太白《テベク》山脈を越えて東西をつなぐ、江原道にある険しい峠道。

273 **お尻注射**……韓国では、針を刺す痛みをやわらげるために患者の尻を叩きながら注射を打つことが多い。

276 **白羊**《ペギャン》……一九五五年にその母体が誕生した下着や靴下などを主に作るメーカー。ＢＹＣという商標の刺繍入りで、八〇年代から九〇年代にかけて圧倒的な知名度を誇った。現在の社名はＢＹＣ。

292 **カインとアベル**……旧約聖書『創世記』に登場するアダムとイブの子。兄カインは弟アベルを妬んで殺害し、弟の居場所は知らぬと神に告げる。これは人類最初の殺人ならびに虚言とされる。ヘッセ作『デミアン』の作中において、デミアンはこの話の解釈を倒錯させ、アベルこそが臆病者だとシンクレールに伝える。

作家のことば

二〇〇九年の春に書き始めた小説を二〇一四年のそれも夏になってようやく世に送り出すことができた。

第Ⅰ部は順調だったのに、第Ⅱ部と第Ⅲ部で苦戦したのだ。

書いていたときは、なぜこうも進まないんだろうと思っていたのだが、書き上げたいまはわかる。書くに書けなかったからだと。すいすいと筆を進められるような内容ではなかったのだと。

この小説を書くにあたり、『南営洞《ナミョンドン》』（金槿泰《キムグンテ》、一九八七年、中原文化）、『控訴理由書』（共同体編集部、一九八八年、共同体）、『ソヴィエト中央アジア高麗人《コリョサラム》文学史』（金弼榮《キムピリョン》、二〇〇四年、江南大学出版部）、「東亜日報」「京郷《キョンヒャン》新聞」（一九七八年三月―一九八八年十二月）などを参考にさせていただいた。

また本作は、潭陽《タミャン》の「文章を生む家」、ソウル延禧洞《ヨニドン》の「延禧文学創作村」、茂朱《ムジュ》の「イルソンコンドミニアム」、光州鳳仙市場《クァンジュポンソンシジャン》裏の下宿部屋、朝鮮大学前のキャンパス考試院（司法試験等の受験生向け住居だが、部屋代が安いため一般人もよく利用する〕、原州《ウォンジュ》市外郭の「ファンゴルモーテル」、ウズベキスタンの首都タシケント近郊のアパートなどを転々としつつ執筆したものだ。どこの場所でもたくさんの方たちに善意で接していただいた。そのことを決して忘れることなく心に留めておきたい。

民音社のキム・ソヨンさん、いまは退職されているカン・ミヨンさん。この小説のスタートとゴールをそれぞれ伴走してくださったお二方に、心よりの感謝を申し上げる。それから、光州に引っ越してくるやいなや、タイトルからしてわかりにくい小説を読み、推薦文を書くという厄介事を引き受けてくれたヒョンチョル〔申亨澈《シンヒョンチョル》〕さんにも感謝および申し訳ない気持ちをお伝えしたい。とはいえ、解説を書いてもらいたくてわざとサッカーの試合で負けたわけでは決してない。そのことを、この場をお借りして明らかにしておく。

二〇一四年夏

イ・ギホ

解説

申《シン》亨徹《ヒョンチョル》（文学評論家、朝鮮大学校文藝創作学科教授）

歴史とは、ある人にとってはすれ違い、離れてゆく通りすがりの人にすぎない。が、別のある人にとっては詐欺師であり、ならず者であり、殺人鬼であったりもする。一九八〇年九月一日、陸軍少将だった全斗煥《チョンドゥファン》が大韓民国第十一代大統領に就任するや、検察、警察まで血眼《ちまなこ》にさせた、出世目当ての過剰な忠誠の熱気が巻き起こり、韓国全土に「アカでっち上げ」が横行した。一九八一年六月の学林《ハンニム》（ソウル）、釜林《プリム》（釜山《プサン》）といった事件を代表格とする当時の容共犯捏造の狂気は江原道原州《カンウォンドウォンジュ》をも呑み込んだ。一九八二年三月十八日に釜山アメリカ文化院放火事件を起こした文富軾《ムンブシク》と金恩淑《キムウンスク》は、原州教区の池学淳《チハクスン》主教を頼って原州に入り、四月一日に自首をした。ところが捜査当局は、関係者を見つけ出して掃討するという名分のもと、血の報復に乗り出す。原州で生まれ育ったイ・ギホは当時、十歳になるやならずの少年だった。そんな彼が二十数年後、誠実な調査に基づく事実の上に、細やかな想像を加えて編み上げたこの小説は、そんな狂気の時代に一個人の人生や夢がどんなふうに踏みにじられていったのかを描いたものだ。

つまりは、ある被疑者が自らの無辜《むこ》を立証すべく必死にあがくが、ありとあらゆる錯誤や嘘や不条理がからまる現状に屈し、ついには罪を犯してしまうという、ミラン・クンデラ（『小説の技法』）だったらカフカ的（Kafkaesque）な悪夢と表現しそうな物語だ。そんなハードな素材を扱いながらも、「ストーリーテラー」の語調と呼吸を絶妙に使いこなし、始終「悲喜劇的」としか言い得ない独特のバランスを保つのが、イ・ギホならではの持ち味だ。作家ならば、悲劇的な感傷に陥るよりは、いっそ苦痛を抱いて笑う（笑わせる）べきだというのが彼の倫理的ルールなのかもしれない。とはいえ、この小説をラストまで笑いながら読める人は、おそらくいない。後半部、錯綜する真実の前では耐えがたい怒りと悲哀を感じざるを得ないはずだ。イ・ギホの小説は、大いに笑わせてくれるが、そのぶん心を痛めさせられる。喜劇さえもがすでに悲劇の一部なのだ。読みやすく一気に読み進められるが、読後にはなかなか本を閉じることができない、深い傷を負った人間の哀しいジョークのような小説だ。

訳者あとがき

現代韓国文学界を代表する「ストーリーテラー」のひとり、イ・ギホ（李起昊）の二作目の長編となる本作『차남들의 세계사』（二〇一四年、민음사（民音社））を翻訳出版できることになり、感慨無量である。原書が韓国で出版されるやいなや購入し、夢中になって読んでから早六年もの歳月が流れてしまった。その間、イ・ギホ作品は、短編『原州《ウォンジュ》通信』（清水知佐子訳、二〇一八年、クオン）、短編集『誰にでも親切な教会のお兄さんカン・ミノ』（斎藤真理子訳、二〇二〇年、亜紀書房）と素晴らしい訳書が日本で二冊も出版され、その文学世界に浸った方も多くおられることと思う。

そんな著名な作家についていまさら訳者が紹介するのはあまりに野暮というものだろうが、簡単に紹介させていただくと、一九七二年、江原道《カンウォンド》原州《ウォンジュ》市生まれ、「李孝石《イヒョソク》文学賞」「黄順元《ファンスンウォン》文学賞」などの受賞歴多数で、小説を書く傍ら、光州《クァンジュ》大学文芸創作科の学科長を務める多忙な父親《アッパ》である。

作家が生まれ育った原州市を舞台にした本作は、二〇〇九年から二〇一〇年にかけての雑誌連載をもとにしている。全斗煥《チョンドゥファン》政権下の一九八〇年代初頭に起きた「釜山《プサン》アメリカ文化院放火事件」を題材に、まったく身に覚えのない国家保安法がらみの事件に巻き込まれてしまったごく平凡なタクシー運転手ナ・ボンマンが主人公である。軍事政権下における「国家と個人」「罪と罰」という重たいテーマを扱っているが、スピード感ある絶妙な語り口で、読者の共感を引き出していく。人生に対する鋭い洞察、鮮明なテーマ、魅力的なキャラクターによって、不条理な時代に翻弄される平凡な一市民の人生を描いた悲喜劇的な秀作だ。

作家によると、はじめは法をモチーフとした作品で、短く仕上げるつもりでいたという。ところが、執筆のために国家保安法の不適切な適用事例を調べていた際、彼はある手紙と出会ってしまう。それを書いたのは「珍島《チンド》家族間諜《かんちょう》団事件」に巻き込まれて死刑宣告を受けたキム・ジョンイン氏。裁判官に宛てた手紙で、「何の罪もない私に死刑なんて、あんまりじゃありませんか。ほかの刑にしてください」という短い内容が間違いだらけの綴《つづ》りで書かれていたそうだ。キム氏はついに死刑を執行されてしまうが、この人の存在がどの登場人物に反映されているかは言うまでもないだろう。このキム氏の手紙に胸を打たれて国家保安法違反の捏造事件について書かねばと思うに至り、ナ・ボンマンが捏造事件に巻き込まれ始めたあたりまで書いたところで、ここで話を終えてはならないという思いが頭をもたげたという。ナ・ボンマンの、キム・ジョンイン氏の、さらにはその他大勢の「舎弟たち」の物語を。そして五年という長い歳月を費やし、長編小説としてようやく完成に至る。作家いわく、文句を言われ続けながら……。本当に苦しかった、と作家は回想している。

「……第Ⅱ部と第Ⅲ部で苦戦したのだ。／書いていたときは、なぜこうも進まないんだろうと思っていたのだが、書き上げたいまはわかる。書くに書けなかったからだと。すいすいと筆を進められるような内容ではなかったのだと」（「作家のことば」より）

そんな苦労を経て世に出た本作は、イ・ギホ渾身の代表作のひとつといえよう。本書の原書は、韓国では二〇一九年までに十刷を重ねるロングセラーとなっている。

イ・ギホといえば、「ストーリーテラー」としての才能に加えて、軽妙洒脱、ユーモラスな文章がその大きな魅力なのはいまさら言うまでもないが、訳者がイ・ギホの信奉者《ファン》になったのは、とにかくその文体に魅了されたためだった。シニカルだったり自虐的だったり混ぜっ返すようだったりする、読者をして笑わずにはいられなくする表現、そして語りかけるような全体のトーン（翻訳の際、訳者が最も心を砕いたのがこの文体だった。原書の文体のテンポやリズム、絶妙な混ぜっ返しや皮肉のニュアンス……、こういったものをできるかぎり日本語の形で再現したく、力不足とはいえ、訳者なりに力を尽くしたのだが……、うーむ）。

とはいっても、笑わせているだけでは当然ない。伝えるべきことはきっちりと語りつくすし、読者を小説の中に引き込んで逃さない魔力のようなものを持っている。

本作の場合は、名付けて「～たまえ攻撃」。「聞いてくれたまえ」から始まり、話や場面が変わるごとに登場する「～たまえ」の一文が読者をぐいっとひっつかんで離さない。そのうえ、「（ところで諸君、諸君らはいかがかな？　いまこの部分をどんなふうに読んでいるのかな？）」などというように、括弧を活用して奇襲攻撃を仕掛けてきたりもする。他人事だと思ってぼんやり読んでるんじゃないぞ、と読者にガツンと喝を入れてくるのだ。これではもう逃げられない。

……話は突然変わるが、まあ我慢して聞いてくれたまえ（ご不快になられた方は、どうぞこの訳者あとがきの部分だけ破り取ってくれたまえ。……しつこい！　という声が聞こえてくるようだが……）。

先ほど、執筆に長い時間を要したという苦労話を紹介したが、それと関連し、イ・ギホの小説について訳者が考えていることをひとつお聞き願いたい。難しいことを難しく書くのはたやすいが、難しいことをわかりやすく書くのは難しいとよくいわれる。その言葉とイ・ギホの小説には通じるところがあると思っている。暗く重苦しい内容を暗く重苦しく書くよりも、ユーモラスに書く方がはるかに厳しく苦しい作業になるはずだと。作家は八〇年代という暗黒の時代をそっくりその身に受け入れて完全に消化したうえで、さまざまな登場人物を生み出し、その人生を創り上げる（もちろん考え抜いた末に。例えばキム・スニの決定について、作者は何度も何度も自問自答したそうだ。結果、キム・スニは楽にしてあげるべきだ、ナ・ボンマンを何十年も待ち続けさせるのは可哀相だという結論に至ったとインタビューで語っていた。キム・スニの人物像を客観的に見て、それが彼女のためなのだと思おうと努めたと）。そして、それらをひとつの物語として編み上げ、ユーモラスな文体に変換して吐き出す。もちろん一気にではなく、苦しみながら少しずつ、少しずつ……。そんな作業が苦しくないわけがない。
本作で作家として一皮剝《む》けた気がする、と述べる一方で、これから小説を書くときに本作ぐらい長い時間を費やして考え抜く時間を与えてもらえるかが不安だ、と語っていたイ・ギホだが、その後も快調にイ・ギホ節で飛ばし続けている。この調子で今後もさらに一皮、二皮と剝け続けながら、愉快で真摯な作品を生み出し続けてくれることを期待してやまない。

最後に、この作品を目に留めて出版の機会をくださった新泉社編集部の安喜健人さん、版権交渉の労をとってくださり、二〇一九年秋の第一回「K－BOOKフェスティバル」に作家を招聘していただいたクオン／K－BOOK振興会の皆さん、そして来日イベントの際に本作を紹介する時間を与えてくださった亜紀書房の斉藤典貴さんと翻訳家の斎藤真理子さん、翻訳・出版をご支援いただいた韓国文学翻訳院と常に適切なサポートをしてくださる担当の李善行《イソンネ》さん、それから訳者の些細な（というより馬鹿な）質問にまで優しく答えてくださったイ・ギホ先生に、心よりの感謝を申し上げたい。

二〇二〇年五月
小西直子

〔著者〕

イ・ギホ（李起昊／이기호／LEE Ki-ho）

一九七二年、江原道《カンウォンド》原州《ウォンジュ》市生まれ。

秋渓芸術大学文芸創作学科卒業、明知大学文芸創作学科大学院で博士課程を修了。

現職は光州《クァンジュ》大学文芸創作学科教授。

一九九九年、短編「バニー」が文学誌『現代文学』に掲載され、文壇デビュー。

二〇一〇年に李孝石《イヒョソク》文学賞、二〇一三年に金承鈺《キムスンオク》文学賞、二〇一四年に韓国日報文学賞、二〇一七年に黄順元《ファンスンウォン》文学賞を受賞。短編集に『チェ・スンドク聖霊充満記』『ワタワタしてるうちに嗚呼やっぱり』『キム博士とは誰なのか?』、長編作に『謝るのは得意』『モギャン面放火事件顚末記』などがある。

邦訳書に『誰にでも親切な教会のお兄さんカン・ミノ』（斎藤真理子訳、亜紀書房）、『原州通信』（清水知佐子訳、クオン）。

〔訳者〕

小西直子（こにしなおこ／KONISHI Naoko）

日韓通訳・翻訳者。

静岡県生まれ。立教大学文学部卒業。八〇年代中頃より独学で韓国語を学び、一九九四年、延世大学韓国語学堂に語学留学。以後、韓国在住。高麗大学教育大学院日本語教育科修了、韓国外国語大学通訳翻訳大学院韓日科修士課程卒業（通訳翻訳学修士）。現在は韓国で通訳・翻訳業に従事。

訳書にイ・ドゥオン『あの子はもういない』（文藝春秋）、キム・ジュンヒョク『ゾンビたち』（論創社）、金学俊《キムハクジュン》『独島《ドクト》研究』（共訳、論創社）。

韓国文学セレクション
舎弟たちの世界史

2020年8月20日　初版第1刷発行©

著　者＝イ・ギホ（李起昊）
訳　者＝小西直子
発行所＝株式会社 新 泉 社
〒113-0033 東京都文京区本郷2-5-12
振替・00170-4-160936番　TEL 03 (3815) 1662　FAX 03 (3815) 1422
印刷・製本　萩原印刷

ISBN978-4-7877-2023-8 C0097

韓国文学セレクション　夜は歌う

キム・ヨンス著　橋本智保訳　四六判／三二〇頁／定価二三〇〇円＋税／ISBN978-4-7877-2021-4

詩人尹東柱《ユンドンジュ》の生地としても知られる満州東部の「北間島《プッカンド》」（現中国延辺朝鮮族自治州）。現代韓国を代表する作家キム・ヨンスが、満州国が建国された一九三〇年代の北間島を舞台に、愛と革命に引き裂かれ、国家・民族・イデオロギーに翻弄された若者たちの不条理な生と死を描いた長篇作。韓国でも知る人が少ない「民生団事件」（共産党内の粛清事件）という、日本の満州支配下で起こった不幸な歴史的事件を題材とし、その渦中に生きた個人の視点で描いた作品。極限状態に追いつめられた人間は精神の自由を保ち続けられるのか、人間は国家や民族やイデオロギーの枠を超えた自由な存在となりえるのか、人が人を愛するとはどういうことなのか、それらの普遍的真理を小説を通して探究している。

韓国文学セレクション　ぼくは幽霊作家です

キム・ヨンス著　橋本智保訳　四六判／二八〇頁／定価二二〇〇円＋税／ISBN978-4-7877-2024-5

九本の短篇からなる本作は、韓国史についての小説であり、小説についての小説である。キム・ヨンスの作品は、歴史に埋もれていた個人の人生から〈歴史〉に挑戦する行為、つまり小説の登場人物たちによって〈歴史〉を解体し、〈史実〉を再構築する野心に満ちた試みとして存在している。本作で扱われる題材は、伊藤博文を暗殺した安重根、一九三〇年代の京城（ソウル）、朝鮮戦争に従軍する延辺の朝鮮族、そして現代のソウルに生きる男女などである。だが時代背景を忘れてしまいそうなほど、そこに生きる個人の内面に焦点が当てられ、時代と空間はめまぐるしく変遷していく。彼の作品は、歴史と小説のどちらがより真実に近づけるのかを洞察する壮大な実験の場としてある。

韓国文学セレクション

ギター・ブギー・シャッフル

イ・ジン著　岡 裕美訳

四六判／二五六頁／定価二〇〇〇円＋税／ISBN978-4-7877-2022-1

新世代の実力派作家が、韓国にロックとジャズが根付き始めた一九六〇年代のソウルを舞台に、龍山《ヨンサン》の米軍基地内のクラブステージで活躍する若きミュージシャンたちの姿を描いた音楽青春小説。朝鮮戦争など歴史上の事件を絡めながら、K－POPのルーツといえる六〇年代当時の音楽シーンの混沌と熱気を軽快な文体と巧みな心理描写でリアルに描ききった、爽やかな読後感を残す作品。米軍内のクラブで演奏するためのオーディションシステムや熾烈な競争、当時の芸能界に蔓延していた麻薬と暴力についての描写はリアリティがあり、当時の風俗を知る貴重な資料として読み解くこともできる。作家チャン・ガンミョンが激賞し、第五回「秀林文学賞」を受賞した話題作。

韓国文学セレクション

我らが願いは戦争

チャン・ガンミョン著　小西直子訳　近刊

『韓国が嫌いで』を発表して話題を呼んだ新聞記者出身の作家、チャン・ガンミョンによる長篇作。北朝鮮の金王朝が勝手に崩壊する――。韓国で現在、最善のシナリオとみなされている状況が〝現実〟になった後の朝鮮半島という仮想の世界を舞台に繰り広げられる社会派アクション小説。仮想の現実とはいえ、朝鮮半島の実情や人々の認識、社会的背景がよく反映されていて読みごたえがあり、元記者ならではの簡潔明瞭かつ疾走感あふれる文章とストーリー展開で、大部の長篇ながらも読者を一気に引き込む力を持つ力作。二〇一六年、朝鮮日報「今年の作家賞」、東亜日報「今年の小説賞」受賞作。

目の眩んだ者たちの国家

キム・エラン、キム・ヨンス、パク・ミンギュ、ファン・ジョンウンほか著　矢島暁子訳

四六判上製／二五六頁／定価一九〇〇円＋税／ISBN978-4-7877-1809-9

傾いた船、降りられない乗客たち――。

国家とは、人間とは、人間の言葉とは何か。韓国を代表する小説家、詩人、思想家たちが、セウォル号の惨事で露わになった「社会の傾き」を前に、内省的に思索を重ね、静かに言葉を紡ぎ出した評論エッセイ集。

「どれほど簡単なことなのか。希望がないと言うことは。

この世界に対する信頼をなくしてしまったと言うことは。」――ファン・ジョンウン

「人間の歴史もまた、時間が流れるというだけの理由では進歩しない。

放っておくと人間は悪くなっていき、歴史はより悪く過去を繰り返す。」――キム・ヨンス

海女たち　愛を抱かずしてどうして海に入られようか

ホ・ヨンソン詩集　姜信子・趙倫子訳

四六判／二四〇頁／定価二〇〇〇円＋税／ISBN978-4-7877-2020-7

済州島の詩人ホ・ヨンソン（許榮善）の詩集。

日本植民地下の海女闘争、出稼ぎ・徴用、解放後の済州四・三事件――。

現代史の激浪を生き抜いた島の海女ひとりひとりの名に呼びかけ、語りえない女たちの声、その愛と痛みの記憶を歌う祈りのことば。作家・姜信子の解説を収録。

「白波に身を投じる瞬間、海女は詩であった。海に浮かぶ瞬間から詩であった。

海女は水で詩を書く。」